假如
生命
就此止步

张学英　著

北方文艺出版社

哈尔滨

图书在版编目（CIP）数据

假如生命就此止步 / 张学英著 . —— 哈尔滨：北方
文艺出版社，2024.7
ISBN 978-7-5317-6254-6

Ⅰ.①假… Ⅱ.①张… Ⅲ.①散文集 – 中国 – 当代②
诗集 – 中国 – 当代 Ⅳ.① I217.2

中国国家版本馆 CIP 数据核字（2024）第 108969 号

假如生命就此止步
JIARU SHENGMING JIUCI ZHIBU

作　　者 / 张学英
责任编辑 / 富翔强　　　　　　　　封面设计 / 刘　美

出版发行 / 北方文艺出版社　　　　邮　　编 / 150008
发行电话 / (0451) 86825533　　　 经　　销 / 新华书店
地　　址 / 哈尔滨市南岗区宣庆小区 1 号楼　网　　址 / www.bfwy.com

印　　刷 / 三河市华东印刷有限公司　开　　本 / 787×1092　1/16
字　　数 / 180 千字　　　　　　　　印　　张 / 28.25
版　　次 / 2024 年 7 月第 1 版　　　 印　　次 / 2024 年 7 月第 1 次印刷

书　　号 / ISBN 978-7-5317-6254-6　定　　价 / 88.00 元

序 一

一个创业者的心路历程

赵国春

《假如生命就此止步》是张学英的第一部文集。她请我为这本书写几句祝贺的话，我欣然答应了，因为我们都是土生土长的北大荒人。

张学英生长在云山农场，嫁到八五〇农场。受到农场转业官兵和城市知青的影响，从小就热爱写作，从上中学开始写诗歌和散文。她来到北京商海打拼18年，没有放下手中的笔，并在创作上取得了可喜的成绩，并加入北大荒作家协会。

这本书的内容丰富，大家看到的是张学英这些年勤奋创作的成果。书中的作品分散文卷和诗歌卷，散文卷共分八章，收入了她八年来的多篇作品。整篇展现亲情、友情、爱情的精彩画面，流露出对人生的深刻思考。

梁晓声说过，散文说到底是展示人文情怀的。从某种意义上讲，恶人是写不出散文的，起码是写不出优秀散文的。因为恶人不可能把他那个罪恶的灵魂拿出来曝光，让善良的人们鞭挞的。极端自私的人也写不出好的散文，因为他们在过错、过失面前没有丝毫的内疚和悔改的勇气。

写散文是需要一种勇气的，需要把自己内心世界敞开给读者看。这一点学英做到了。

"假如，生命就此止步。如果我说，这辈子值了，我会笑着离去。你信吗？不管你信不信，这就是我此刻的真实想法。这是经历了二十多年病痛的折磨，几经挣脱死神的追逐，由心而发的真实感受。"

作者把这么沉重的话题放在书的首篇，不是在向读者放大痛苦，博得大家的同情，而是更加珍惜眼前来之不易的一切，更加感恩身边帮助过她的人。读到这，我也为她捏了把汗，为她感到心疼。当然，也为她以顽强的毅力与病魔搏斗后，走过坎坷与磨难感到庆幸。

学英来北京 10 年里竟搬了 18 次家。作者"飘"在北京的艰辛,跃然纸上。她刚来北京时,囊中羞涩。在十里河饮马井,租了一间八平方米的房子,月租 180 元。一床一椅,一个电暖器。饮马井这个地方,据说是清朝某位皇上出门游玩时路过此地,在村中一口井饮马而得此名。

"我不是皇上,打个转身就能离开。但是在此处我也没做太久的停留,不足半月我搬到了紧邻饮马井的白墙子。"

和当今许多年轻人一样,学英也是一个"追星族",可她追的不是歌星、影星,不是腰缠万贯的大款,而是从北大荒走出去的作家肖复兴。学英从肖复兴家出来,一股清泉般的文字从笔下淌出。

"肖老师的家简朴大方,布艺的沙发已经被岁月漂白,一张普通的木质茶几上一摞书籍在朴素中生辉。我把自己安放在沙发里,柔软而妥帖,老师家竟如自己大哥家一般。我面前的肖老师也完全不是我想象的文学大家的模样,温和、平易、淡然。"

用她自己的话说,张学英是一个执着的人,做事不半途而废,尤其对从事的行业。她来北京 18 年了,只做了一件事,就是销售暖气。

"我从业 18 年来,先后开过三个销售暖气的店面,卖过不下十个品牌,从摸着石头过河,到有了品牌意识,知道了品牌的力量,开始专心做真正的大品牌;把销售暖气作为在北京安身立命的手段,到真正喜欢上这份职业,我用了三年的时间。"

"2015 年 9 月 3 日,为了纪念抗战胜利 70 周年,北京天安门广场隆重举行了盛大的阅兵仪式。为了这一庄严的时刻,天安门管委会提前半年开始对天安门以及辅助设施进行了大规模的修缮。经过激烈的角逐,我和女儿拿到了给天安门观礼台安装暖气的项目,那段时间我整个人都处于兴奋的状态。为了完成这次光荣的任务,我每天都在天安门和去天安门的路上。"

这就是一个创业者的心路历程。做人做事做文章,都靠"诚"和善。她不仅把暖气卖到了北京的千家万户,还为天安门安装了 128 组暖气片。这也成为她在北京从事暖气销售安装行业的最辉煌的一个业绩。

学英是个儒商,这源于她对书籍的大量阅读。"读书,让我快乐,让我平和。展卷时沉迷,掩卷时沉思。读书越多,圈子越简单,摒弃了无用的社交,专心想做的事情,该做的事情。少了许多纷争,多了沉静和安宁。读书,让我知道我从哪里来,让我对上古先贤充满敬畏,对厚重的历史文化充满敬畏。让我了解我的国家承受过的屈辱、盛放过的荣光，让我更加珍爱和平，让我充满民族的自豪感。"在阅读本书的作品后，我们不难看出作者读书后的成果。

选入该书的两百余首诗歌，我逐首阅读欣赏，给我印象最深的是《大似海情歌》，这是一首反映东北冬季渔猎风情的好诗。她说这首诗是东北三省和内蒙古自治区，唯一入选第十届中国诗歌春节晚会的。

富有诗意名字的大似海，是松花江支流的一个湿地湖泊，在黑龙江省肇东市境内。张学英说她为什么要写这个名不见经传的水域呢。因为她独特古老的冬季渔猎文化，就是这么个小地方，已经办了十届冬捕节了。

诗歌从鱼把头的第一人称开始：

我是一个东北的汉子

血液里流淌着白山黑水的豪放

我是大似海的鱼把头

骨子里渗透着冰河雪原的硬朗

看似平淡的语言，却透露出东北人的豪放与直率。冬捕是一种传统的渔业生产方式。早在辽金时期，东北就有多地开始冬捕。冬捕节的意义在于传承，传承古老的渔猎文化。以冬捕文化为引爆点，拉动当地的文旅和渔业的发展，变"冰天雪地"为"金山银山"。为东北经济的复兴，起到积极的推动作用。

大似海的渔猎文化是整个东北渔猎文化的缩影，一千多年前，人们在这里飞叉捕鱼，一百多年前，人们在这里布网捕鱼。

"我，歃血醒网

像冬捕的号角唤醒我一样

唤醒渔网上沉睡的精灵

像萨满的舞蹈唤醒大似海一样

唤醒张网下湖 吉祥顺畅"

把富有东北特色的渔猎文化的民俗写进诗歌，这不仅是一种尝试，也是文学作品贴近生活的一种表现形式。劳动人民需要文学，需要诗歌，诗歌更需要火热的现实生活提供创作的灵感和丰富的素材。

纵观这首诗，我没有发现什么名言和诗眼，我也似乎没有看到她用了哪些诗歌的技巧。恰恰相反，因为最大的技巧就是无技巧。品读着她的诗作，如同品味着"湖水炖湖鱼"的感觉，原汁原味。

窥一斑而知全豹。其他诗歌我不在此一一赘述，留给热心的读者们慢慢品读。

张学英和许多作者一样，正行走在通往成功的路上。选入该书的作品也并非都是精品力作，或多或少存在着某种不足。在此希望学英在以后的写作中，还要注意作品的构思和语言的精练。

祝张学英在经商之余，写出更多更好的作品。

（赵国春系中国作家协会会员、中国散文学会理事、北大荒作家协会主席）

序 二

温暖明艳的光

明　桦

当娇嫩的绿芽，替代了季节的荒芜，当迁移的光影，走过了岁月的长路，我在温暖明艳的春天邂逅了学英的文集《假如生命就此止步》。那一字一句用热爱汇集的诗文，那一行一篇用烟火点燃的岁月，静静地璀璨着。仿佛生命长河中的千帆与暮雪，都慢慢变成一束耀眼的光，照亮了学英的世界。

这许多年，学英经历了工作的变迁，远离故土，独自在京城闯荡，一点一点开辟自己的天地。即便身患疾病，仍然手执素笔，记录生活点滴，描绘人间烟火。对诗歌初心如故，对生活执着热爱，对时光无惧沧桑。

学英常说，想为一切向上的生命歌唱，哪怕是一棵倔强的小草，一朵怒放的花儿，一只飞翔的鸟儿，一棵有脊梁的大树，都想写进她的诗篇。的确，品读她的文集，每一次都会有期待和惊喜。你会发现，她的文字内容极其丰富，涵盖了生活的方方面面，既有春夏秋冬的欣赏和感悟，也有日常生活的情趣和温暖。既有小家碧玉的深情，也有家国情怀的豪迈。学英用她的笔墨，定格了四时美景，定格了阳光般温暖的生活，也定格了所有的蹉跎岁月，这样的文字怎么能不触及心扉呢！

学英以"假如生命就此止步"为名，一卷一卷铺展关于亲情、友情、爱情的篇章，一年一年皆有期许，一季一季都有花开。学英的语言亦如迟子建老师笔下的驯鹿，它们夏天走路时踩着露珠，秋天踏着月光。文字充满了个人感情色彩，温暖、温婉，同时也饱含着积极向上和温暖的力量。阅读学英的文字，常常让我想起已经远逝的葱茏岁月、少年时代的田野、某个初春曾经去过的山林或者倾心夜谈的朋友。仿佛那些弥漫在流年中触手可及的情感，就是我们悠远的乡愁、心灵的慰藉。

所以，在我心里，学英是一位真正的文人。许多年来我一直期待并幻想着，能有那么一个午后，阳光正好，我慵懒地斜倚床头，一页一页翻阅学英的文集，被她的每一个文字所温暖，被她每一页文章所折服，被她不同的情怀所共鸣，那该是多么惬意的一件事啊！

盛开的时节，学英的文集终于要出版了，于我而言，像极了此时的季节，悄无声息于时间的匆忙里如约而至，给我惊喜和感动。也让我深信，每一个人的人生当中，都有属于这段人生独有的惊喜和幸福，我们需要做的就是始终保持初心，去等待，去遇见。亦如学英的文集，终于在这个季节完美地绽放，这该是她独有的惊喜和幸福吧。

做一个温暖如春的女子，内心美好而善良，在薄情的世界里，活成一束温暖明艳的光。我想，学英做到了。在这个纷繁复杂的世界里，学英用一行行诗篇，砥砺了岁月风风雨雨，活成了光阴里最温暖明艳的光。

一如既往的澄澈和明媚，用一支素笔撰写人间烟火。

晴朗的午后，手捧学英文集，静享人间美妙！

2024 年 3 月 12 日

目 录
Contents

诗歌卷

散文卷

第一章

假如生命就此止步

假如，生命就此止步

假如，生命就此止步。如果我说，这辈子值了，我会笑着离去。你信吗？不管你信不信，这就是我此刻的真实想法。这是经历了二十多年病痛的折磨，几经挣脱死神的追逐，由心而发的真实感受。

2001年初夏的时候，我在牡丹江分局局直裴德医院妇产科做了第一次手术。

手术前做全身检查拍胸片的时候，发现肺部有几个阴影。当时看到我胸片的主治医生金莲荣主任神情立即凝重起来，她把片子递给副主任王义刚，王义刚是我高中的同学，在妇产科遇到男同学多少有点儿尴尬，王同学拿过片子仔细看了一会儿，说了句："我去找下胸外科杨主任。"我也跟上他，想一起去，他回头："你去干啥，回病房等着！"我觉得空气一下紧张起来：这是不让我知道真实病情呀？难道我得了不好的病？

第二天一早查房的时候，金主任和王同学给我详细分析了一下"局势"：子宫肌瘤的手术必须做，因为子宫内膜连接肌瘤的血管已经很丰富，很脆弱了，乘车时的颠簸都有可能引起破裂，造成大出血；肺部的阴影无法确定是结节还是恶性肿瘤，需要做胸腔镜取出组织做病理；目前我的身体只能承受一次手术，所以在子宫肌瘤手术三个月后才能做胸腔镜。我说："如果肺部的东西是恶性的，我这次的子宫肌瘤手术还有啥意义，就先做胸腔镜吧！还省点儿钱。"话音未落，王同学拿着病历本就拍在了我的头上："胡说啥呢！"金主任说："抓紧做子宫肌瘤手术吧，我不能确定你的子宫里的血管还能坚持几天，也许十天半个月，也许就明天后天的事儿，切下来这个肌瘤也是要做病理的。肺部的这个先放放，好在你现在没有咳嗽胸闷的现象。"我点点头："行！就交给你们吧。"

手术的前一天，我以为我会失眠，结果经历了备皮、灌肠一系列术前准备"活动"之后，我心大地安睡了一宿。第二天一大早醒来，忽然想到这就要手术了，万一那啥是不是得有个交代呀。琢磨半天，做完手术估计家里那仨瓜俩枣也不剩啥了，再说了存折是他的名字，具体的数目我也不甚清楚，密码也模模糊糊，算了，钱的事情略过。和父母说啥呢？好像不能说，把他叫过来："不许和我爸妈说我有病的事儿！现在不能说，以后也不能说。"他应了。总得给闺女留两句话吧！拿出纸笔，竟然不知写啥。一转念，也算了，不写了。自我感觉没啥大事儿！想想金主任的精湛医术，我选择相信她。

果然，就没事儿，顺利地下了手术台。那时裴德医院做不了病理，切片被送去哈尔滨做病理分析，五天的时间才能出结果。这五天我养刀口，养肉肉，每天也会琢磨一下会是啥结果呢？第六天结果出来了，良性的。

同年的 10 月，我再次入住裴德医院，在胸外科做了胸腔镜手术。依旧是五天的等待，结果依然如我盼，带着新添的三个刀疤我轻轻松松地出院回家。

时间总是不经混，转眼到了 2004 年的深秋，随着天气转凉，每天深夜和凌晨我都会不由自主地咳嗽几声，白天一切正常，我也没有当回事儿，这一拖就拖到了 2005 年。

2005 年 4 月，我去哈尔滨参加为期一周的报道员培训班，没承想这一周的咳嗽加剧了，夜里和清晨的咳嗽影响到了同一个房间的学员，白天常打断老师们的讲课。带队的老师实在听不下去了，安排了一个叫小马哥的小伙子陪我去医院，小马哥是绥化人，常驻哈尔滨。我想起我们单位食堂任姐的儿子，当时在哈尔滨市的第一医院实习，要了他的电话就奔医院去了。到了医院，任姐的儿子接了我，带我做了一个肺部 CT（电子计算机断层扫描）。结果出来的时候，他问我："阿姨，和你一起来的小伙子是谁。"我说："一起学习的同学。"他说："好吧，阿姨等我一下。"指着陪我来的小伙子："你先进来一下。"我当时就想：坏了，这病不简单呀。一会儿他俩一起出来了，任姐的儿子说："阿姨你明天还得来一下医院，再做一个全面的检查。"小马哥说："姐呀，记得你说你有个舅舅在哈尔滨，一会儿我送你去你舅舅家，明天我就不陪你来了。"我说："不用，我自己可以来，我记住了。"小马哥说："那不行，得有家属陪护。"

小马哥送我去舅舅家的路上，特意绕道去中央大街转了转，又看了索菲亚教堂的鸽子，傍晚的时候，到了舅舅家，舅舅、舅妈许久不见我，自然开心，我说明天要去医院检查，舅妈说她我会陪我一起去。小马哥晚饭也没吃，匆匆地回去了。

第二天和舅妈去了医院，折腾了一天。这一天，医生和舅妈聊了多久，说了什么，我不知道，我一直被小护士带着做各种检查。所有的检查做完了，医生没有给开药，也没有说住院，就说先回去吧。我疑惑，舅妈说："没大事儿，先回家吧。"我们到了家，一看我们家那位竟然在家门口。我很吃惊："你咋来了？"他说："厂长让我来的，说你有病了，让我来陪你看病。"我问："厂长咋知道我有病？"他说："昨晚任姐的儿子给任姐打电话打不通，就直接打到厂长宿舍了，厂长就安排我来了。"我这下确定了：我这病，是真的不简单。

他来的第二天，舅妈和我们一起又去了医院拿了昨天没有出来的检查结果，这次医生建议我们去农垦系统的对口医院，再做进一步检查和治疗，费用可以报销一部分，这个需要回农场医院开转院证明。还有一个建议是背着我说的，很多年之后舅妈才和我说，就是回家吧，想吃点啥就吃点啥吧。从医院出来回舅舅家的路上，路过表弟的单位，我进去让他帮我组装了一台电脑，单位那台老电脑实在太慢，我得自己买一台，一向抠门的他翻翻兜里的钱说："买！"舅妈把他拉到一边说："她都这样了，你还买这玩意儿干啥？"他说："她想买就买吧。"于是，我和他带着新电脑回到了家。

到家后开始在农场的医院打针消炎止咳。没两天，两家的姐姐妹妹们都知道了，送钱的送钱，陪打针的陪打针，我说我真的没事儿，回到家咳嗽也好多了，许是我对哈尔滨过敏吧。第三天的时候，我哥给我打电话，让我再次去哈尔滨，他在农垦总院给我联系了医生，让我再做一次检查，这一次把 PET-CT（正电子发射计算机断层显像）都安排上了，这仪器当时全国只有三台，仅这一项就九千多。那时我一个月才几百元的工资，又刚买了第二套房子，再去哈尔滨看病，钱肯定是不够了，这时候我姐、我妹、我哥、我两个姑姐，三千两千的，硬把看病的钱凑出来了。从某种意义上讲，是来自血脉亲情的援手，才让我的生命得以延续。

到了哈尔滨的农垦总院，打前站的哥哥已经在那等候多时。当我们一起到了胸外科的医生办公室的时候，我把之前做的 CT 片拿给李伟主任，他看了片子对我说："把病人叫进来吧！"我说："我就是。"他不敢相信地说："你这样也不像有病的呀。"陪我们一起去的医政科张科长说："就是她。"李伟主任把田江主任喊来，说："你看看这个片子。"田江主任看后说："这个病人恐怕已经不在了吧。"李主任指指我："病人搁这站着呢。"我忽然觉得我在他们眼里是个奇迹般的人物。

接下来就是做 PET-CT，我恰好是用这台机器的第一千个病人，结果出来的病案整整一本。有《红楼梦》那么厚，后来被医院拿去收藏了。一般的肿瘤通过这台机器的"法眼"基本上可以判断出是恶性肿瘤，还是良性的结节了，可偏偏我就是那个特例，这台据说是高科技的机器没有给出明确的判断。于是我还要再上一次手术台，开胸取组织做病理。李伟主任亲自操刀，临上手术台，李伟主任问我："怕吗？"我说："不怕，就是这个刀口以后会不会留下难看的疤呀？"稍微有点儿口吃的他说："放，放心，我会给你做得很漂亮，不，不说天衣无缝吧，也差不多吧。"我竟然就真的信了他的话。

当我从 ICU（重症加强护理病房）醒来的时候，那种疼无以言表。刀口疼，引流口疼，每一个手指疼，但是我是顽强的，或者说死要面子活受罪，一声不吭地挨着。一直到回普通病房，我都没吃止疼药，打止疼针，几次手术下来，麻药用得太多，再用这类药我怕自己会变傻了。这次入院没有像前两次那么顺当，我住了一个多月。手术后的第五天，病理结果出来了：双侧平滑肌肉瘤，分化极好，还在不停地侵占肺部的位置。李伟主任第一次遇到我这样的病例，无法确定治疗方案。让我们那位拿着我的病例报告和 CT 片去了天津肺病研究所找他的导师，去北京的协和医院找熟悉的专家。每一个专家拿到我的片子都说了当初和田江主任一样的话："这个病人不在了吧。"当得知我的状况，都觉得不可思议。最后这些医生给出了最保守也是最常规的治疗方案：化疗。

那就化疗吧，当橘黄色的液体输进血管的时候，各种不适毫不客气地扑面而来。第一次化疗结束半个月左右，我一头浓密黑亮的长发哗哗地掉光了。正值盛夏，天气炎热，病友们都戴着各式各样的帽子，我率性地光着一颗头，在病房和走廊里晃来晃去。每天早上查房的时候，医生、护士都会喊我"光头美女"，我也没羞没臊地应着，常惹得实习的小医生、小护士们大笑。四个疗程下来，肺部的病灶没有再增加，我的体重却从 108 斤增加到了 138 斤。我常常问李伟主任："我以后会一直这么胖吗？"他说："不会，能瘦下来。"这话，我不是很信。果然这事儿不能听男人的，即便他是个大夫，现在我的体重一直在 120 斤以上，我去复查的时候"质问"他："你不是说我可以瘦下来吗？"他笑，从眼镜的上方望向我："你现在是实，实胖了，这可和化疗没有关系了。"

化疗结束后三个月，我去复查，李伟主任很欣喜我的状态。于是我问了他一个我们一直回避的问题："我还有多少日子。"他说："不好说。"我说："我就是想知道一个大概，好看看接下来的时间怎么过。我在医院断断续续地已经住了大半年了，你也知道我是真的不忌讳这个话题。"李伟主任收起一贯挂在脸上的笑："这么说吧，张学英，如果你能坚持五年，咱们就算胜利了。"我说：

"懂了，我就照着五年活呗。"然后我又问："我现在的身体状况，可以去北京看看吗？"他一挥手："想去哪就去哪，想干啥干啥。别累着，别生气，别和自己较劲。但是，每半年来复查一次。"如果说李伟主任是第一个支持我去北京闯世界的人，那么当时我公司的王慕慧经理是第二个支持我的。至今我依然感谢这两个人。当然，最应该感谢的还是孩子爹，他一如既往无条件地支持我任何的决定，我的个性和"任意妄为"很大程度是他"惯"出来的。

其实想来北京闯世界，是我在整个治疗过程中思考得最多的问题。因为生病住院治疗的费用问题，我公公一直在担心，怕后续的治疗缺少资金，影响我的治疗。在我做手术的时候，他老人家做主把我新买的一百多平方米的房子卖掉了，我出院后才知道，但是也不能埋怨老人家吧，他也是真心为我好。我们又搬回之前的老房子，那时我就想如果靠他的工资再买一套临近学校的房子不太可能了，而且我后续的治疗费用也是不小的数目，我得干点儿啥。李伟主任给了我一个五年的最长期限，我觉得我可以试试在这五年给家里挣点钱，也给孩子攒点儿嫁妆。看看，我那时想得多简单。当生命在数倒计时的时候，所有的决定都会是果断的，绝不拖泥带水。

2006年的2月21日，刚过了春节，我就启程来北京了，转眼17年过去了，我让那个五年翻了三倍还要多，我是不是赚到了。

当然这17年也是在几经波折中过来的，来北京以后，每半年我就要回哈尔滨复查一次，前两年还算不错，病情很稳定，没出啥幺蛾子。到了2008年开饭店那年，可能真是太累了，白天在暖气城忙活一天，晚上在饭店里也跟着忙活，其间被送进肿瘤医院抢救两次，最后决定饭店还是兑出去吧。到了2009年去农垦总医院复查的时候，情况不是很乐观，肿瘤开始增多，腹膜和胸腔、腹腔的横膈肌上也出现了，CT片出来的时候，李伟主任正在手术台上，我的主治医生孙凯跟我讲解了病情，我的心是真的在一点点下沉。他让我等一下李伟主任，看看还有没有其他更有效的治疗方案。李伟主任上午上的手术台，从手术台上下来的时候已经是下午三点多了，一边泡方便面一边帮我看片子。我说不急这一会儿，你先吃面。他摇摇头，一脸凝重地看片子，和之前N次的片子一一比对，一个个病灶数。最后和我说："我和我的导师以及国内的肺病专家讨论过很多次你的病情，目前看，你这病化疗是没有用了，你试试中医吧，核桃树皮煮水可以试一下。"

于是，回到北京后，我去昌平的山里刮了很多山核桃的树皮，每天晚上煮水喝，苦森森的。喝了三四个月，没啥效果。后来有朋友给介绍了一个电力医院的老中医，给开了一种抗癌胶囊，一个月的药钱一万二，那也得试试，那段时间挣的钱大多都用在了这药上了。这年的6月，我还经历了一次不大不小的车祸，左臂的肱骨骨裂，我吊着一只胳膊写诉状打官司，最终拿到了无良司机的赔偿。

2010年去医院复查的时候，那些肿瘤依然在缓慢却顽强地生长。那一次，李伟主任把我从五楼的胸外科送到一楼的大厅，看着我往大门走去，自动门打开的时候，我回头问他那个几年前同样的问题："我还有多少时间？"他摇摇头，我说："两年？"他面露难色："张学英，我是真的想救你，我也真的是江郎才尽了。"说着他红了眼圈，我的眼泪先流出来了。我自认为我是一个坚强的人，从我第一次生病住院，经历了大大小小的三次手术，四次化疗，两次急救，头发掉光又长出来，我没有为自己的病流过一次眼泪，可是看到李伟主任眼里的泪水，我真的受不了，我见不得别人难受，尤其因为我。我说："我已经很知足了，特别特别感谢您！"然后头也不回地走出外科大楼。在去火车站的路上，我想这可能是我最后一次来农垦总院了。

回到北京，我一边挣钱，一边给母亲、婆婆、姐妹们一针一线地绣钱包，给即将结婚的他的侄女绣新婚礼物，给女儿绣红楼人物为主的"琴棋书画"，给父亲又买了一对他喜欢的核桃，等我回家的时候，把这些亲手绣的礼物，装作很随意地送给他们。实际上绣的时候，一针一线我都是在说着别离。就在我给闺女的绣品绣到第六个人物的时候（那幅画有十八个人物），李伟主任给我打来了电话，告诉我医院引进了一种新的治疗方法，国际上称为"CIK"，翻译过来就是"自体细胞移植"，后来被国内各大医院叫停，但是对我个体而言是真的有效果，这是后话。他给我打电话来，让我马上去医院接受这个治疗，另外和我说这个费用是一次一万八，一年两次到三次，还不包括住院费用，暂时还没有纳入医保。我说："没有问题，这个钱我还是能挣出来的。"

让我峰回路转的治疗开始了，直到2016年2月，腹膜和横膈肌的肿瘤消失了，肺部的肿瘤也没有再增加。效果是肉眼可见的，但是我这个小人物的个例不能左右全局，治疗被迫停止。我没有做任何治疗坚持了一年，复查的结果也不错，但是明显感觉体质不如之前好。

假如，我说的是假如，生命就此终止，我真的值了。但不能说没有遗憾，我还有那么多想去的地方没有去，还有那么多神交已久的朋友没有见，还有那么多想写的文章没有写，还没有看到女儿穿上嫁衣，还没有给年迈的双亲更多的陪伴。所以呀，还是好好活着吧……

2023 年 3 月 4 日

在北京搬家

家，在远方。我，在北京。

漂在北京最明显的体现就在"搬家"上。每一个漂在北京的外地人都深有体会。

从 2006 年的 2 月来北京，已经 10 年了。10 年里究竟搬了几次家，我竟不能一下说出来。静下心来，仔细算算竟然有 18 次之多。真是不算不知道，一算，吓一跳。平均一年搬家将近两次。作为当事人的我，竟然也有些不敢相信。

2006 年来北京，囊中羞涩。在十里河饮马井，租了一间八平方米的房子，月租金 180 元。一床一椅，一个电暖器。饮马井这个地方，很多北京人也许都不知道，有典故说是清朝某位皇上出门游玩路过此地，在村中一口井饮马而得此名。我不是皇上，打个转身就能离开。但是在此处我也没做太久的停留，不足半月我搬到了紧邻饮马井的白墙子。

白墙子不太像个地名，像一个建筑的名字。比如九龙壁……事实上，它既没有恢宏的建筑，也没有洁净宽阔的街道。一如饮马井，这里有着密密麻麻拥挤在一起的破旧平房，坑坑洼洼的狭窄街道。各种垃圾随处可见，形形色色的外地人聚集在此。走出不过 50 米的路程，你可以把全国各地的方言尽纳耳中。在这里你看不到大城市的繁华，看不到京城的魅力，和我的家乡洁净的街道，整齐的房屋相比更是大相径庭。但是唯一吸引我的地方就是房租便宜。我在这破败的城中之村租了临街的一个门脸，不是很大，30 平方米左右，一个月 500 元的房租。与周围它的邻居不同的是，它是崭新的，有着三扇明亮的窗户，两个门——这是我看上它的原因之一吧。我买了乳白色的布帘，把房间一分为二。后面的三分之一是我的卧室，前面三分之二是一爿小小的店面。一切很简单，卧室里一张上下床，我住下面，上面放着我的衣物。一张小学生的课桌，上面放着我260元买的14寸的电视机。这个电视机跟了我6年，2012年的秋天，女儿给我买了一个32寸的液晶电视，我才不舍地把它卖掉。在白墙子，我觉得我开始了真正意义的在北京漂着的生活。在这里，我遇到的第一个难题是对付蜂窝煤炉子。在家乡的时候，别说生这样的炉子，见都没见过呀。第一天生炉子，夜里真的不敢睡觉，害怕睡着了会被熏到。北京一朋友是来自鸡西的老乡，也是不放心，我刚住的前几天，到了半夜或者凌晨，他和家人起夜的时候，都会打个电话给我，看我是不是安然无恙。

今天，无论是饮马井还是白墙子，都已经看不到了。取而代之的是高铁凌空飞过，花园一样的高档居民小区，无处不透着现代和文明的气息。仅仅是10年，变化大得让我不敢想象。我，初来北京的那个女人，也是从白墙子开始婴儿学步一样开始打拼自己的生活。搬到饮马井的第二个月，也就是2006年的4月，我的生活有了转机。我尝试着走出白墙子。通过中介我找了一份在十里河建材城暖气超市做导购的工作。三个月之后，我炒了那个可爱、善良的山东小老板。我自己和朋友开始了艰难且快乐的创业。一直到了年底我们的生意才开始稳定下来。其间有多少酸甜苦辣，我无法用语言准确地表述。就在那段短短的半年时间，我带着一个18岁的小女孩（她叫高春红，黑龙江齐齐哈尔的。是我雇的小导购，跟着我没少吃苦受累）搬了四次家。从白墙子到饮马井，到百子湾，到昌平，最后又回到饮马井。

从白墙子搬到饮马井那次记忆最为深刻，女儿暑假从老家赶来和我团聚，搬家那天女儿胃痛，搬家的决定很仓促，等工人来给我搬家已经晚上十点多了。搬家进行到一半的时候，建材城欠我们一万块钱的两个男老板打电话给我，说现在可以还我钱了，我一看表都11点多了。真心不想去呀，家搬到一半，乱哄哄，女儿胃疼，闹喳喳，大晚上，我一个女人，他们两个大老爷们。那边说今天不去拿钱，哪天给就不一定了。我让搬家的张斌师傅和我一起去，他没有迟疑，因为这钱也有他的一半。我们开车到了十里河桥边的一个酒店门口，看到那两个男老板一脸匪气地蹲在路边，我真是壮着胆子下车走过去的。其中一个老板说："哎，不错呀，张姐，大半夜的，挺有胆色呀！"我故作镇定地回答："少废话，拿钱来。"他把钱递给我，我让张师傅接过去。我们上了车，张师傅说："其实我也害怕。"可是那时候，不要说一万块钱了，就是一千块对我来说都很重要。我现在想想那晚上的事都后怕。

2007 年，我回老家过春节。饮马井的房东通知说要拆迁，要求我们必须搬家。给我们安装暖气的张斌师傅和我的朋友一起把家搬到了吕家营，这是唯一的一次我不在场的搬家。也是从那次搬家后，我开始在北京住上了带厨房、卫生间的房子。吕家营的房子不是很大，25 平方米左右，450 元钱一个月。回家远了点，但是条件好了很多。

2007 年的夏季，女儿和她爸爸来北京了，地方不够住，我在老君堂租了一间个人盖的三层小楼二层的一间。新建的房子，很干净，厨房、卫生间都有，但是离十里河建材城远了一些。上下班必经的十八里店桥塞车严重。在老君堂我们一家和朋友一家住到 2008 年的春节过后，我们又搬家了。搬到了分钟寺，这次的搬家的原因是我们两家一起在分钟寺开了一家小小的东北饭馆，我们住的地方就在饭馆的楼上。2008 年，一边是暖气店，一边是饭店，我们两家忙忙碌碌。其中，收获与失去并存，快乐与争吵并存。我自己觉得我真正开始不相信眼泪，不相信怯懦，不相信怜悯，是从分钟寺开始的。我开始渐渐变得自立、豁达、从容、淡定。同时鬓角的白发也渐渐增多。成长是需要付出代价的。

2008 年的深秋。我又搬家了，这次搬到了正规的楼房，两家合租的两室一厅。在十里河建材城附近的周庄新村，是 20 世纪 90 年代的老楼。但是对于我来说，已经很满足了。一个月 600 的租金，也不算贵，走路十分钟就可以到店里。我和女儿与合租的小两口相处得很愉快，他俩都很好，我们彼此照顾。我做了好吃的会招呼他们一起吃，他们也能从我这分享一点儿母爱。离家打拼的孩子们比我还不容易。我病了，他们都会和女儿一同送我去医院。2010 年的 6 月，我被车撞了，他俩是第一时间赶到医院照顾我、帮助我的人。至今我仍对他们满怀感激。现在我们虽然不住在一起了，但是一直保持联系。他们的宝宝都上幼儿园了，第二个宝宝也马上降生，我很怀念和他们相处的日子。

2010 年的 8 月底。我在住总家居建材城有了属于自己的店面。周庄新村到住总，距离不是很远，但是需要换两次车，不堵车的时候需要一个小时左右，堵车的时候就更长了，我的身体状况实在受不了这样的车马劳顿。于是在 2010 年的十一国庆节前，我搬到了住总对面的八里庄北里。搬过来的时候，我就想，我再也不搬家了。搬家实在不是个轻松的差事，刚来北京，没啥家当不用找车，用手拎着就搬了家了。现在大包小裹，沙发电视，衣柜炊具一个金杯都落不下。搬到新家收拾起来也是麻麻烦烦的，不累个半死是看不见利索的。可是诸多原因在住总的这两年多，我竟又不辞辛苦地搬了五次家。

第十六次搬家，是在 2013 年的 1 月 29 日。这个新家，位于住总家居建材城南面不远的十里堡南区，两居室，一个月 3000 元。房子不大，很干净。家搬过来以后，我整整收拾了三天。给女儿买了新的沙发床，我们的床上都换上了新的床单被罩。一切安排妥当，朝阳的窗台上，我种了大蒜，蒜苗翠绿翠绿的，做饭的时候，顺手掐几根爆锅，蒜香染绿整个厨房。女儿养了一株风信子，米白的花蕾密密匝匝缀满整个冬天。我们还养了一只叫唐唐的泰迪，三个月大，很萌也很皮，是个吃货。每天早上到我床头，抓我的床单，叫我起床给他喂食。我真的希望这次可以长住下去，不想再折腾了，搬一次家累得我好几天缓不过来。

可是，愿望是美好的，现实也是美好的。

我在 2015 的 1 月 20 日又搬家了。因为女儿看上一套带跃层的房子，有个大大的露天阳台。平时可以种花养草，朋友小聚可以烧烤。我没有犹豫，搬！搬家的过程无须赘述，我们两台车，往返三次。累，并快乐着。

也许等到有一天，我们不需要这样频繁地搬家，我们才算真的有了自己的家。无论是在北京还是在遥远的东北那个美丽的小城。

2016 年 7 月 1 日

金秋，饱满的谷穗

秋到北京，北京便是"北平"了。即使天空下着淅淅沥沥的雨，北京的秋天也是美好的。

在这美好的秋日里，我去拜访肖复兴老师，一路秋雨和忐忑相伴，一路秋叶与兴奋相随。

到了肖老师家楼前，下车踩进一洼秋水。心想我也算"湿人"了吧。敲开房门，师母的笑脸绽放在眼前。我说："换下鞋子吧，我的鞋底湿了。"肖老师微笑着两手轻搓一下："不碍事，不用换。地板湿了我会擦。"我来之前的紧张、不安被肖老师一下"擦"没了。

肖老师的家简朴大方，布艺的沙发已经被岁月漂白，一张普通的木质茶几上一摞书籍在朴素中生辉。我把自己安放在沙发里，柔软而妥帖，老师家竟如自己大哥家一般。我面前的肖老师也完全不是我想象的文学大家的模样，温和、平易、淡然。来之前我一直想，如何与这位大、中、小学都任过教的先生交谈才不露怯；如何与这位曾获上海文学奖、冰心散文奖、老舍散文奖等多项大奖的文学家沟通才算适度。没想到我的担心是多余的，肖老师和师母是再普通不过的一对老北京人儿。说话既不酸文假醋，也不咬文嚼字，随意而暖心。谈得最多的竟是我在北京的生活，而不是他的文学成就。当我谈及最近在《读者》上读到他的新作《北大荒的铁匠》时，他才说到在北大荒的那些日子。因为北大荒这个共同的话题，肖老师的话才渐渐多起来。自然说得最多的还是最普通的农场职工和数次回北大荒的见闻和感受。

不知不觉，两个小时过去了，我几乎忘记来拜访老师，请他签书的事情。还是师母提醒："老肖呀，别忘了正事。"肖老师笑着说："好好好，咱们写字！"我把带去的几本肖老师的著作拿出来，肖老师一一对照仔细写上激励的话，签上名字。我要收起时，老师说："等下，咱们盖上章，会好看些。"老师说话时的语气和神态让我乐出声。老师笑着说："开心就好！"然后拿出一本《蓉城十八拍》，一本《绝唱老三届》(修正版)递给我，"再让你开心一下。"我接过来，心，真开花了。

我请肖复兴老师给我们"在场文学平台"也写几句话。老师说让他看看我们的平台，我把近期平台的文章展示给老师看。老师仔细翻阅了几篇文章问我这是谁做的平台，我说明桦是主编，我是执行主编。老师指着明桦主编的诗歌《九月的脸》说："这个明桦主编照片拍得很美，文字也好。"我说我们会努力做得更"美好"。

肖复兴老师为"在场文学平台"题词：文学在生活的现场和心灵的现场。言简意赅，说出文学的真谛。

回来的路上，我在想：肖老师的光芒不在鲜衣怒马，不在精舍豪宅，更不在言语的铿锵里。他的光芒就隐含在他的文字里，隐含在他温暖平实的话语里。所谓越饱满的谷穗垂得越低，越有成就的人身子俯得越低。

北京因为有肖老师这样的文学大家更像北平了，北平的秋天也美得深沉而潋滟了。

2016 年 10 月

散文卷

我为天安门观礼台安暖气

 总有朋友问我：看你的朋友圈，又是诗歌、散文，又是朗诵，偶尔还会有美食，心灵鸡汤之类的。时常还会看到你的诗歌作品获奖，也常见你参加各种各样的活动。那么你究竟是做什么的呢？是呀，我到底是做什么的呢？我也时常问自己。其实，我就是一个暖通行业的小老板，我在北京卖暖气。不要看我常常写诗作文，做文案编辑，那都是我的业余爱好，玩玩而已，哄自己开心。卖暖气才是我养家糊口的营生，是我在北京这座天堂一样的城市立足，并融入其中的依傍。因骨子里北大荒人吃苦耐劳、不服输的性格，丰富的专业知识、多年的销售经验，让我成为同行眼中的暖通一姐，也让我把暖气一直卖到了天安门，成为北京整个暖气行业的一段美谈。

 我是一个执着的人，做事不喜欢半途而废，尤其对从事的行业。来北京十八年了，我只做了一件事，就是销售暖气。暖气经销在整个建材行业可以说是利润最低，风险最大的了，机缘巧合之下进入了这行，等摸清楚建材行业的门道之后，也不想改变了。一是已经做熟了，懒得再学新的行业；另外，我相信行行出状元，只要认准一行用心做下去一定会有收获，再说了，能给北京人民送温暖也是一件幸福的事。

 从业十八年来，我先后开过三个暖气店面，卖过不下十个品牌，从最初摸着石头过河，到有了品牌意识，知道了品牌的力量，开始专心做真正的大品牌；从把销售暖气作为在北京安身立命的手段，到真正喜欢上这份职业，我用了三年的时间。这三年，我用一年的时间，把自己从一个靠笔杆子吃饭的文人，变成一个靠嘴皮子吃饭的商人，另外两年，我学会用一颗纯善的心对待每一个顾客，也用纯善的心对待自己。

 记得林清玄和一位卖花人有这样一段对话，林清玄说："在民间有三种行业是前世修来的福报，就是卖花、卖伞和卖香。"卖花人回："其实，只要有纯善的心，和人结善缘，所有的行业都是前世修来的。"很赞同卖花人的话，做任何一个行业，都需要一颗纯善的心。

我没有成为一个解花语的卖花婆婆，亦没能做送人一伞以遮风雨的卖伞人，更与古香古色的梵语无缘。偏偏做了个卖暖气的，斗室之中，没有娇艳的花朵，蓬勃的生命，只有冰冷的钢铁；没有轻盈地顾盼生姿，拿起它们都要费力气；更没有各色好闻的味道，只有淡淡的铜铁味道整日萦绕。可是日子久了，竟也觉得自己做的也是纯善的行业了。

对于我的顾客，从我这里买一组暖气回家，便得了一室的温暖，每个房间都拥有了这暖气，整个家在寒冷的冬天就是最温馨的地方了。于我，便是给了这生冷的钢铁鲜活的生命，有了血脉，有了温度，有了存在的意义和快乐。而我更快乐，赠人玫瑰手有余香，予人温暖，心有温情。

卖花的人需要像花一样，卖暖气的人也要心有温暖。永远微笑，永远温和，如润玉一般，才卖得好暖气。最紧要的一点，要有一颗纯善的心。

不仅如此，还要在温暖和纯善之中加入专业的知识，我不敢说我是个中翘楚，但是无论怎样刁钻的顾客我都应付得来。不仅是暖气相关的专业知识难不倒我，包括安装暖气，系统改造一般也难不倒我。我算是暖气销售行业的一个"另类"，没有哪个销售会真的去业主家、去工地看工人师傅怎样测量，怎样改管，怎样安装，怎样做系统，我会！我会把不同供暖系统的户型跟着师傅从头至尾学习个遍，了解透彻，每一个工程无论大小，我都要亲自去现场。这不仅让我了解清楚北京市供暖系统的几种基本情况，同时也切身体会了工人师傅的不容易。我也因此特别敬重这些来自天南地北、双手粗糙又心灵美好的工人师傅，我和他们相处得如朋友、家人一样。这样，也便于日常工作的沟通。

十八年前，我还是暖气行业中少有的会看 CAD 图和手绘暖气点位图的人，这和我以前从事文案工作有很大关系。当然现在各个老板和销售都与时俱进，看图都不在话下了。记得那时十里河附近的七天酒店装修，酒店负责人和施工方拿着图纸到暖气城挨家询价，到了我的店里，我按照图纸把暖气片配出来，其间几乎没有太多的关于房间面积、窗台高度之类的询问，只是推荐暖气款式颜色，给出最经济、最利于循环的建议。施工方的设计师长长出了口气：终于遇到一个会看图纸的销售了。我拿过一张白纸，把三种户型简单画了一下，暖气位置、规格标出来，价格算好，然后三种户型的房间数汇总出来。施工方说超预算了，酒店负责人说就这家店了。我也是懂得让步的，打了一个折，这单生意就成了，之后又给七天酒店的几个连锁店安装了暖气。

因为我从心底发出的微笑，不会和顾客起冲突的平和心态，因为我过硬的专业知识，更因为我设身处地为业主着想的职业素养，赢得了顾客们的赞誉，有很多老顾客和我一直保持着密切的联系，给我介绍了很多他们身边装修需要换暖气的亲朋好友，让我在经济低迷的几年也能生存；赢得了很多高质量的合作伙伴，最长的已经合作十八年了，这些合作伙伴让我有稳定的客源，在实体店不景气的今天，可以稳中求升。也因此迎来了职业生涯的高光时刻，让同行羡慕，让我自己感到荣耀。

2015年9月3日，为了纪念抗战胜利70周年，北京天安门广场举行了盛大的阅兵仪式。为了这一庄严的时刻，提前半年天安门管委会开始对天安门以及辅助设施进行了大规模的修缮。经过激烈的角逐，我和女儿拿到了给天安门观礼台安装暖气的项目，那段时间我整个人都处于兴奋状态。为了完成这次光荣的任务，我每天都在天安门和去天安门的路上。因为前期地下管线不是我们师傅铺设的，128组暖气底口不统一，我和安装的孙正海师傅每一个房间挨个测量底口，画到图上做上标记，我们再三确定之后才做出准确的报价。然后就是第二次的改造，为了防止出错我天天像大内总管一样拿着一串串的钥匙，挨个房间检查工人改造后的暖气位置和口径，生怕有一点点偏差，造成不可预估的后果。

终于到了安装暖气的那天，天空却下起了雨。因为施工前需要在天安门管委会报备进场的时间，送货司机和施工人员姓名、电话、身份证号，送货以及安装车辆的车牌号，只要报了就不能更改，所以即便大雨瓢泼，我带着师傅和送货车队依然准时出现在天安门观礼台的施工现场。卸完暖气，和工作人员核对完数量，我和送货车队按要求撤场，只留下孙正海师傅和一位心细的老师傅，也就是孙师傅五十多岁的老父亲给他打下手，这也是天安门管委会的要求，夜班安装不能超过两个人，而且从进了天安门观礼台到安装完成是不能出去的。两个人做了充分的准备，工具带了两套，所有的材料都买了最好的，带足了饮用水，管委会是提供工作餐的。为了抢工期，这爷俩仅仅用了两天三夜就把128组暖气安装完成。要知道安装这些暖气是有很大难度的，尤其西观礼台的卫生间墙面是特殊处理的，墙砖和实墙之间有30厘米的距离，平常我们安暖气的膨胀螺丝长6厘米，有内保温的墙体我们会用10厘米的加长胀栓才能把暖气固定住，才能承受暖气本身和循环水的重量。好在这30厘米的空隙在测量的时候，被经验丰富的孙师傅发现了，采购了加长加粗的螺丝。但是真正操作起来却是个技术活，把基本悬空的瓷砖打穿还不能打裂，膨胀螺丝打到原始墙面的保护层还不能破坏最原始的建筑，这可是顶级文物呀！但是我们的孙正海师傅做到了，顺利完成安装任务。那个一向严苛的女监理，看到安装效果后，就一个字：好！

安装完成的那天早上九点多，孙正海师傅给我打电话："张姐，安装完成了，验收合格。"我问："累坏了吧？"他憨厚地说："还好，就是手有点儿疼。"我赶到天安门，看到孙师傅爷俩在收拾工具装车，孙师傅右手满是血泡却满脸笑容，他的老父亲更是自豪地昂首挺胸，走起路来腿抬得老高，这个四川大山里出来的老汉，应该没有想到这辈子还能给全国人民都向往的地方安装暖气吧。其实我自己也没想到，从北大荒黑土地走出来后，做了一个给北京人送温暖的行业，竟然还能一直把这温暖送到了我爱的天安门。

在这个行业摸爬滚打了十八年，装修行业内的人都说卖暖气的人挣着白菜钱，操着卖白粉的心，睡得比狗晚，起得比鸡早。周六周日不会休息，节假日不能放假。供暖前被顾客催得和三孙子一样，一天几十通电话，几百条信息，不能不接，不能不回，每年供暖前的十几二十天嘴上不长几个火泡是过不去的。供暖初期睡觉都是警醒的，生怕错过业主的电话。其实也没有大事儿，就是不会开阀门，不会放气，不会调试设备呀，但是对于他们来说，可是大事儿，这十八年我从没关过手机睡觉，也从没有换过手机号，生怕顾客找不到我。

尽管这样，我仍然每天开开心心卖暖气，因为每一个暖通人都在传递温暖，传递爱。

雨夜读书

北京，春雨绵绵的夜，对着电脑屏幕，不知该做些什么。聊天的兴致早已淡漠，游戏的快乐也已索然。百无聊赖之际，忽然很怀念以前手握书卷，彻夜长读不眠的日子。

就着淅淅沥沥的雨，借着夜色浓浓的寂寥。一杯清茶，一碟瓜子，静静翻看几千年沉积的岁月和沧桑;轻轻捻动几千年婉转的爱恋和笑语。心是温馨、湿润、灵动的。已逝的和健在的思想者、诗人从书卷里走出来，带着词语的芳香、诗句的灿烂和我促膝而谈。

读书，丰富了我平凡的人生，精彩了我苍白的日子。

我是一个读书很杂的人，从小就是。我读一切我可以接触到的书，在我小的时候，书籍称得上是奢侈品。同学中，谁手里要是有一本小说或者小人书，那简直是一件令人羡慕的事情。把书带到学校，不在全班同学手里转遍了是回不到主人手里的。其间，书的主人自豪并心痛着。因为通常情况下，书是崭新地出去，残破着回来。小学的时候，我就是偷着爷爷的"禁书"，借了同学们的书看。常常，我放学回到家，顾不上做作业，就躲在门后面看闲书。小学三年级的时候我就开始读大部头的小说了，什么《桐柏英雄》《艳阳天》《金光大道》《战地红樱》等，都是那时候躲在阴暗的门后看的。读书让我愉悦的同时，也让我的眼睛近视了。那个年代，近视的孩子很少，小学期间，同学里只有我眼睛是近视的。哎，可惜了我的大眼睛。但是读了那么多小说，我觉得值了。那时候，我常想以后我要有钱了，一定买好多好的书来看。

上了中学，我住校了，手里有了伙食费。我就算计着吃最便宜的饭菜，和同一个连队的红梅姐合伙，每顿就买一份菜，省下来的钱，我都用来买杂志。初二的时候，我一狠心订了有生以来第一份属于自己的杂志《丑小鸭》，为此我整整吃了两个月的咸菜。每个月拿到《丑小鸭》的时候，我心里那个美就别提了。高中的时候，武侠小说、言情小说扑面而来。我在学习的间隙，读才情横溢的琼瑶，读自由流浪的三毛，读精致典雅的张爱玲，读言简意赅的古龙，读侠骨柔肠的金庸，更读各类的文摘和诗刊。读席慕蓉、汪国真、顾工的诗，让我领略诗歌的魅力。我悄悄学着弄几句粗词拙句，梦想有一天我的文字变成铅字，也让别人一读。那时候，我最理想的职业就是做一个图书管理员，每天守着数以万计的书籍，想读哪本读哪本。

工作以后，进了工厂，我依然喜欢读书。工资微薄的我，还是习惯地订了本杂志，那是大家都熟悉的《读者》，当时的名字叫《读者文摘》，还订了一本叫《女友》的杂志。我的《读者》在厂里大受欢迎，大家争相阅读。两年后，单位书记把《读者》定成了厂里的特刊，我就不再订了，每月的两本《读者》最后都是被我收入囊中。

读书，让我快乐，让我平和。展卷时沉迷，掩卷时沉思。读书越多，圈子越简单，摒弃了无用的社交，专心于想做的事情，该做的事情。少了许多纷争，多了沉静和安宁。

读书，让我知道我从哪里来，让我对上古先贤充满敬畏，对厚重的历史文化充满敬畏。让我了解我的国家承受过的屈辱、盛放过的荣光，让我更加珍爱和平，让我充满民族的自豪感。

读书让我懂得谦逊之美，知道天地很大，我很渺小。目光看不到的地方，有人会在书中描述。思想抵达不了的深度，先哲会在书中阐述。甚至情绪的不安，也会在书中得到抚慰。

少时，摘抄下一段段书中精彩词句的同时，自己也变得精彩。现在，读那些真情美文，依然会觉得自己正青春。

很久没有好好读书了，怀念过去手不释卷的日子。

2016 年 5 月 17 日

你比春天更迷人

——写给丁香花

喜欢一座城，从心底浅浅地喜欢。也许，只是因为那座城有一树别样的花开。就像丁香之于冰城，就像冰城之于我。

那一年，暮春时节。因一场病，住进冰城西郊的一家医院。从手术台上下来，在 ICU 度过性命攸关，漫长的 48 小时。回到普通病房的那个早晨，一个叫暖玲的小护士推开窗子，一缕淡淡的香气浸入来苏水浓重的房间，轻轻叩醒我混沌的大脑。睁开迷离的眼眸，窗外几枝随风轻颤的浅紫色花簇，连同浓翠的枝叶一同映入眼帘。细细碎碎的花瓣不热烈、不炫目，就淡淡的、密密的、执着地开着，认真地香着。我喏喏地问："那是啥花？"暖玲暖暖地答："丁香呀。"巧笑嫣然如那窗外的花一般。那花、那笑，比春天更灿烂。

那是我与丁香的初见，在冰城，在旅途的客栈，在生命的转折点。

散文卷

21

那一年，街上流行唐磊的《丁香花》。一天夜里，病房里的电话突然响起。我拿起电话，歌厅特有的嘈杂音乐和《丁香花》的歌声从电话那头传来，五六个男孩子的声音，一人一句地联唱。我本不是很喜欢这首歌，因歌词的凄婉，曲调的忧伤。但，那一瞬，我真的感动，泪凝于睫：一群冰城的文友在歌厅唱歌，唱到这首歌，忽然想起医院里的我。窗外的丁香花在春夜里暗香浮动，室内男孩子们纯朴的歌声在潺潺流淌。那歌声，那真情，比春天更迷人。

待我能下床走动了，我会在晨光熹微时去院里看丁香的恬淡，会在月色朦胧里感受丁香的温暖。在花开的日子，感受生命的美好和坚强。只是，依然不喜欢那首《丁香花》，因为我眼见的丁香，不低迷不忧伤，总是那样执着地向阳开放。

每一年，冰城之行是我生命里重要的一部分。我多会选择在暮春时节，因为丁香花会浸染冰城，而我定会去赴这场生命的花期。为了这丁香的约会，为了暖暖的笑，为了那无价的真情，我积极向上地生，竭尽全力地活。因为，生命比春天更美丽，遇见比丁香更迷人。

2018 年 5 月 9 日

那些花儿

二丫说她喜欢花儿。近来越发地喜欢，她的文字里常常花意浓浓，配着她的浅浅笑意，每每读着心意暖暖。

问她养花了没？她答，养不好，怕辜负了花儿，只眼里看看，心里喜欢就好。怕辜负了，我想这也是一种爱的方式吧。

家母，也喜欢花。她的喜欢很直接，看到喜欢的花，就拿来种在庭院，养在窗前。

很小的时候，家贫，好在有自家的菜园和小院。邻家的院墙边，篱笆下种的是豆角、丝瓜、老倭瓜，我家却种了蓬蓬勃勃，茂盛的花。春夏之交，晨起拉开窗帘，满眼粉粉紫紫的牵牛花密密匝匝开满了院墙。在阳光下，亮晃晃的。整个早晨都活泼生动起来。

上学前我满世界疯跑，也常会从山里带回些花花草草。那时不懂得美，不会像邻家的男孩折下长长的茎叶，我只摘了花朵。母亲也不嫌，央了父亲找个汽水瓶插了起来。看着汽水瓶顶着个大大的花簇，也觉得很美。

母亲种了很多有名的、无名的花，什么地瓜花、仙人掌、绣球花、月季；染指甲的凤仙，花期很长的扫帚梅；山里或路边捡来的无名野花……房前屋后家里窗台上，热热闹闹地开着。

最有趣的一种花，种了许多年竟不知名字。是一个南方的朋友给父亲带来的大蒜头一样的种子，父亲把它种到菜园角落的大酱缸旁边，她也毫无怨言地生根发芽了，宽大的叶片见风就长，忽一日在中间开出一串嫩黄的花来，娇美得那么不真实。而后的日子锥形桶般的花儿一朵高过一朵地开着。直到秋霜尽了，花事才歇。父亲把她的根茎挖出来和地瓜花的根茎一起埋到菜窖的细沙里。第二年开春，又把她们种在菜园。不承想，她新生出的花叶间，除了去岁的鹅黄，竟有了粉色的花蕾。牵着我们的足，天天走去看新鲜。

日子久了，很多邻居也会去一睹芳容，只是从没人叫出她的名字。近十年中，她随我们搬过一次家，在新家的菜园一如既往静静地开着。直到一日父亲在翻看一本书，忽然见到了和她一样的图，同时也看到她美丽的名字：唐菖蒲。那时，已从孩童长成少年的我特意跑去菜园告诉她，你叫唐菖蒲。她不理我，兀自开着，独自艳着。不在意我曾经唤她草花，还是此刻叫她唐菖蒲。

冬季万物凋谢了，世界一片苍白。我们土屋的窗台上依然热闹，母亲尤其喜欢月季，各色的月季花左一盆右一盆开着，月季的鲜艳配着窗花的魔幻让冬天变得趣味横生。每到新年，家里必换新的炕纸。糊炕纸时，父亲会在牛皮纸上覆一层白纸，刷了清油，用金黄的颜料信手涂一圈葵花，简洁、朴拙、美丽。我们姐妹就在这各色的花里，一天天如花儿般长大。

先生，也是喜欢花的。他的喜欢也直接且朴素。他养的花多半是好成活的，比如仙人掌、仙人球、芦荟、龙爪之类。当然他也养月季，因为我喜欢。他的球球蛋蛋的花们，不仅好养活，而且多有药用价值（至少他自己这样认为）。牙疼上火、蚊虫叮咬，他会弄点汁汁水水涂了、抹了、嚼了。有时，碰巧会好，我自不与他较真，估计他的花们也不与他较真吧。我只爱看在这些球球蛋蛋之间，那些月季。看月季长出新的枝芽，舒展油绿的叶片，在枝丫间坐了一朵朵花苞，然后绽放姹紫嫣红。花朵要开败时，我会选几朵可心的，夹在书里，做一个芬芳的书签。信手翻开的时候，一缕花魂就清香了心情……

小女，也是喜欢花的。她的喜欢，有一种执拗在里面。

她常常养花，花常常被养死，死了她再养。我和她的朋友们常常说她，"宝呀，咱放过那些花吧。"她说："好。"可是转眼又弄回一堆花花草草，她楼上的阳台上又开始生机盎然了，她每日早起又哗哗地浇花，美美地拍照。最近这次弄回来的更多，楼上放不下，我的卧室里也罗列了大大小小十几盆。兰花、月季、水仙、多肉、仙人球，竟然还有两盆草莓、两盆猫草。连猫爬架的最上面也有一株小小的草，不知叫个啥。

床头柜的玻璃罐子养了米粒大的浮萍，满满的一罐翠绿翠绿的，煞是好看。过了几日发现里面竟然还有一只小小的蜗牛，可爱至极。

我怕这次她的花和蜗牛香消玉殒，也时常帮她浇浇花，松松土；给蜗牛换换清水，喂点我吃的青菜叶。做这些的时候，想起二丫说的话，不养花，怕辜负了花儿。我和小女努力，尽量不辜负她们吧。

做一个心宽的女人

——人到中年，要用最宽的心，装最多的福

01

不苛求孩子的学业。孩子是读书这块料，你不需管，孩子不是这块料，说多了，孩子也是逆反，这个时代出路很多，不一定非走"科考"这条路。没有必要平时母慈子孝，说到学习就鸡飞狗跳，有那时间歇歇多好。

面对婚嫁年龄的儿女，不催婚。催出来的婚姻，往往有凑合的成分。结果不是他（她）完成了人生大事，而是你多伺候了一个人，多操了一份心，多挨了一份累。不要催，每一个人的婚姻都是上天定下的，不要催乱了月老的红线，到头来理不清头绪也是麻烦。有时间做点儿自己喜欢的事儿，别招孩子烦，

给自己留点面儿。

更不要催生。孩子们的生活由他们自己做主,含饴弄孙不是说说那么简单,年龄、体能、观念有时是横亘在面前的山。能够逾越就伸把手帮着带带娃,不能逾越别逞强,时不时去看看娃就好。

儿女做事看不惯的地方,不要插言,有时装糊涂也是一种智慧。

02

女人到了中年,不困于情,不溺于爱。古人说情深不寿,还是很有道理的。且宽心做一个风轻云淡的女人,记住:这个世上除了生死都是小事儿。

爱情如是,友情亦如是。有来有往才叫情谊,相互包容才能长久。人到中年,做一个沉静的女人,不做无谓社交,不滥交朋友,不一厢情愿。即便有再喜欢的事儿,再崇拜的人,如果只有你一方握着橄榄枝,切记,不要抛出去,默默欣赏就是了,别给他人找麻烦,别给自己添负累。

与人交往,无论何种关系,一路同行时要彼此尊重,彼此留空间。如果有一天分道扬镳,只记别人的好。心宽可容天地,最重要的心宽可容自己。有一天回头想起,也许根本不记得当初是何种原因从亲密到生分。所以,心宽些,朋友才处得久;心宽些,才会结下更多的善缘。

03

人到中年,女人对自己要求要宽一些,不必事事做得完美。尺有所短,寸有所长,女人不是仙女,允许自己有短板,更允许自己时常偷个懒。虚度光阴,也没啥不好,自己开心最重要。满脸笑意的女人,旁人看着也开心,真正快乐的女人是最美的。所以呀,要记得时常把自己紧皱的眉头抹平,把抿着的嘴角上扬,做一个开心快乐的中年美少女。

人到中年,女人要看清自己,做自己喜欢的事儿,读自己喜欢的书,写自己想写的文,过自己想过的日子。不必在意别人怎样看,怎样想,怎么说。我们不是人民币,不能做到人人都喜欢,与其迎合别人的想法,不如轻松地做自己,岂不快哉!

人到中年,女人要善良有度,不做冷漠之人,也不做滥好人。帮别人之前,要掂掂自己的分量，没有人逼着你做善人。一旦决定出手，善事无论大小，放宽心去做，不求回报，不图利益，有始有终。要相信，这个世上还是心怀感恩的人占绝大多数。如果你不幸遇到了那绝少部分，也放平心态，当初你出手那一刻，你已经成全了自己的善良。

人到中年，女人要用最宽的心对待世事，对待亲情、友情、爱情，对待四季轮回，花开花落。最重要的，要用最宽的心对待自己，才会有更多的快乐幸福。

2023 年 3 月 8 日晨

沉　静

这些年，每日穿过喧闹的街道，熙攘的人群，去另一个嘈杂的处所讨生活。每天面对形形色色的人，林林总总的事。凌乱的是日子，纷扰的是世界。唯一沉静的，是内心。异地他乡的生活，教会我很多东西，我觉得最受用的就是这个——内心的沉静。

生活再庸碌，日子再繁杂，静静笑着面对，就像笑对狂风骤雨，电闪雷鸣。纵然我们再喜欢晴朗的天空，风雨来时，也无力改变恶劣的自然现象。我们就沉静地面对，从中发现快乐所在。

风和日丽的日子，我会低声吟唱喜欢的老歌，只唱给自己听。下雨的日子，打着雨伞穿过大街小巷，我会轻声吟唱出来，雨声会掩盖我的五音不全。这里没有雪花纷飞的日子，如果有，我会一如在故里一般，隔窗静静观看雪蝴蝶翩翩起舞。

夜里喜欢一个人静静地梳理过往，留下美好的心情。让内心温润如玉，沉静如水。

没有人可以真的记载下时光溜走的痕迹，就像无法留下水滑过的倩影，阳光倾泻的温暖，花儿开放的声音。却可以留下美好过往的回忆，在脑海里循环播放，让自己的内心在美好的间隙沉静地呼吸。

所以，大都市繁忙的生活里，我学会享受喧嚣的气息，如织的车流，嘈杂的人群。也学会微笑，面对冷眼，微笑而过；面对苛责，微笑应对；面对失败，微笑再来；面对微笑，我发自肺腑地微笑。内心的沉静，其实来自无数次的磨砺，无数次的阵痛，无数次的变故。积淀下的才是这温润的沉静。

曾经以为的花花世界，因为沉静而简单。曾经以为刻骨铭心的东西，因为沉静而云淡风轻。

别无所求，只要未来的每一日沉静地度过。

2016 年 6 月 28 日

转念在雨中

总有那样的一瞬间，一些熟悉的画面闪过脑海，似乎是梦里见过，促使你停下所有思绪惊叹不已。这些画面演绎的故事似乎成了过往，却总在不经意间莅临，没有前兆，就突然占满了全部的记忆。这一瞬间，让我知道，深入骨髓的东西，已凝固成永恒。即使生命之花陨落，也会和灵魂一起飞升。

雨，是记忆瞬间的闸门，滴滴答答、淅淅沥沥，熟悉的画面会不经意地跌落在我的眼前，碎成水花点点。

春天的雨夜，你眼中的泪滴寂寂地开放，我的心随之悸动。你宽厚的肩膀竟也载不动太多的痛，需要我柔弱的双手抚平你的愁容。醉在绵绵细雨的夜里，呢喃着前世刻进骨子的那个名字，醉的是我无奈的心。很想把那绵绵细雨变成纯美的琼浆，和你一起醉。

夏天是多雨的季节，记忆里的画面斑驳陆离。一池池雨中盛开的荷花，一朵朵粉白娇嫩，一簇簇碧绿青翠，怎敌得过一把雨伞下两个赏荷人心境的清丽。雨荷，开满了整个夏季；青青小屋里，雷声震破屋宇，暴风骤雨里，这是温暖的蜗居。一只手在键盘上轻敲着古老的故事，一只手安放在你的掌心，这个画面永远被定格在每一个夏季。

秋天的雨是阴冷的。窝在沙发里，看你专注地工作。你灵巧的手飞龙走凤，偶尔会抬起头看我一下，满眼都是爱意。我会忍不住，凑到你身边："给你读一段故事吧？"你不置可否地笑。于是选出你喜欢的文字，轻轻地读给你听，笑容会慢慢爬上你温和的脸。很想在秋雨凄凄的午后，给你温一壶酒，做几个你喜欢的小菜，看你心满意足地小酌。幸福，就是如此简单，却又遥不可及。

　　我在周围人眼里是个心静如水的人，在人生大起大落时，甚至性命攸关的时刻，我都会淡定地笑。其实我自己知道，很多时候毫无征兆的悲喜在一瞬间就可以将我淹没，就像雨里发生的每一个故事。我小心翼翼地守护心里这方属于你的净土，希望有颗种子会深埋在下面，在没有人留意的时候会生根发芽。也许你会告诉我，她早已是枝繁叶茂了，她的枝丫在每一个雨夜里沿着思念的墙，倔强地攀缘上升。

　　在远离你的日子里，我经常笑，但是我不经常快乐。很多时候，悲伤难耐，泪水来不及涌上来，微笑已经爬上眼角。生生咽下的泪，就鲠在喉咙，不敢开口说话，一开口就怕泪在话语前流出来。于是，只能淡淡地微笑，对每一个人。我只有对着你的时候才会生气，这是个不可饶恕的过错，因为我渴望雨季。

2016 年 7 月 26 日

第二章

炊烟起处爱意深

根植于黑土地的爱情

——献给我的父亲母亲

我始终相信，人与人的相遇是有缘的。缘浅是彼此生命的过客，缘深是相伴一生白首不分离。

就像我的父母，因为北大荒这片黑土地而相遇，因为共同参与北大荒的开发建设而相识，在北大荒共同奋斗、生活了半个多世纪。经历风雨而坚贞，相守一生而深情。

我的母亲祖籍山东商河，63年前响应国家开发建设北大荒的号召，一路辗转来到云山农场（当时的黑龙江省建设兵团四师三十九团八连）。父亲，是土生土长的黑龙江人，同样响应国家号召和祖父从林口举家搬迁到云山农场。云山农场八连，成为一个山东嫚和一个东北小伙缘分开始的地方。

1961年春，年轻的父亲母亲经云山八连的指导员介绍喜结连理。那时候结婚很简单，一张结婚证书，两个人的行李搬到一起就成了一家人。婚礼更简单，连队里的年轻人在大礼堂里开大会一样聚一下，连长准备了瓜子、糖果，指导员给证了婚，大家一起热热闹闹、简简单单地就把婚事办了。没有随份子这一说，也不用惦记着回礼。从此父亲母亲一起相互爱慕、相互搀扶走过了61个春秋。如今他们已是耄耋之年，依然相亲相爱。每次回家看到二老，我觉得那才是爱情最好的样子。每次看到八十多岁的父母在田间劳作，我想他们和他们的爱情与这黑土地是血脉相连，无法分割的。

他们的爱情也如黑土般朴实无华。没有甜言蜜语，彼此的称呼都是连名带姓，一辈子也不会对彼此说"我爱你"三个字，但是他们的爱贯穿于半个多世纪的默默陪伴，倾注于朴素生活的点点滴滴，两个人彼此拥有、彼此需要，就连样貌也越来越相似。

细水长流的岁月，在爱情里的父母把对彼此的珍视，扩展到对彼此父母兄弟的无私付出，不是爱屋及乌的表象，而是发自内心的善良和疼爱。在艰难困苦的日子里，父亲接纳帮助了姥娘一家人，母亲也得以和姥娘在北大荒的土地团聚。

年景不好的时候，山东的姥娘带着三个幼小的舅舅实在过不下去，把家中的粮食吃没了，把地瓜蔓吃没了，能借粮食的亲戚也都借了一个遍，实在没法子，把最小的舅舅送给了别人。父亲知道后二话不说，给姥娘邮去路费，让姥娘带舅舅们来北大荒。姥娘接到父亲的信和路费，立刻去把小舅舅要了回来。但是一个小脚女人一下带不来三个舅舅，只带来了6岁的小舅舅和9岁的三舅舅。二舅是后来自己扒火车来的，身无分文倒了无数次车，辗转几千里，孤身一人来到北大荒。那个年代十几岁的二舅舅也算个能人，可惜英年早逝，在我们家是不敢轻易提起二舅舅的，怕惹母亲伤心。

姥娘他们来的那一年，父母刚调到九连，大姐不到一岁，母亲又怀着哥哥。姥娘和两个舅舅的到来，给父母加重了生活的担子，但是父亲没有任何怨言，尽他所能操持着一大家子的吃喝。那时候还是吃大锅饭，父母每次去食堂打饭的时候，总是把干粮和稠一些的粥留给姥娘和舅舅们。现在小舅舅还总是说，我哥哥在妈妈肚子里就挨饿，哥哥从出生到两岁多身体一直不好，后来日子好过了才养过来些。姐姐也在哥哥出生后被送去七连的爷爷家，让奶奶带着。姥娘他们刚到我家的时候，父亲看到两个舅舅衣不蔽体，家中实在没有钱和布票去买新布给舅舅们做衣服，父亲自然得想办法解决。他去机务排把小青年们丢弃的油渍麻花的工作服拿回家，连夜用开水煮去油渍，清洗干净，让姥娘和母亲在最短的时间内为舅舅们改做衣服。三舅舅那时候正是淘气的时候，经常闯祸，父亲从来不舍得打骂，总是吓唬吓唬就得了，母亲要打舅舅的时候也总是护着。三舅舅十岁那年的冬天，穿着姥娘新改制的棉衣和几个小伙伴去农具厂淘，一头栽进装满柴油的大罐里，父亲把他从油罐里捞出来，一路滴滴答答地回家，姥娘气得抢起笤帚揍三舅舅，父亲拦下了，让姥娘赶紧把舅舅的棉衣棉裤脱下来，把舅舅塞到被窝里，姥娘和父亲又开始拆衣服、煮衣服的过程，还是妈妈下班回来后，把三舅舅结结实实地打了一顿。

姥娘和两个年幼的舅舅跟父母在一起生活了四年，直到二舅舅因公去世，大舅舅从山东老家来九连后，才从我们家搬出去，父亲得以把姐姐从七连爷爷家接回来。虽然姥娘和舅舅们从我家搬出去有了自己单独的家，父亲母亲一直没有断了对姥娘他们的照顾。在哈尔滨定居的小舅舅前两年还和我讲起，小的时候他会记住我父母发工资的日子，那一天他会等在我母亲回家的路上，他知道他的小姐姐这一天一定会买点儿饼干或者炉果给他们几个孩子，母亲每一次都会偷偷塞给他几块让他解解馋，父亲其实是知道的，却从不过问。家里做了好吃的，他从来不会忘记把姥娘和两个舅舅喊过来一起吃。

直到今天，舅舅们都对我的父亲敬重有加。

1970年，50岁的奶奶去世了，爷爷和十几岁的小叔两个人的家不像个家，父亲向两个连队的领导打了请调报告，调回了七连，两家好彼此有个照应。那时候姥娘和舅舅们的日子好过了许多，三舅舅参加了工作可以支撑起大半个家了，小舅舅也上了学，成绩非常好。每当农闲的时候，姥娘会来我家帮着给全家做针线活，夏天的单衣、冬天的棉衣都做得板板正正，连同我爷爷、小叔的都给做出来。每次姥娘来我家的时候，我们家就跟过年一样，平平常常的饭菜总会被姥娘做出别样的味道。每天早上姥娘起来做饭都会给父亲冲一个红糖鸡蛋，看我眼馋，母亲说，父亲是家里的顶梁柱，身体不能垮了，得给他增加些营养，你吃的日子在后头呢。

我八岁的时候，母亲生病了。那两年父亲疼母亲，像宠孩子一样捧在手心里。吃穿用度一切以母亲为先，为了治好母亲的病更是费尽心思，听说哪里有能治疗母亲病的大夫，立刻带母亲去看，那两年父亲带着母亲走遍了鸡西虎林密山地区，最远到牡丹江，后来是黑台的一位老中医治好了母亲的病。母亲生病期间，为了让母亲开心，父亲在院子里种满各种鲜花，窗台上也摆满一盆盆母亲喜欢的月季花，冬天母亲在热炕头上也能看到花开。我姥娘常说，不是大夫治好了母亲的病，是父亲的耐心和偏宠治好了母亲。现在八十几岁了，父亲依然宠着母亲，一如从前。现在母亲出门溜达，父亲总会开着三轮车拉着她，特地在车上安了一个座椅，铺上厚厚的垫子。冬天出门母亲穿得多，父亲也总是怕胖胖的母亲弯不下腰，自己系鞋带的时候顺手把母亲的鞋带也系好。

父亲母亲的爱情是无声的，也滋长在对彼此的敬重里。

母亲脾气暴躁，点火就着，唯独对着父亲脾气是真的好得没法说。我小的时候很淘气，总惹母亲生气，母亲胖揍我的时候，总会挑父亲不在的时候，因为她知道父亲在场肯定有说服她不动手的理由。母亲有洁癖，时常会因为邻居的鸡鸭跑到我家的门前和邻居争执，也会因为别人的自留地过了界，占了我家的地和人家吵架，每当这个时候只要父亲闻讯而至，三言两语，母亲就会偃旗息鼓，和父亲打道回府。我有一次问母亲："你是不是怕我爸呀！"母亲一个白眼丢给我："我怕谁？我谁也不怕。我听你爸的劝，不是怕他，是敬着他呢。他说得在理，再说他对咱家、你姥家有功呢。"母亲虽然脾气不好，却是讲理的人，她感恩父亲，敬重父亲。母亲很强势，但是家里的大事小情也总是听父亲的建议。

父亲的性情温和，说话有理有据，从不说伤人的话，母亲发火的时候他是灭火器，母亲和邻里闹矛盾的时候他是调节剂，总能化干戈为玉帛。母亲教训我们之后，他会给我们分析，母亲骂我们（主要是我）是不是对的？其实母亲是一个充满正能量的人，从来没有错骂过我们。这需要我们事后慢慢品，更需要父亲适时地点拨。现在回想，我不得不承认我父母对我们的教育是正确的，母亲的骂也是爱的另一种表达。

父亲母亲这一辈子相敬如宾，我们从来没有见过他俩吵架。据说他们有过一次争吵，还是因为我，闹到了母亲要离家出走的地步。那是我高三那年，爷爷退休后有个接班的指标是在云山邮局工作，那时候邮局的工作和银行的工作一样令人羡慕，家里的孩子只有我的年龄最适合。父亲动心了，让爷爷把我的申请资料报上了，母亲坚决不同意，说不管我的成绩如何，总要给我一个参加高考的机会吧，那个时候接班是一个拿铁饭碗的机会，高考是改变命运离开农场去更广阔的地方的机会。母亲文化不高，却想让我从山窝窝里飞出去，看外面更精彩的世界。于是母亲和父亲吵架了，父亲历来是一个理性的人，他想让我接班也是有他的考量，他任母亲和他吵，不吱声也不去撤回我的资料。后来母亲收拾收拾衣服，坐大客去火车站买了回山东老家的票，父亲终是没有拗过她，去火车站把她追回来，一起去邮局把我的申请材料撤了回来。这唯一的一次吵架，母亲完胜。而我直到高考结束，才知道此事。我很惭愧让父母有了吵架的由头，同时也感恩父母对不成器的我如此深爱。后来我想，也许这次争吵，能让他们后来的平静生活有了莞尔一笑的回忆，也未可知。

1990年的3月，父亲生了一场大病住了很久的医院，母亲在医院悉心照顾他。万万没想到，父亲的病还没有好转，生活在八五零农场叔叔家的爷爷，在缠绵病榻许久后突然之间病情加重，在3月8日永远地离开了我们。噩耗传来，父亲的病情更加严重，想要去见爷爷最后一面，无奈根本动不了，他自己也离不开人。母亲左思右想，最后把父亲托付给病友的家属帮忙照顾，她自己带着姐姐、姐夫从云山农场来到八五零农场，和叔叔婶婶一家，我们两口子以及从外地赶回来的哥哥一起替父亲送别爷爷。爷爷出殡那天母亲哭得撕心裂肺，有对爷爷离世的悲伤，更有对父亲不能亲自送爷爷最后一程的心疼和遗憾。一个人流着两个人的泪，让我也无比地心疼。

如今，父亲母亲的爱情随着年岁的增长，看起来越来越平淡，我却知道他们的爱情越来越浓厚。已经浓得化不开，分不清彼此了。

因为母亲睡觉打呼噜，他们分房而睡，不是父亲嫌弃母亲打扰他入睡，而是母亲心疼父亲因她的呼噜声影响了睡眠，熬坏了身体。这一点不影响母亲每天给父亲后背上因湿疹长出的疙瘩上药，也不影响每一次和我通话的时候向我汇报：你爸爸后背上的疙瘩少了几个。

父亲年轻的时候出力大，岁数大了不如母亲的身体好，前两年种菜的时候，重活累活都是母亲抢着干，我问起的时候，她总是说："我现在比你爸爸强些，我也心疼心疼他。"话里话外自豪而情深。

我来北京十八年了，基本每一次我给家里打电话，都是母亲接的，每一次她都会自豪地宣布："你爸爸没有抢过我。"其实我知道，父亲怎会抢不过母亲，他就是让着她，惯着她，宠着她。

让着，惯着，宠着都六十多年了，他们彼此都乐在其中。我想这就是爱情的真正的模样吧。

2022 年 5 月 20 日于北京

感谢父亲

感谢父亲。感谢您养育了我，给了我一张酷似您的面庞，让我生得如此美好，大大的眼睛，长长的睫毛，高高的鼻梁，小小的朱唇，我为自己成为你的女儿无比骄傲，也让我对生命更加地珍惜和敬畏。感谢您，给我生命和自信，给我美好和自豪。

感谢父亲。感谢您培育了我，造就了我如您般的品格。您的性格如玉，您的性情如兰，您宽厚待人，您谦逊有礼，您骨子里的善良，在我的身上，一点一点叠加，一点一点放大。

感谢父亲。感谢您身上泥土的味道，让我一直不敢忘记我是农民的女儿。一直留恋小时候，您菜园里新鲜的蔬菜，季节的味道总是神奇地在小炕桌上变换；一直执着于您亲手种的谷子的香暖，哪怕行李再多，也要在探家返回时，带上一捧您亲手种植的谷子，只为在千里之外想念您的时候，闻闻您的味道。八十岁的您，仍然无法停止耕耘土地，莳弄庄稼，守候四季。我，也一直没有停止想您。

感谢父亲。感谢您灵巧的双手，让我一直怀念您亲手打制的家具，那黄菠萝的香气总是诱惑我偷偷躲在炕琴里酣然入梦，家具朴拙的样子总是闪烁在记忆的深处；感谢您总是在每个春节前糊炕纸的时候，在牛皮纸上面附一层白色的纸张，朴素的日子因为那层白纸上您随手画的金色葵花而生艳；感谢您饱读诗书，勤于书法，时常在茶余饭后挥毫泼墨。小时候我们用过的作业本、您读过的《参考消息》都是您练习毛笔字的"宣纸"。虽然我用着带有您淋漓墨迹的厕纸心有顾虑，但是看到春节时左邻右舍家的对联都是您的"墨宝"，我还是骄傲不已。

感谢父亲。感谢您对我的宠爱，这五十几年来，您从来没有拍过我一巴掌，也不舍得对我说一句重话，哪怕我再顽劣，哪怕我再叛逆。能回想起的，是小时候连队放露天电影您怕我看不到，让我坐在您的肩上，看完了再把不知啥时候睡着的我一路扛回家；是大雪之后，跟在您身后一路去学校的情景，任深深的雪壕外"大烟炮儿"呼呼地刮，有您在，温暖就在，方向就在，安全就在；是高考失利后，一个人坐在菜园里不想回家也没脸回家时，您一路寻来，啥也不说，默默地陪我坐着；是叛逆的青春，为了嫁人而嫁人，把自己闪电般地嫁出去时，您有生以来第一次失眠，吃了过期的安眠药，差一点就……

亏得那晚母亲睡得比较警醒，发现了您的异常，叫来了连队的医生，喊来了您的好友,连夜把您送到医院才抢救回来。几十年后母亲讲起还心有余悸：那晚的您实在是凶险，恰好一向睡得沉的母亲那晚醒来，恰好您的朋友及时赶来，恰好深冬的夜里，连队的车打不着火时有一辆送亲属的外来车辆出现，否则后果不敢设想。我想，这些恰好应该是您善良得来的福报吧。但，因我而起的这一切,您从未和我提起。每每想起，我的内心愧疚不已，每每想起泪凝于睫，每每想起，我都会告诉自己:我要好好生活，善待自己，不再让您担心和牵挂。

感谢父亲。感谢您对我的爱，每一次我在工作中遇到困难，生活里遇到不如意。回到家，不用我说，您就会明了，没有苦口婆心的说教，没有言辞激烈的训导，只一两句的点拨，就让我茅塞顿开。每一次生死关头，命运转折的时刻，您都会在我身边默默地支持我。您把自己应对波折命运的淡定态度，潜移默化地传给我，让我懂得什么叫遇事不乱，什么叫山崩于前而面不改色，什么叫这世界上除了生死都是小事。

北京之行，我没有和您辞行，怕母亲阻拦，怕您不舍。到北京一周了，我才有勇气拨通您的电话，张口叫了一声："爸！"我的眼泪就不由自主地流下来。您在电话那头问我："在北京安顿下来了？"而不是责问我为什么不和您商量。我忍着哭音和您说话，您自然是听得出，您说："爸爸支持你做的所有决定，如果我是你这个年龄，我也会出去走走，你不能把生命变长，但你可以把生活过宽，可以把自己的日子变得有意思。"您还说，别担心母亲，母亲那你会去解释，去做工作，也负责把母亲哄开心了。这是您和我说得最多的一次，不爱流泪的我，在北京的冬夜里，一个人哭得稀里哗啦。

感谢父亲。感谢您在年届八十的高龄学会了使用手机微信，只为可以和我、小妹、哥哥时常语音、视频聊天。我不知您用了多久学会用手机打字，只清楚地记得我生日的早上，老爸的微信传来：学英，生日快乐！短短的六个字，让我内心的感动汹涌澎湃。

感谢父亲。感谢您，让我知道在遥远的故乡，有一个温馨的家，一直是我的后盾，一直一直给我温暖和爱意！

感谢父亲……

2018 年 6 月 17 日

父亲的鱼

父亲是一个旱鸭子，但这不妨碍父亲为我们"捕"鱼吃。

每到夏天，一个夜晚，父亲就提着自己编的捕鱼笼子到连队不远处的云山水库，寻一处水浅的芦苇丛，把笼子下到水里。第二天一早，父亲再去，就会拎回家或多或少的小鱼儿。一指多长的白漂子、胖头胖脑的老头鱼，有时还会有几条活蹦乱跳的泥鳅在笼子里钻来钻去。于是，母亲就把这些小鱼收拾好，配上菜园子里新摘的茄子熬一锅。于是，饭桌上蘸着鱼汤的我就会多吃一个白面馒头。有时候小鱼比较多，吃不了，母亲就会把小鱼腌了，咸咸地晒干了，收在蛇皮袋子里，冬天来时，蒸馒头时撒上葱花蒸一碗，再淋上熟油最是下饭。

偶尔，机务排的小青年们会约父亲一起去下挂子。父亲便穿了衩裤和他们熬一宿。父亲在浅水区打桩，小伙子们则把丝挂子拦截在窄一些的河道，隔段时间就去看一遍挂子，尺八长的鲤拐子、胖头鱼、鲫瓜子便一点点装满水桶。天蒙蒙亮时，父亲便指挥着小青年们收了挂子，分了鱼各回各家。

有鱼吃的日子，是有滋味的。

我七岁那年冬天特别冷，水库里的冰比往年要厚很多。春天终于来了，云山水库开江了，白天看着特别壮观，晚上睡在炕头，能隐约听到冰排断裂和互相撞击的轰鸣声。一天早上，父亲湿淋淋地回来了，怀里抱着一条大鱼，足有我的个头长。这是一条红色的鲤鱼，我怀疑它是童话故事里的鲤鱼精。母亲也吓了一跳，问父亲："这一身的水，是不是掉水库里了？"父亲回："可不就是掉水库里了。"原来，水库开江了，很多人去捡被冰排撞晕的鱼，父亲就寻思也去捡两条，回家改善下伙食，他学着别人的样，跳到离岸边比较近的一块大冰排上，可是他还没站稳，几块冰排就夹带着这条红鲤鱼冲到眼前，父亲手疾眼快，一把捞起来，大鱼却不肯束手就擒，拼命扑腾着，父亲脚下一滑就掉进冰水里，好在水不是很深，岸边的人七手八脚把父亲拉上来，父亲则一直死死地抱着鱼不撒手。母亲听了，嚷父亲："赶紧把棉衣、棉裤脱了！以后可别去了！"父亲憨憨地笑着。父亲把大鱼放进家中的大洗衣盆里，大鱼的鱼头、鱼尾在盆沿外翘着，扭动着。母亲说，这条大鱼不能吃，要给外婆送去。

第二天，母亲给住在九连的外婆送鱼去了。

母亲前脚刚出门，父亲就收拾了衩裤和抄捞子也出门了。我悄悄跟在父亲后面，还没走出连队就被父亲发现了。父亲一跺脚，我赶紧转回头往家走；父亲又往前走了，我立刻转回身又跟上。几番下来，父亲只好带上了我。于是，我亲眼见证了父亲再一次掉进水库……然后，我们带着湿淋淋的鱼一路跑回家，赶在母亲回来前，换衣服，洗衣服。晚上，母亲回来，看到洗衣盆里的鱼，神色严肃地问父亲："又去了？"父亲说："没去，水元送的。"水元是父亲的"渔友"。母亲一挑好看的眉："真的？"父亲的语气明显不足起来，说："真的。"母亲没再问，刮鳞、开膛、收拾鱼，炖到大锅里。

那晚上的鱼特别香。

在那个物资极度贫乏的年代，父亲捕的鱼是我们的牙祭，我们的盼望，我们的节日。后来，我嫁人了，婆家距离老家一千余公里。父亲捕的鱼，就很少能吃到了。

2022 年 7 月 19 日

一年又一年

——写给父亲

那年春天，你开着拖拉机，拉着一家老小和全部家当，从云山的九连搬到了七连。田野的微风、新翻开的泥土味道、驾驶室里脊背宽厚的你，是我最早的记忆。那一年我 4 岁，你 31 岁。

那年夏天，我们一家五口，从爷爷家搬出来，有了属于自己的房子，房子的土坯墙上有条很大的缝隙，房顶的茅草间长着几棵小树苗，还有一蓬开着黄花的草。我时常爬上房顶晒太阳，一天中午晒着晒着就在房顶睡着了，你发现后蹑手蹑脚地上去把我抱下来，我惊醒在你的怀里，看到你温和的脸，又安心地合眼睡去。那一年，我 5 岁，你 32 岁。

那年秋天，我们终于有了新房子，红砖青瓦，全家兴高采烈地搬去了新家。有一天晚上，你去一个婆媳妇的伯伯家帮忙，一夜都没有回来，母亲一早牵着我去了老屋，看到你醉卧在老屋的炕上呼呼大睡，一地一炕金灿灿的谷子那么香，那么暖。母亲嗔怪道："不能喝酒还逞能。"那一年，我 6 岁，你 33 岁。

那年冬天，下了一场很大的雪。连队里住户的门大多是往外开的，被大雪封住推不开。咱家的门是少有的往里开，早上你打开门，铲出一条雪路，把邻居们一家一家地解救出来。然后大家再一起去解救下一栋房的人家，我跟在你后面连滚带爬地疯跑了一个早上，看着你和一群汉子乐呵呵地帮别人打开门，觉得你真是一个大英雄。那一年夏天，你牵着我的手，把我交给一个叫徐立福的大眼睛女老师，把我的手交到这个 19 岁哈尔滨知青手里，说我长得小，让

散文卷

老师多照顾一些。那一年我 7 岁，你 34 岁。

那一年发生了很多事情，过完年不久，我有了一个小妹妹，我当姐姐了，后来母亲生病了，你带着母亲四处看病，家里常常充斥着中草药的味道，母亲白天黑夜地偎在炕头。你在门前的篱笆下种了喇叭花，每天早上拉开窗帘就会看到篱笆墙上开着数不清的喇叭花，粉的，娇娇嫩嫩，紫的，亮亮堂堂。病中的母亲看了总会舒展开好看的眉："这花儿咋这么好看呢！"我也总会跑出去揪下花朵吸里面的甜水。日子好像也没那么苦了。那一年，我 8 岁，你 35 岁。

那一年，我生病住院，你去医院陪我，其实没有多大事儿，就是重感冒，头疼得厉害，可是你却非常紧张，怕我和小妹一样得了脑膜炎，小妹得脑膜炎的时候很凶险，好在送医及时没有落下后遗症。当医生再三告诉你，我只是感冒时，你开心地带我去看了一场电影，那个时候家里很穷困，看电影实在是一件奢侈的事儿，我还记得那个电影叫《第八个是铜像》，虽然看不太懂，但是我能感受到你的开心。后来你还给我买了人生第一条裙子，女伴们都有，我羡慕了很久。那一年我 9 岁，你 36 岁。

那一年，你从云山的七连调去了四连，因为没有合适的房子搬家，你独自赴任。那一年你和连队的小青年一样住宿舍，农闲的时候才有时间回家看看我们。有一天晚上，已经很晚了，母亲带着我和姐姐、妹妹在家，哥哥去爷爷家陪爷爷。一个姓许的高高大大的杭州男知青来送母亲托他从杭州带回来的两床被面，母亲没有开门，对他说："你明天白天再来送吧。"他说："今天刚回来，明天要去团部学习。"母亲说："那你放在外面窗台上吧。"母亲从未有过的谨慎语气，让我莫名地害怕，那一刻我很想你。那一年我 10 岁，你 37 岁。

那一年，我们终于搬家了。到了四连，我很不适应。四连的孩子在整个云山是最抱团的，也是最排外的。我这个插班生在四连的学校遭受了很多不公平的待遇，上学第一天就有了一个"华丽"的外号，后来去班级的路上时常被男孩子们喊着我的外号起哄，考完试老师读别人的成绩会有掌声，我考得再好听到的都是一片沉默。你觉察到我的不开心，对我说："你已经是大孩子了，要学会自己解决问题，我不能总跟在你后面。"有一天中午，我在学校走廊的黑板上看到了你的名字，我压抑许久的屈辱和愤怒到了顶峰，我在自己的班级找到了罪魁祸首，并爆发了我有生以来第一次肢体冲突，对手还是一个男孩子。我赢了，没有赢在体力上，赢在了气势上。一战成名，从此没有人再明目张胆地欺负我。当然，那场午后的战争我从未和你提起。那一年，我 11 岁，你 38 岁。

那一年，我收拾行装离家去云山二中，你为我做了一个小木箱，小木箱上配了一把锁头，告诉我把重要的东西和一个月八元的伙食费放里面，别丢了。我说我哪有重要的东西，你告诉我日记也算。开学那日，你扛着装有我被褥的麻袋送我上车，然后就去农具厂工作了。到了中学，我如飞出笼子的鸟，撒着欢儿做自己喜欢的事，学习成绩明显下降。期末，你看了我的成绩，说收收心，别考不上高中，对不起你的小聪明。那年你破天荒地参加了我的家长会，要知道哥哥姐姐的家长会你都没有去过，那时的老师还实行家访，哥姐比较乖，不需要特别关照，唯有我长着反骨。那一年我 13 岁，你 40 岁了。

那一年，我带着叛逆、带着离开就再也不要回云山的可笑信念，离开生我养我的家，离开你。我走得决绝，你送得默默，一路无话到了车站。大客车发车了，你依然默默地站在原地很久，直到车开出你的视线，我心里莫名有些沉重和失落。那一年我 19 岁，你 46 岁。

那一年元旦，我带着他回了家，你没有同意，也没有反对。听母亲对我说："可惜了我这么漂亮的闺女。"（我想人家的母亲说不定也觉得可惜了人家的儿子呢）你听了母亲的话，微不可察地叹口气，背着手出了家门。那年的三月，我又带着他回家，给你过生日，你开心地多喝了一杯酒。红着脸膛，拿出一瓶酒，里面泡着一个白色的小黄瓜，那是我 7 岁的时候，菜园的黄瓜架上结的一个"另类"，你听人说白色的黄瓜泡酒可以治病，你就在黄瓜手指头粗的时候，将它装在酒瓶里，直到它长满瓶子，把它摘下来泡上酒。那段日子我们几个孩子天天去看白色的黄瓜一点点长大，转眼已经过去四十多年，你依然留着，那天你说要送给我，我说还是你留着吧，这个是兄妹们的童年记忆。那瓶小白黄瓜酒，至今还在你的酒柜里，和我们姐妹这么多年送的各种档次的酒混搭在一起也毫不违和。那一年，我 23 岁，您 50 岁了。

那一年冬天，我出了月子带着小妞回家，您开心得合不拢嘴。知道我没坐好月子，我在家的那些天，您说："再接着坐坐月子吧，天气冷就别去外面的厕所了，单独给我准备了一个马桶。"我说："不用，给小妞准备个尿盆就行。"您坚决不同意，每天乐呵呵地把马桶提进提出。那一年，我 26 岁，您 53 岁。

那一年春天，我彻底地离开了家。从那个民风淳朴的地方来到了北京。从做决定到出发，我没有和您透露一点点信息，怕您和母亲不同意。到了北京安顿下来，一周后我打电话给您。听到您的声音，我眼泪忍不住流下来。那天您说，您支持我的任何决定，如果您年轻 20 岁的话，一定也想走出去看看。你希望我有一个不一样的活法，把以后的日子过得有意思。那天夜里我哭得稀里哗啦……那一年，我 40 岁，您 67 岁。

那一年夏天，我回去看您，你骑着电动三轮车拉着我去看你种的自留地。到了地头，我看见一片翁郁，天哪！您又种谷子了。过了半个世纪，您又寻摸来种子，让我想起小时候和您一起翻地，一起种谷子，收谷子的场景。从那一年，每次回家过年您都会给我准备一袋小米，让我在北京也可以喝到您亲手种的小米，那是对乡愁最好的慰藉。那一年我 50 岁，您 77 岁。

那一年春天，我回云山给您过生日。我们兄妹四个，从不同的地方赶回家中，齐聚云山。午餐的时候，您和我们一起说着从小到大发生的趣事，难得孩子们回来得那么齐，一向没有酒量的您破例喝了一小杯白酒。记得那天的蛋糕是小妹亲自动手为您烤的，到了吹蜡烛许愿切蛋糕的环节，穿着红色唐装精神矍铄的您乐呵呵地说："去！把太阳关上！"我们哈哈大笑着，七手八脚地把窗帘拉上。那一年，我 53 岁，您 80 岁。

……

这一年，这一天，我 56 岁，您 83。我在北京，您在云山。不惧千山万水，不惧时光交错。

唯愿您健康长寿、幸福快乐，一年又一年……

2022 年 3 月

有这样一个男人

有这样一个男人，含着金汤匙出生，那天是 1939 年的三月三。这个被所有家人宠爱的长子长孙，这个被家里的账房先生和伙计们喜爱的少东家，躺在紫铜打造缀满金饰的摇篮里一天天长大。三四岁开蒙的他，有两位先生，一位是他的儒商祖父，另一位是他年轻的父亲。祖父生意忙碌的时候，父亲呼朋唤友诗酒茶的时候，他就像《呼兰河传》里的萧红一样跟在祖母身后家里家外、院里院外转悠。

直到外面纷纷的战火烧到了祖父的商业帝国和高高垒起的院墙，祖父这个高大儒雅的山东汉子，不愿跪向穷途末路的入侵者，挺直的腰板轰然倒下，那一年他六岁。没有了祖父庇护的家，一点点没落。一天夜里，这个小小的男子汉被闯进深宅大院的士兵从厚实的毛毯上抖落到地上，看着他们搜罗了家里的细软，包括那张毛毯，扬长而去。惊恐的他不忘紧紧抱住瑟瑟发抖的母亲，直到父亲回到家点起油灯。那一夜他突然长大，远远超过他的年龄。

有这样一个男人，小小的年纪就承担起帮助母亲照顾家，照顾弟妹的责任。用他曾握笔习字作画的小手，帮家人春种秋收，直到现在，他还常常讲起年幼的时候，整个秋收时节他和母亲一起剥玉米粒到半夜三更的事情。饱读诗书、吟风弄月的父亲是不屑做这些的，可是也不能眼看着夫人和幼儿劳作袖手旁观。这时候父亲会躲出家门，直到听不见娘俩干活的声音，看到油灯熄灭，才悄悄摸进屋里。

在他八岁的时候，本就体弱的母亲大病，父亲外出多日未归。眼看母亲的病一日重过一日，家中已无钱请郎中来诊治。八岁的他只身从林口县城前往宁安的外祖母家求援，分文未带的他在祖母的千叮万嘱下出发了。三天后，历经坎坷，吃完最后一张玉米面饼子的他终于找到了外祖母家。当这个从未出过远门的小小男子汉出现在外祖母面前的那一刻，外祖母竟然不敢相信眼前这个孩子就是自己曾经金尊玉贵的大外孙。他憨厚地笑着从贴身的衣服里拿出母亲的信，把母亲的病症详细地说与外祖母和舅父，请舅父救救母亲。外祖母说住一宿歇歇再走，小小的男子汉说已经在路上耽误了三天，请求舅父即刻随他一道回林口。舅父套上马车，带上吃食和他一同奔向牡丹江，转乘火车返回林口。好在回来得及时，舅父请了林口县城最好的郎中救回了母亲。

这个小小的儿郎，在苦难中长成英挺的少年。骨子里有祖父的睿智，父亲的才情，母亲的坚韧。因为长期的劳作，面貌虽似父亲的俊朗，身材却无父亲的修长，肩宽体健，沉默寡言。写得一手好字，种得一手好田，更是弟妹的榜样，母亲的靠山。过着朴素的日子，吃着简单的饭菜。农时，田间地头，闲时挥毫泼墨。那段日子，因为贫困和疾病他先后失去了四个弟妹，因而对最小的弟弟格外疼爱。

1957年，审时度势后的父亲和一腔热血报家国的他，响应国家号召，加入开发北大荒的滚滚洪流。那一年春天，父亲和他带着病母和幼弟来到了王震将军麾下的四师39团7连，成为第一代垦荒人。开始了在北大荒战天斗地，播种希望的生活。

这个男人，来到北大荒后做了一名出色的拖拉机手，驾驶拖拉机开垦出一片片良田，后来又成为一个优秀的康拜因驾驶员，开着康拜因收获了一个个金色的秋天。人到中年，在农具厂的烘炉里锻造出一个又一个农机配件，修理好一辆又一辆机车，多次改良了点、播、种、收的方法，为增产增收默默钻研实验，常常两手脏污，满身机油，有机车从身边驶过他常常习惯性地侧耳倾听。更会在每一个新年到来的时候，把一副副手写的大红对联贴在自己和左邻右舍的大门上。

这个男人，在北大荒娶妻生子。他和妻子相濡以沫六十余年，共同孝敬双方父母，共同照顾两家兄弟。他的四个孩子如他一样宽厚善良，如他一样吃苦耐劳，也如他一样热爱文学，热爱生活，热爱黑土地。

直到今天，这个男人已到耄耋之年，依然生活在这片他用青春和热爱守护的土地。

这个男人是我的父亲。

2023 年 4 月 22 日

母亲，老了

母亲，老了。

老到模糊了时间。母亲节的早上，小妹送回家一堆礼物，母亲开心地收下。中午我打电话给她："今天母亲节，祝老妈节日快乐！"母亲惊诧："今天母亲节？"我说："是呀。"母亲笑着说："怪不得小勤（我妹）一大早送来一堆吃的，还有衣服。"母亲老了，越来越模糊了时间和节假日的概念。以前逢年过节我们不回去，她会不开心。离家在外，逢年过节我不打电话她更是会气得跳脚。记得 2015 年的三八节，店里有事忙得忘记打电话了，第二天打回去，被她点着我的大名"骂"，把我吓得再也不敢忘记任何节日。唉！今年她自己竟然忘记母亲节了。真怕哪一天，她只记得中秋和新年。

母亲，老了。

老到寡言少语。这两年，给她打电话，通话的时间越来越短。我特意看了下时间，母亲节的电话只有短短的 11 分钟。前几次也就七八分钟。想当年，每次我给家里打电话，总是老妈先接起来，每一次我都会故意问："爸呢？"她就会洋洋得意地大笑着说："他没抢过我！"每一次絮絮叨叨说个没完，东家长西家短，豆角开花了，玉米长高了，刮风了，下雪了，云山水库开江……想到哪里说到哪里。每一次都被父亲提醒：差不多得了，给我说两句。现在，我打电话回去，她问完我和孩子的情况，说完她和父亲的情况，就会说："没事吧？没事儿我就挂了呀。"每一次我都忍不住多问几句，天气情况，嘱咐她天冷下雨下雪的时候就别出去溜达了。她会说："知道，不出去了，出去也走不远。每天上午出去一会儿，都是你爸开车拉着我转一圈，买点儿东西就回家了。"老话说，人越老越唠叨，母亲老了反而没有那么多话了。

母亲，老了。

老到不愿意动弹了。瞧瞧！出门都不愿自己走了，要坐父亲的专车了。这还是那个舞扇子，在秧歌队排在头一个扭得欢天喜地的母亲吗？还是那个和我们一起遛弯，昂首挺胸走在我和父亲前面，还时不时地要停下来等我们一会儿的母亲吗？还是那个开了一块又一块荒地，种了菜自己吃不完送给左邻右舍的母亲吗？母亲老了，和我说从今年开始不种园子的地了，种不动了，让你姐夫种吧，有我吃的就行了。

母亲，老了。

老到没有了锋芒，懒得发脾气了。我们做错事儿的时候，也不像从前那样劈头盖脸地骂一顿，打一顿。老到不再挑三拣四，不会在意我们送给她的衣服的款式，以前的老妈是很臭美的呢，时常会嫌弃我给她买的衣服。老到逢年过节我们无法回去，她在电话里也不会急眼，只会叮嘱我们保重身体，只会说我和你爸都挺好，别挂记……

2022 年 5 月 9 日

哥哥的军大衣

有业内人士说，服装上一年是时尚，今年是流行，来年是落伍，10 年以后为土气，50 年之后又变成时尚，100 年之后就变为新潮了。比如最近火遍全网的军大衣，妥妥地证明了时尚果然是个轮回，不仅在冬季的哈尔滨各大院校闪亮登场，在海外市场也意外地掀起了热潮。这被称为"东方战袍"的军大衣频繁出现在世界各地的高级服装秀场上。

对于国人，这略显笨重的军大衣，在冬天穿上，不仅能御寒，还有一份骨子里对军人的崇敬在其中，更是对往昔的追忆，对旧时光的回望。看到成群结队的小伙子穿上军大衣飒飒地走在校园，披着"东方战袍"酷酷地骑着二八大杠穿行在冬日落雪的街头，常常让我想起 20 世纪 80 年代初我们家唯一的那件军大衣。

那件军大衣，是母亲给我哥做的，当时我哥在佳木斯上学。有一年放寒假的时候，我和母亲去辉崔站接放假回来的哥哥。我们到车站的时候，下了火车的哥哥已经在寒风中等了很久。那时候，农场的接站大客就那么一趟。车小乘客多，每一次大客一到站，人们就会蜂拥而上，过道挤得满满的，也常会有人挤不上去，尤其放寒暑假的时候。挤不上去的人自己想办法，会有很多孩子走回家去。所以哥哥不敢在候车室多待，生怕错过了这唯一的客车，早早地出来尽量往前排。车停下后，哥哥随着人流奋力挤了上来，也亏得他穿着母亲给做的短款黑棉袄，在一堆军大衣之间，相对灵活。估计在等车的时候，他就冻透了，坐到座位上很久了浑身还在不停地发抖，那些穿着军大衣的小伙子们却已经挤冒汗了。看着哥哥冻紫的手和脸，母亲心疼坏了，一路上都沉着脸。

哥哥回到家后，母亲说得给她儿子买件厚实的军大衣。我们一起去场部的商店看了，没有合适的，不多的几件太长、太大，关键是太薄，其实人家的厚度是正好的，穿上利索，骑上二八大杠风一吹也潇洒，只是没有达到母爱的厚度罢了。问了下价钱，挺贵，母亲数了数手绢包里的钱，算了。转身扯了军绿色的斜纹布，回家翻出存了几年的棉花，借了邻居的军大衣，比照着裁剪出来。用了两天的时间，这件军大衣终于做好了。我很羡慕，想试试，母亲说："一边去，叫你哥来试。"我把哥哥喊过来，哥哥看到军大衣的一瞬间很欣喜，往身上一穿，我看到他的笑容凝固了，母亲在他背后没有看到他的表情，催他去照照镜子。当他迈步走的时候，我也忍不住笑了，当他站到镜子前的时候，我看到他变换了好几个表情。最后笑着转过来："妈呀，这衣服是不是太长、太大、太厚。"母亲看着哥哥身上长度快到脚踝的军大衣回："厚吗？不厚吧！就是长了一些，我给你改改。"母亲说着，就接过军大衣拆开来，改瘦一些、短一些。哥哥强烈要求薄一些，母亲嘴上答应着，手上可不会实行。结果就是，改完的军大衣，恨不能没人穿着自己就能立住，我那个笑呀，我也试了一下，"齁沉"。穿上它想要风吹衣角翻飞的潇洒，肯定不行了，估计风根本吹不动它。我哥偷偷和我说："开学走的时候，我可不穿。"我说："可别，咱妈会骂死你。"假期结束，哥哥返校的那天，还是乖乖地穿上母亲做的那件军大衣去挤大客车了。那天，我没去送他，但是我想想个子不高、瘦瘦的哥哥穿着厚厚的军大衣和一群人挤公交的场景就想笑。晚上，母亲一脸满足地和我说："你哥这下可不冻不着了。"我心里回了句：我哥可不想要温度，他要风度。

几年后，我在哥哥任教的宝泉岭农机校他的宿舍里又看到了这件军大衣。它被整整齐齐地叠放在被子上，军大衣上面盖着一块蓝色的枕巾。冬天的夜晚宿舍的供暖不好，夜里睡觉会冷，哥哥就把大衣压在被子上。同宿舍的聂老师和姜老师常会一边笑话着哥哥的军大衣，一边抢过来压自己的被角。哥哥这时候总会呵呵笑着，由他们抢，早上再拿回来放在叠好的被子上，盖好枕巾。这个时候，我忽然明白，哥哥其实是懂母亲手缝的这份爱的。只是，当时我还太年轻。

我哥因为这件军大衣，被学校的女生笑过，因为这件军大衣太厚，导致乘车睡过站过。也因为这件军大衣的暖，被羡慕过，被争抢过。几十年过去了，我们每次想到这件军大衣，就会想起那段岁月，想起母亲的温暖。如今，母亲的眼睛已经花了，很多年不动针线了，但是母亲灯下为我们做棉衣的场景从不会忘记。

今冬，街上流行军大衣，很想去淘一件穿穿，回味一下往昔的时尚与温暖。

2024 年 1 月 15 日

散文卷

我的姐姐

我在家里行三，上面一个姐姐一个哥哥，下面一个妹妹。从小，就感觉处于中间的我是最不受"待见"的。

首先表现在穿上。我们小时候，家里困难，吃饱穿暖没有问题，但是新衣服不常有，零食不常见。当这些不能满足所有孩子的需求，怎么办？时日久了在我家就形成两条不成文的规定：一条是有好吃的先紧着小我八岁的妹妹，这个我理解，她最小，应该的。另外一条是有新衣服先紧着我姐，六一儿童节的时候她有新的白衬衣、蓝裤子，我只能拣她和哥哥的剩。过年，妈妈给我们做了新罩衣必须她先挑，我小的时候两人个头差距人还好说，花色一样，大一些的是她的，小的是我的。等我长到四五年级，我们个头差得不多了，妈妈会做两个一样大的，这时候她就"来劲儿"了，两件衣服挑来挑去，力图找出一件比另外一件针脚更匀，扣眼锁得规整，我大概是从小习惯了她的挑，一切随她，任她"欺负"我。

终于有一次她的"挑"激起了老妈的暴脾气，把她骂了一顿。原因是学校的许幼海老师回杭州探亲，我妈让给捎回两床被面，因为姐姐和我马上就要住校了，以前用的被面实在太旧了。在那个国民大花统领的年代，这两床被面简直就是珍品，非常之漂亮。一床是墨绿色的带着小朵的暗红色荷花，另外一床是大红底子上面有黄色和白色的百合。两床我都喜欢，尤其是那床绿色的，我知道我没有挑的权利，就任由姐姐左右摇摆多次之后选了红色的那床，我暗自开心。我妈在缝被子之前对她说："你决定好了吧，就这红色的了，我可就开始做了。"等被子做好了，两床被子叠好了放在一起，瞧瞧哪床都好看，她又后悔了，想要绿色的。她自己把两床被子拆了，把被面换过来，因为被套也是她早就挑过的，不能直接换给我。等到开学了，我拿着红被子，她拿着绿被子各自去学校了。可是过了一个学期，她不知怎么就执着地认为还是红色的好看，放假回来她把两床被子拆洗好后和我"商量"：把那红的给我呗。我正好也想要那床绿的，就答应了她。做被子的时候，我妈忍着气做好了，对她说这次不许变了。她也应了，可是过了几天又要换回来。我妈那暴脾气就上来了，问我喜欢哪床，我战战兢兢地回："绿色的。"我妈劈头盖脸就把姐姐骂了一顿，最后警告她：不许再换了，再换就把你的被子撕了。最后我终于保住了我的绿被面，我是真的非常喜欢，这被面一直用到我结婚。我姐姐那床其实也非常漂亮，几种张扬的色彩，带着欢喜和吉庆。几十年过去了，我的被面已不知所踪，她的却一直好好地保存到现在，被姐姐宝贝一样放在衣柜最里面，我想她一定是在珍存年少时美好的回忆。

我一直以为姐姐只和我在衣服、被子、头巾这些物件上会"霸道"些，后来我发现她和妹妹之间也有"争夺战"，她俩可是相差十二岁呀。因为父母中年之后才有的妹妹，不免宠溺，我们几个大的也很惯着她，至少我是无论她怎么闹，就算把我自己气哭了，也不舍得打她一下子。妹妹长到七八岁的时候，我发现她和姐姐之间也是有"战争"的，不争吃的，不争穿的，那争夺什么呢？争电视！争电视的频道。妹妹六七岁的时候，也就是姐姐十八九岁的时候，日本电视剧和动画片刚被引进中国。当时流行一部叫《血疑》的电视剧，姐姐正是被此类电视剧吸引的年龄，一集集地追，可惜每天晚上只播放一集，偏偏这个播放《血疑》的时间段，是另外一个少儿频道妹妹晚上看《花仙子》的时间。每到周末和假期，两个人吃罢晚饭早早地守在电视机旁边，谁先抢到转台的按钮，谁就转到自己喜欢的频道。一时间，《血疑》和《花仙子》就轮番上演，我开始没看出两人的战争，妹妹看《花仙子》我也跟着看，姐姐看《血疑》我也跟着瞧。之前都是默默地争抢，可能是怕妈妈听到争吵会骂，直到有一天似乎是《血疑》里面主人公的身世要揭晓了，姐姐毫不犹豫把《花仙子》换成了《血疑》，妹妹上去就给换过来，反复几次，两个人都气哭了。两个被父亲称为"电视迷"的人，对着电视抽抽搭搭，自然逃不过爸妈的法眼。我妈说："你们要不把电视关了，谁都别看了，要不就把意见统一了，大家一起看。"结果，两人谁也不肯让步。后来我爸出来打圆场："小勤（我妹），你天天在家都能看电视，你大姐在学校上班，一周回来看一次，先让她看吧。老大，看完这集《血疑》，让给小勤。"结果就是，我妹梗梗着脖子回卧室自己哭去了，我姐哭着看完这一集《血疑》。我当时心想，你都赢了还哭。

可就是这样一个时常和我"争"衣服的姐姐，就是这样一个时常和妹妹"抢"电视频道的姐姐，我从没有怨过她，反而纵容她拥有这份"特权"。因为姐姐是我们兄妹几个吃苦受累最多的人。

从四五岁开始就帮妈妈做家务，洗衣、做饭、打扫卫生、挑水、劈柴样样都要做。我们兄妹几个她的个头最矮，最瘦小。我妈常常说是她小的时候干活干得太早、太多，累得没有长起来。记得姐姐上小学五年级开始就去连队的水房挑水，扁担在肩上，水桶还离不了地面，我爸就专门给她打造了两只小水桶，每天放学她都会往返数趟，把家里的大水缸挑满水。

从小学到初中每年放寒假，姐姐都会带着我和哥哥去连队后面的大山里，蹚着深深的雪砍树枝，再装车拉回家，那么小小的一个人，带着两个更小的人，每个寒假都会为家里拉回够烧一年的柴。记得我上小学一年级的冬天，有一次我们兄妹三个和几个邻居家的孩子一起上山拉柴火的时候，我们树枝砍得有点多，往小拉车上装的时候很费劲儿，不是前沉就是后沉，在坑坑洼洼的雪地里拉起来特别费劲儿。在半路卸下来，重装两次，姐姐让扔掉一些，哥哥坚决不同意。结果，所有一同上山的小伙伴都下山了，只剩下我们三个拉着大大的一车柴火落在最后，直到天黑还没到家。我妈下班到家一看，三个孩子还没有回来就慌了，我爸当时去场部学习不在家，我妈赶紧去找了我爷爷一起顺着路往山上找，找到我们后，我妈上来就要打我姐。我爷爷拦下来，接过拉车把我们送回家，卸完车回到家，我妈还是忍不住把我姐胖揍了一顿，那是我见过唯一的一次我姐挨揍。我妈一边揍一边训她："你是老大，就那么贪财，带着弟妹出去，不知道安全第一呀，落在最后，天黑出不了山，万一遇到狼，怎么办！"我哥站出来说："是我不舍得卸掉一些的。"我姐赶紧把他拉到身后……

我们打小也是她带大的，她上学前在家看我，上小学一年级的时候还要带着我哥，放学了再把我哥带回家。小时候我和妹妹的辫子都是姐姐给梳的，导致我上小学了还不会自己扎小辫。她上中学后，每天要早起去另外一个连队的中学上课，没有时间给我们梳头了，我才笨手笨脚地开始学着自己扎头发。

生下妹妹几个月，我妈就生了一场大病，农场医院束手无策。我爸抱着妹妹跟爷爷、三舅舅一起带着我妈四处求医。很长一段时间，十二岁的姐姐早上起来要喂鸡、喂鸭，再给我和哥哥做好两顿饭然后去上学，晚上回来要做晚饭，收拾家。那段时间虽然有哥哥帮着，姐姐也是累得够呛，心里还记挂着妈妈的身体，我那时八岁，整天见不到爸妈心里慌慌的，姐姐也着急上火。当时姥姥照顾姥爷抽不开身，最后只能让和姐姐在同一个学校住校的小舅舅每天放学和姐姐一起回来，小舅舅虽然比姐姐大不了几岁，但是有他每天晚上在家看着我们，我们才踏实一些，也让我们撑过了那段艰难的日子。

也就是这样一个瘦瘦小小的姐姐，成绩一直很好，高中毕业的时候考虑家里弟弟妹妹多，妈妈身体又不好，家里困难，毅然放弃上大学的机会，自己要求参加工作挣钱帮父母养家。因为她的学习成绩很好，学校把她留校培训了几个月，安排到离家很远的一连做了一名小学教师。后来经历了两次集中并校，姐姐才转到农场场部的小学任教，直到光荣退休。我们老张家出了三位人民教师，真真正正做到教书育人直到退休的，也就是我的这位大姐了。

姐姐虽然瘦小却找了一个高高大大的姐夫，许是被姐姐感染，姐夫对我父母和我们几个弟妹也非常好。他们旅行结婚的时候，家里还欠着连队的饥荒，可是也不能一分钱不出就嫁闺女吧。我妈从邻居家借了200元钱，让姐姐和姐夫回姐夫的河北老家路过天津的时候各自买一套衣服。我姐接了，可是等送他们坐车走了，妈妈回家发现姐姐把那200元钱塞到了衣柜里，我妈把钱拿出来，我第一次看到一向坚强的我妈哭了，我爸也红了眼眶。等他们旅行结婚回来，给家里每一个人都买了一件衣服，我的那件是白底粉红色竖条的。

从小苦日子过惯了的姐姐，结了婚有了自己小家后，也是精打细算地过日子，一分钱恨不得掰成两半花。对自己很抠门，一件衣服能穿好几年。工作之余种了很大的菜园子，各种蔬菜自给自足。家里虽然住了楼房，以前平房的老家具也舍不得扔，都搬到楼房里，怕木质的旧桌椅挪动时发出咯吱咯吱的声音影响楼下，每个腿下面都用毛线钩了套子套上。买灯具、窗帘的时候，更是把价格压了又压，一次讲不下来价格，就去两次，三次，最后把店家都整无语了，赶紧卖给她得了，省得张老师天天光顾，谈的价格一次比一次低。每次我们去她家她都会炫耀一下，她啥东西买得多么多么便宜。我每次都会笑话她"真抠"，她笑笑也不在意。

可就是这样"抠门"的姐姐，我结了婚有了家后，每次去她家都不会让我空手回来，夏天会给我带各种时蔬，冬天各种冻货。姐夫之前开馒头店的时候，更是馒头、花卷一袋子一袋子给装。我生完孩后的一年里，单位没让我上班，每月指着孩子爸那点儿工资简直是捉襟见肘，也是姐姐姐夫经常三十五十地帮衬。十九年前，我生病的时候刚刚买了第二套房子，手里没有多少存款，面对巨额的医疗费，我一时有些无措。姐姐知道后，毫不犹豫地倾囊相助，在姐姐、哥哥、妹妹这家几千，那家几千地支援下，我奇迹般地康复了。来北京之后，遇到困难我也习惯性地找姐姐和妹妹。每次我回家看父母，姐姐都会偷偷给我塞钱，我不要还不高兴，我说自己又不是小孩子，我也挣钱呀。她会说："你不是身体不好吗？快拿着吧！"也许在她这个姐姐的眼里，我永远长不大吧。

都说半生父母恩，一世手足情，我的姐姐从我出生开始就一直疼爱我，呵护我，对自己"抠门"，对我们几个弟妹从来都是倾其所有，不遗余力，从不需要我们任何回报。这不仅是血浓于水的骨肉亲情，更是长姐无私宽容的爱。

愿时光不老，让我这个"抠门"的姐姐还能时常"欺负欺负"我，也是一种幸福。

2024 年 1 月 18 日

我的妹妹

我妹，四兄妹中最小的一个，打小就是一个妙人儿。

父母人到中年有了这个老闺女，和我之间有八岁之差。父母偏爱自不必说，我们三个大的也真惯着。许是上面有三个"小老师"，我妹说话走路都早于我们。我姐是家里第一个孩子，那时条件不好营养跟不上，我妈没有奶水喂她，我姐是喝羊奶和米糊糊长大的。白天爸妈上班把她塞被垛后面，人家就不哭不闹躺一天，一岁了还苍白瘦小得像个半岁大的孩子。哥哥更是在妈妈肚子里就挨饿，一直身体不好，快两岁了才能自己走稳当，两岁多才开口说话，不过也有人说"贵人语迟"，我就当是这样吧。我这个小妹可不得了，四个多月的时候，竟然说了一句完整的话。有一天，全家人围坐着小炕桌吃晚饭，我妹在我妈怀里舞扎着手，抓我妈手里的馒头，我妈就掰了一小块要塞她手里，我以为给我的，先从我妈手里拿过来了。没想到她一下急了，冒出了一句"我要馒头！"全家人哄堂大笑，她被笑傻了，看这个，瞧瞧那个，然后不管大家怎么引导、开导、诱导、哄骗，她再也不开口说话了。不过到了七个多月的时候，爸爸、妈妈、哥哥、姐姐已经喊得很清晰了。一周岁的时候，就会走了，那时候小嘴就叭叭地，可会说了，天天哄得我爸我妈稀罕得不得了。

我们三个大的，哥哥姐姐都是别人家眼里看到的，嘴里夸赞的好孩子，学习成绩好，勤快懂事，只是太过老实敦厚，不善表达。我呢，整天骨碌着一双大眼睛，蔫了吧唧地作天作地，不开口则已，开口就没好听的。自然这个聪明伶俐、能说会道的小妹妹就得父母的喜欢，成了全家人的开心果。她每每见到妈妈不开心，会到墙上抓一把空气，递给妈妈："快吃吧，我的好妈妈，我给你买糖了。"冬天妈妈休息在家，她会穿上妈妈的棉袜子，围上妈妈的围裙，扛上扫炕笤帚，（因为她看到妈妈上班前总要棉袜子、棉鞋都穿上，扎上围裙，扛上铁锹出门）在火炕上一圈圈转，我妈就会问："小勤，你干啥呢？"她会说："妈妈今天休息，我去上班挣钱，给你买好吃的。"转累了，会故技重施，墙上抓一把空气送给妈妈，偶尔也会送给我们。看她开始武装自己，我们就会清场，把整个舞台（炕）留给她，让她表演。

她明显比我们都聪明，18斤的体重全是心眼。小小的人儿，提要求时竟然懂得迂回，给自己和大人们都留"后路"，不至于"尴尬"。比如，想吃饼干，她知道装零食的皮包被高高地挂在墙上，她不会像我一样直接要求"我要吃饼干"。她会问："妈妈，你想吃饼干吗？"开始的时候，妈妈就会问："是不是你想吃呀？"然后就会给她拿。时日久了，就生出逗她的心，她问的时候，就会回答："不想吃。"然后她就转向爸爸、哥哥、姐姐挨个问，他们会配合着妈妈说："不想吃。"她自然不会问我，可能是知道问我没用，我站在最高的凳子上也够不到那个皮包。一家人问个遍，没有得到想要的结果，她也不气馁，叹口气转向爸爸撒娇："爸，你就想吃呗！"估计那时候我爸的心软得能化掉："去去！给她拿！"指挥着哥姐给他的小公主拿吃的。

她一岁半的时候，得了急性脑膜炎，连队的卫生员开始只当普通的感冒发烧治，吃了药反而更严重了，开始喷射状地呕吐，卫生员和我妈这才断定是得了脑膜炎了，赶紧去连队前面的大路上拦车往医院送，很幸运拦下了一辆军车，开车的解放军战士一路飞车把妹妹送进了场部的医院。那次很危险，医生说再晚来十分钟，我妹就没命了。我妹痊愈后，我爸妈都很担心她变傻了，结果担心是多余的，她依然聪明伶俐，还是那个妙人儿。

她四岁的时候，我们举家从云山七连搬到了四连，四连的人似乎只记得我妹，称呼我们家人是这样的：小勤她妈，小勤她爸，小勤她姥姥，小勤她姐她哥。小小的人儿来到新地方结交的第一个朋友竟然是一个姓司的18岁女孩，人高马大，一米七五左右，经常会看到我妹跑去一路之隔的女孩家找她玩儿。现在也不明白这一大一小究竟在一起玩个啥，反正经常看到她俩在院子里叽叽喳喳。后来这个女孩子被她姨介绍了个人家，嫁去很远的一个连队。我妹的大朋友走了，她竟然很快又给自己找了一个老朋友，我同班的杨同学的爷爷。我家在连队的西边，我同学家在连队的最东边，每天吃完饭她就穿过整个连队去找她的杨爷爷。杨爷爷家是山东的，和我妈是老乡，平时一个人在家也无聊，我妹去了，他会翻出一箱子一箱子的小人书、连环画给我妹看。据说那时候，他们家的小人书是全连队最多的，这样逍遥的日子一直到她五多被送进幼儿园。

我爸因为我妹喜欢看小人书，还特意为她订了《幼儿画报》，长大一点后又订《儿童画报》，这在那时候是很难得的，我上初中了想订份杂志，还得从伙食费里扣，可见我爸对她的宠爱。

我爸对她的宠爱有时也让她任性，比如从幼儿园回家一定要从连队前面的路走，有一次我爸带她从后面的路走，她就不干了，非要倒回去重走，我爸也依着她，重走。给她捉了蜻蜓，别的孩子都在蜻蜓尾巴上拴一根线，让蜻蜓满屋飞，她会要个火柴盒子把蜻蜓装里面，没有空的盒子，也要把火柴倒出来，腾给她的蜻蜓。后来发现她有她自己的道理，没两天蜻蜓死了，她就在房后挖个坑直接埋了。

再大一些，我发现同一件事，我们错了可能会挨训，她不会。就拿做饭来说吧，我们家做饭时兄妹几个总动员，烧火的、淘米的、炒菜的都有分工，都不闲着，她小就分配她挑米里的沙子呀，择菜呀这样简单的活。有一次，我爸吃饭，一下咬到沙子硌了牙，我妈就问："谁挑的呀？"我妹说："我。"我妈说："咋这么不仔细呢！"如果是我断不敢回嘴，听着就是了。我妹笑嘻嘻地回："哎呀，谁也不能100%都挑出来呀，是吧？爸。"我爸笑着说："有道理。"我妈也就算了。

父母宠她，但是我不嫉妒，觉得我妹值得。只是在她小的时候，我也担心这个被大家偏宠的小东西，长大了会不懂事理，只想着自己不会顾及别人的感受。老话不是说嘛：偏疼的果子不得济。没想到，我的担心都是多余的。长大成人后的我妹，让我刮目相看，让我自愧不如。

我和我妹嫁到了同一个农场，紧邻娘家云山农场的八五零农场。她的公公是复转军人，退休前是农场机务科的科长，婆婆是农场的总会计师，妹夫和我妹是高中同学，追我妹追得很辛苦。别看我妹小时候长得细眉细眼的，很一般，但是女大十八变，出落得很漂亮，关键是气质好呀。"琴"棋书画样样拿得出手，上得厅堂下得厨房。如果我做的饭菜还能入口，她做的菜还能入眼入画。很有些生活的小情调，深得公婆和哥嫂的喜欢。最重要的一点，是孝顺。

孝顺公婆。我妹，结婚后一直和公婆住在一起，都说婆媳关系难处，但是她和婆婆处得非常好。只要她在家，包揽了家里所有的家务，每到周末和节假日，两个大伯哥会带着老婆孩子来家里团聚，伺候一大家子十几口人的吃喝基本是她一个人，累肯定是累的，还要顾及每个人的口味，但她从不抱怨，只要两位老人开心，她怎么都行。

后来公公得了阿尔茨海默病，又中了风。她瘦小的婆婆一个人根本照顾不了高大健硕的公公，前后也雇了几个保姆帮着伺候，但是公公谁也不认，不让近前，只认我妹和她婆婆。那时候我妹自己已经开了七八年的儿童服装店，有固定的客户群体，收入还是很不错的，但是看到婆婆受累，公公得不到很好的照顾，常常要小孩子脾气，闹得全家不得安宁，还是毅然决然地关了服装店，回到家和婆婆一起照顾公公。这一照顾就是整整八年，这八年里，她把公公当作自己的父亲，甚至当作孩子一样照顾。每天一日三餐单独给开小灶，药品保健品分门别类地做好标识，按时按点儿地给公公吃药，这常人看起来的小事，在他们家可是很难的。吃饭要哄，吃药要骗，仅这两项就是一个费时费力的事情，小孩子不听话，可以骂两句，打两下，这老小孩可不行，只能耐心去哄。很多时候，"不听话"的公公会把婆婆气哭了，我妹不气馁继续来，直到她公公吃了喝了为止。其实最让人操心的还不是吃饭喝药，而是拉屎撒尿。老爷子经常毫无预警地拉裤子、尿裤子，也可能上一秒刚给他收拾完，他下一秒又拉了，这也是她婆婆哭得最多的事情。但是我妹不能哭呀，麻溜地给换裤子，换被褥，清洗干净。都说久病床前无孝子，我妹却把一个80岁的老人伺候到88岁，让他身上没有一块褥疮干干净净地驾鹤西去，不能不说我妹真的很伟大。其中的艰辛与付出，我们外人没法看到，只有她自己能体会。但是从没有听她在我们面前喊过累，说过难。我们看到的总是笑语晏晏，风趣幽默的"美少女"。记得妹夫说过，老爷子能活到88岁，我妹妹功不可没。她也连续多年被农场评为"孝顺公婆的好儿媳"，提起她没有人不竖大拇指的。

我妹在公公去世后，去离家几十里的管理局高级中学给女儿做了三年的陪读，女儿高考结束后，她回到农场一边上班，一边继续照顾自己的婆婆。周末节假日，一如既往热情周到地招待婆婆家那边的哥嫂子侄和孙子辈们。

同样，对我的爸妈，她也非常孝顺。爸妈家里的电器，基本是我妹给换的，

散文卷

父母生日、父亲节、母亲节、三八妇女节，她都记得最清楚的，即使在她照顾公公最忙的时候也会抽时间赶回家看看。吃的穿的，更是经常往家送。我妈没坐过飞机，她安排妹夫陪同一起坐飞机回山东老家。我爸有病，我妹两口子陪着去看。我妹夫也是个风趣幽默的人，比我妹还会哄我爸妈开心。我爸妈家的事情，他更是出钱又出力。我爸妈也形成了习惯，小事儿找我姐，大点儿的事儿找我妹。我常说自己的孝顺是说在嘴里的，顶多年节生日的时候打个电话，过年回家看看，和"且"一样。我妹是做在实处的，尤其现在父母年岁大了，她工作再忙，每周至少要回家看望一次父母。我爸妈很以她为傲，我妈常说："真得了这个当年差点儿被计划掉的老疙瘩的济了"，每次我打电话回家的时候父母也总是对我妹赞不绝口。

虽然我妹是兄妹中最小的一个，但是不知从什么时候开始，她在我们之中变成了决策者。

大到父母看病医疗，小到我们每次回家的车票，春节回娘家的时间行程，她都会提前安排好。去年我们老张家经历了两件比较大的事儿，都在妹妹妹夫的周到计划和部署下有了完美的结局。

一是我嫂子的父亲因疾病于大年初四去世了，接到哥哥的电话，考虑到五百公里的距离，我当时就想给点儿钱，表达一下心意就算了，大过年的就不折腾去我哥家了。我妹和我妹夫却说："咱哥一个人在宝泉岭，这么多年来得到嫂子全家的照顾，大外甥在哥哥家上三年高中，哥嫂也操了很多心，咱们不去的话说不过去，咱哥面子里子都不好看。"听他俩说完我汗颜，自己这个姐姐考虑问题怎么还没有这俩小的周全呢？何况我上学的时候也曾得到哥哥两年的照顾。最后我妹夫开车带着我和我姐家儿子连同妹妹四个人，驱车五百公里，吊唁了嫂子的父亲，也见了多年没见身体不好的嫂子，我哥见到我们真的非常欣慰，嫂子和大侄女也非常感动。

第二件事儿，我姐的儿子结婚了。婚礼前夕我和我妹帮着布置婚房，所有的事情基本都是我妹我妹夫拍板，准备婚车司机，接送娘家"且"，安排各种行程，甚至我外甥扎领带，妹夫都亲自传授技艺。因我姐的亲家母觉得我们家地广人稀，又在边陲，女儿嫁过来有些不放心。我妹夫特地给娘家人安排了一个特殊的节目，去农场的场史馆参观，邀请农场专业的解说员讲解北大荒的历史和现在，让娘家人不仅打消了顾虑，还对北大荒人的精神肃然起敬。

上中学时我住校，半个月才能回家一次，莫名其妙在这半个月想我妹要超过父母。

成家后，遇到大事小情和她商量一下心里才踏实。

病的时候，不敢和父母说，躺在医院，也常常盼着她能来看看我，她也有心灵感应一样，刚念叨完就会出现。

到了北京，也常常在看到蜻蜓飞呀飞的时候，想起那个埋葬蜻蜓的妙人儿……

写给女儿

24 年前的今天，我迎来了生命里最重要的你。

那个飘着 1992 年第一场雪的日子，那个经历了痛楚、惊喜和奇迹的日子，此刻想起仿佛如昨天。

生命真是一个奇妙无比的东西。24 年前那个 50 厘米、3 公斤重，小小的、丑丑的婴儿，如今已变得青春洋溢，美丽如花。你是上苍赐给我的最好的礼物，我感谢上苍，也感谢你做了我的女儿。

这 24 年的岁月，我不敢说我的大脑里记录着你生命过程的每一点一滴，但我努力和你一起学习并经历成长。你学习做一个好孩子，我学习做一个好妈妈。时至今日，你长大了，我也年近半百。我不敢说我是成功的妈妈，也不敢说你是出类拔萃的女孩。但是令我骄傲的是，我的孩子是一个最善良、阳光的女孩。不管是我平素的言传身教，还是你的天性使然，你的善良是最珍贵的。

今天是你的生日，我的女儿。祝福的语言，我不必多说，因为我的祝福在你生命的每一天，每一个时刻。下面，是我 24 年来一直在说，却没有郑重和你交谈过的。

坚持善良。前 24 年如果你是个善良的女孩，我希望你善良下去。善良是一个女孩，一个女人坚守的最基本的原则。无论世事多难料，人心多复杂，坚持善良，必有收益。善良的人会随着年龄的增长更加美丽，会让你每晚踏实地入睡，早晨开心地醒来。

保持微笑。微笑之于女人是最好的妆容。我们可以不美丽，可以不华服锦裳，但是不可以忘记微笑。与人相处，无论是敌是友，最好的武器便是这微笑了。古龙都说过，世上最厉害的武器便是女人的微笑。微笑是一种处世风格最直接的体现：面对冷眼，微笑而过；面对苛责，微笑应对；面对失败，微笑再来。

学会宽容。你是个率性的孩子，所有的情绪，都清楚地写在脸上。虽然说直爽的性格，容易被人接受，但是有时也会伤到身边的人。遇到事情，先沉淀一下情绪，再开口说话，这样可以理性地解决问题。宽容地对待身边以及偶尔和你交集的人，比如同行的旅人，比如来往的顾客。你会收获更多的朋友和快乐。一个到了七老八十，依然优雅美丽，依然吸引人们眼球的女人，一定是一个善良和宽容的女人。

记得感恩。记住你24年生命里，疼爱你的家人，教导过你的老师，带给快乐的同学、朋友，帮助过你的陌生人。感谢他们为你的付出，哪怕一个温暖的眼神，一句激励的话语。要明确一点，一个人活在这个世界上，任何人都不亏欠你。别人的付出是对你的爱，对生命的尊重。在你流泪的时候，为你拭泪；在你无助的时候，给你拥抱；在你跌倒时，伸出双手；在你走过夜晚漆黑的楼道时，为你亮起的灯盏……

懂得尊重。像感恩一样，尊重生命里出现过的所有生命：家人、朋友、路人甲、地铁里的乞儿；一棵树、一株草、一朵花、家里的狗狗、街上流浪的猫咪、折断翅膀的鸟儿。有能力我们可以伸出援助的手，没能力，我们至少可以不露出嫌弃的眼神。你是善良的女孩，相信我说的你都懂。

减少抱怨。对于抱怨，先看看莫言先生怎么说：怨人是苦海，越怨人心里越难过，以致不是生病就是招祸，不是苦海是什么？管人是地狱，管一分别人恨一分，管十分别人恨十分，不是地狱是什么？君子无德怨自修，小人有过怨他人，嘴里不怨心里怨，越怨心里越难过。怨气有毒，存在心里，等于自己服毒药。好人不怨人，怨人是恶人；贤人不生气，生气是愚人；富人不占便宜，占便宜是贫人；贵人不要脾气，要脾气是贱人。若是把人比作一棵白菜，生气是受了风灾，抱怨就是生蛆了，耍脾气就是被雹子打了。多么浅显通俗的比喻，说出抱怨的哲理。在我看来，抱怨是一种负面情绪，给自己带来烦恼，也影响身边的人。与其抱怨，不如去改变。

恪守时间。做任何事，要记得遵守时间。与人约会，无论对方性别如何，都要守时，这是对人最起码的尊重。如有事情被耽误了，记得提前告知，现在通讯很发达了，很容易做到。做事业更是如此，八个小时的工作日里，你都在岗位上，你就有八个小时的机遇，耽误一刻，少一刻的机会。机会是给有准备的人提供的，更是给有时间观念的人提供的。记得守时是一种美德，也是一种效率的体现。

善待亲情。能成为今生的一家人，是几世修来的福气和缘分。今生，你多幸运有这样善良、朴实的爷爷奶奶、姥姥姥爷。有疼爱你的姑姑、舅舅、姨。记得你小的时候，你大大曾说过，家里几个孩子，你是和爷爷奶奶最亲的。爷爷奶奶也最疼爱你，爷爷生病，我们回家探望期间，你对爷爷的照顾，我们赞许有加。奶奶说爷爷没有白心疼你，我很自豪。我希望将来，我们的家人，都可以享受到你的照顾。

学会独立。这个问题上，我觉得我是一个失败的妈妈。十八岁那年我没有做到放手，24岁了，我向你郑重提出。先从生活中的小事开始吧。

今天是你的生日，我觉得有好多话要说。可能我年龄大了，开始啰唆了，逻辑性也差了，想到哪里说到哪里。不为别的，只为你可以变得更完美。我们一起努力，加油，女儿！

2016 年 11 月 4 日

家有退伍兵

他，是退伍兵。

小时候，我对军人无限地崇拜，穿草绿色衣服的日子倒比穿花衣裳的时间多。少女梦里，有一片葱郁的橄榄绿，可惜身体单薄、眼睛近视，与兵字无缘。谈婚论嫁的年龄，生平第一次相亲，只因媒人姐姐说对方是个退伍兵，就鬼使神差地答应见见了。

见面是在一个冬天的夜晚，去了大姐家，一屋子的人。大姐把他推到我面前：这是小刘，你们认识一下。我没敢抬头仔细看，就是看也看不清楚：眼睛近视，为了一双大眼睛不被镜片遮挡，没戴眼镜。和大姐家的人寒暄了几句，他们找了一个借口撤场了。那一瞬间，很是尴尬。他笔直地坐着，我就问："你在乳品厂上班？"他答："是。"又问："你家都有谁？"他答："我爸妈，两姐姐，一个哥。"我说："你最小呀？"他答："是。"其实这些之前媒人说过的，我不过是没话找话。沉闷了一会儿，他说："我三班倒，周六我休息，我去找你吧？"我眼睛瞪得老大：他这是看上我了？我说："行吧，我们在邮局家属房前面的路口见吧。"就在这时候，突然停电了。他说你别动啊，我点蜡烛。他摸黑在桌子上找到火柴，点燃蜡烛。我说："你来过呀，这么快找到火柴。"他答："第一次，进门的时候我就看到了火柴和蜡烛的位置。"这时，媒人大姐一家呼啦啦地跑回来，一进门，大姐说："想给你们点蜡烛呢，你们倒是自己点上了，那啥，你们接着聊。"我说："不用了，我要回去了。"他也说："不聊了，聊好了。"媒人大姐说："你们同意不同意的给我个话。"他答："我们约了周六见。"大姐乐了："行，看来没我啥事了。"

周六我们约了九点见面，那时我住在叔叔家里。八点多的时候，叔叔婶婶上班去了，小堂妹去了幼儿园，爷爷也去文化宫下棋去了。我看时间还早，就洗洗衣服。正洗着呢，透过窗户看到一个穿着蓝色中山装的小伙子进了院子，我一看也不认识呀，以为是找叔叔的。他邦邦地敲门，我打开门问："你找谁？"他一下乐了："我找你！"我定睛仔细一看：哎呀妈呀，这不就是他嘛！见面实在匆匆，单独相处十几分钟，没看清就停电，还真没记住他的模样。我看看表，这也没到时间呀？他说："反正没什么事，就来找你了。"我说："不对呀，我也没告诉你我家住这儿呀，你咋找来的？"他嘿嘿一笑："就这么大点地方，一问邮局的家属房在哪儿，谁不知道呀。再一说你叔叔的名字，很快就找到了。"我想这人看着老老实实的，原来也是有心眼的呀。他看我正在洗衣服，二话不说就接过来哗哗地洗开了，麻利地晾好衣服，端起大盆去院里倒水。这时爷爷回来了，问我："这谁呀？"我扭捏着回答："是婶子单位的王姐介绍的那个，那个……"爷爷恍然大悟。他乖乖地叫了爷爷，爷爷挥挥手，"行了，你俩出去玩吧。"我俩逃也似的出了家门……

接下来，一切按部就班，一周两次见面，见双方的家长，双方家长见面，定结婚的日子，结婚。一切都很合乎规矩，一切也都很顺畅。然而，我总觉得少了些什么？究竟少了什么呢？我思来想去，忽然想到了：浪漫！我这恋爱谈得中规中矩，唯独没有浪漫二字。既没有收到他的任何礼物，也没有收到只言片语的情书。我心里忽然有些不甘，时值新年，我会收到很多同学朋友新年问候的明信片，唯独没有他的。我就对他说了，"过年了，你也不表示表示！"他说："咋表示？"我说："最起码送我一张明信片吧！"他说："好！"然后骑着单车，驮着我，到了商场卖明信片的柜台："挑吧！看上哪张，我买给你！"我哭笑不得，转身扬长而去。自此也明白:此君实在没有浪漫的细胞，以后也不会再要求他浪个什么漫！

军旅生涯带给他的影响还是很大的，这影响时不时地在平淡踏实的婚姻生活里显现。

合理的作息时间。

我是一个生活很散漫的人，喜欢贪晚。晚上玩的思维比较活跃，经常在晚上写写画画，织织绣绣，即便不做这些，看电视也会看到半夜。他却过了"新闻联播"的时间就鼾声大作，早上四五点钟就起来出去锻炼身体或者侍弄菜园。而我不到快迟到的时间,是不会起的。结果就是,人家至今身体倍棒,吃嘛嘛香。

吃完饭立即刷碗的习惯。

结婚伊始，我负责做饭，他负责吃。第一道菜出锅他就开始吃，最后一道菜出锅他基本吃饱了。待我消停地坐下开始吃，就会看到他拿起自己的碗筷，到自来水龙头下洗了，放进碗柜，动作流畅一气呵成。做完这一切，回过头看到我责怪的眼神，反应过来："哦，又忘了，以为在部队呢，吃完了就刷碗。"我说："你要刷也得等我吃完吧！"他说："下次刷。"如此反复几次，最后的结局是：不仅我的，连他自己的都不刷了。等我吃完了，只能自己刷！

热爱运动。

我们两人在一个单位工作，每到单位春季、秋季的运动会和各种球类比赛的时候，一直默默无闻的他，就会突然活跃起来。篮球场上，叱咤风云，运球过人，三步上篮运用自如。尤其是那弹跳力，四十多岁了还和小伙子一样。乒乓球打得也不错，什么推拉削挡，什么弧圈结合快攻都懂一二，只是性子比较急，在单位总是进不了前三，也不耽误他喜欢，工作之余总会去乒乓球室嘚瑟嘚瑟。运动会上，他的手榴弹投掷是没人比得了的，有一次投弹越过了整个操场，差点砸进操场边上的职工食堂。

包揽了家里的重活。

结婚后，我说你是当兵的身体那么好，你看我这么单薄（那时我九十斤左右），你不得照顾我呀。他说从今往后，家里的重活都归我，还哼一声，谁叫我身体好呢。那时还住平房，冬天烧炉子，往家拎煤块、掏炉子、倒炉灰这样的事都归他。春天种菜园，夏天择菜，秋天收秋，这样的活也全归他。只是不爱洗衣服，那时没有洗衣机，我洗完了衣服，他负责晾在当院。时间久了，邻居都跟我夸他："小刘真好，天天给你洗衣服。"我一听，这人狡猾吧！衣服我洗的，他去晾，功劳就是他的了。

做了家里的三脚猫。

在部队，他是坦克兵。专业是维修坦克，许是习惯了检检修修。家里大到家电、暖气、衣柜，小到桌椅板凳、衣服架子都是自己修。还时常拿出一些腰带卡子跟我炫耀："你看，这是我在部队的时候自己做的。"厚厚的不锈钢腰带卡子上，坦克、飞鹰的图案还真像那么回事儿。在单位他是司炉工，顺带把水暖管的活计也学了七七八八，自己家换新的暖气，都是他叮叮当当地安。日子久了，隔壁的邻居也都找他修暖气，他也毫无怨言乐呵呵地去了。修完了也不收钱，喝了人家的水就回来了。他的修理技术还淋漓尽致地发挥到我的自行车上，那时候上班都靠一辆单车，我从来不用担心自行车没气了，或者半路掉链子了，他总是给我收拾得清清爽爽，利利索索。

家里有个退伍兵，电视经常会停留在军事频道，或者抗日剧上，时不时可以听到他直着嗓子吼出的军旅歌曲，也挺好……

2018 年 8 月 1 日

又见清明，想起爷爷

杜牧有诗云："清明时节雨纷纷，路上行人欲断魂，借问酒家何处有，牧童遥指杏花村。"寥寥几句，道出了清明节的氛围和心境。中国的节日很多，唯有清明节让人心情黯然，愁肠百结。这个日子，让生与死的分界线那么清晰。诸多对于亡故亲人、朋友的怀念不可遏制地涌上心头，流向眼底。

又见清明，很怀念我的爷爷。

爷爷是在我嫁作人妇转年的三月八日离开我们的。那是我有生以来，第一次亲历家人的离去。当然，姥姥离开的时候我也非常难过，只是那时候年纪还小，痛得没有那么长久。爷爷去世的时候，我很长一段时间，都无法接受这个事实。总觉得那个清瘦矍铄的老头儿，一直在我身边，从没有离去。

爷爷的孙子、孙女中我的长相是最像爷爷的了，小的时候，爷爷总喜欢背着我在连队里溜达。喜欢听别人夸他孙女长得漂亮，更喜欢听别人说我长得像他。满腹经纶的爷爷曾经说过，我们两个就像同一个模子铸造的两枚铜钱，只是一个年代久了，边缘磨损了，纹路不清了，还有许多岁月的痕迹留在上面；而我是一枚鲜润的、干干净净的新铜币。现在我这枚爷爷眼里与他一般模样的钱币，也如他当年一样沾染了岁月的痕迹，不再鲜润明朗。

我小的时候，没有像别的孩子一样上学前班。但是小学之前，我却认识了很多的字。爷爷，可以算得上是我的启蒙老师。他看书的时候，我喜欢在他旁边转，他就抓过我，让我认字。小的时候，我是一个和男孩子一般调皮的孩子。喜欢到处跑，上山下河，爬树掏鸟。到了爷爷这里，我才会安静一些。究竟在上学前我认识了多少汉字，我不知道。直到上小学的前一年冬天，我姥爷从山东老家来，在一次和爷爷一起喝酒的时候，见我在旁边偷花生吃，开始数落爷爷不会教孩子。要知道姥爷是在天津卫闯荡了很多年的儒商，山东人饭桌上的规矩很多，姥爷又是一个直脾气。爷爷喝一口酒，嗤之以鼻："别小看这妮子，认得的字比你多。"（当然纯属和姥爷抬杠和吹牛，也是不喜欢自己家孙女被"别人"说）姥爷也是读书之人，怎么能服气，当下跳起脚："好，我就考考她。"手指沾着酒写了几个简单的字，我一一作答。爷爷说："你往复杂里考，这个难不倒她。"后来姥爷出了几个谜语，诸如三个木，三个石，三个日，三个水之类，再如一点一横长一撇到南阳之类，我都轻松地说出答案。

爷爷家有很多线装的书，他在面箱子和米缸里打了夹层，下面是书，上面是米面。在我上小学三四年级的时候，去爷爷家翻好吃的无意中发现了。在那个知识匮乏的年代，这些书，让我如获至宝。我大着胆一本本偷来，囫囵吞枣地看完了再送回去。当时我看了四大名著，还看了《七侠五义》《平妖传》《老残游记》《镜花缘》等，还有一些已经不记得名字了。爷爷的书，很多我当时是看不懂的，不仅是内容，因为很多是繁体字。还有一些俄文、日文的书籍我更是一字不识。爷爷还有很多考古的书籍，我也偷来看，马王堆里的金缕玉衣我就是从爷爷的书里第一次看到的。上中学历史课的时候，学到有关的知识，我会小小地得意一下。那时候总以为爷爷没有发现我的行为，在心里暗自窃喜。长大以后，和爷爷聊天时提到这事，爷爷说其实他是知道的。故意睁一只眼，闭一只眼，说这样更能刺激我读书的欲望。

爷爷的身体一直很硬朗，从不服老。我高中毕业那年，他已近七十，和我从场部到我父母住的连队，十多里地，不坐车，一路走着，竟然比我速度还快。我和丈夫结婚前，他来我家找我出去遛弯，走着走着，就会发现我们家这个老头偷偷跟在我们后面。回家后，我和爷爷生气，他说我不是怕他欺负你吗，孙女是我的，我得看着。我哭笑不得。有一次，他接我下班，因为自行车后车胎气不多了，他就让我坐在自行车的前梁上一路回来了。到了家，爷爷脸拉得老长，我说怎么了呀，他说你们成什么体统，后座不坐，坐前面。我一听，和着这老头，连自行车都跟踪。

1989年的12月，我结婚的时候，爷爷病了，没有参加我的婚礼，我一直很遗憾。那时候，爷爷病着依然精明着呢，啥事也瞒不了他的。每天我下班去叔叔家看爷爷，爷爷一直和我叔叔住在一起的。只要我在，爷爷就会"欺负"我，让我喂他吃饭，别人喂就不吃。爷爷还喜欢吃水果罐头，我常买给他吃。有一天晚上，我去的时候，没买。见了我，他说想吃桃罐头。我说忘记买了，这就去买。我婶子说，客厅有，别人送的，你拿了给爷爷吧，就别去买了。我就拿了给爷爷，爷爷说，我才不吃呢，这也不是你买的。我说咋不是我买的，爷爷说你去商店这么短时间怎么回得来。我重新买了给他，他才孩子一样吃起来。后来我想，其实爷爷不一定是真的非要我花钱他才高兴，只是想看看我是不是真的心里想着他，孝顺他。爷爷走的时候，我没能见他最后一面。前一天，看他状态很好，我回云山看望住院的父亲。第二天一大早，叔叔派车过来接我们，说爷爷走了。我很吃惊，明明我走的时候他很好呀，一晚上怎么就走了呢。其实我不知道，那就是回光返照。

我们赶到叔叔家，看到爷爷静静地躺着，就像睡着了一样，双颊红润，一点儿也不像没有了生命的迹象。我看着他，不信爷爷真的离开了。三天里，除了晚上回家躺一会儿，我就在他旁边守着，不知道哭，不知道说话，就默默地守着。直到出殡的前一天晚上，哥哥从外地赶回来，见了爷爷流泪不止，我的眼泪才流出来。晚上哥哥换我回家休息，当我出了太平间的门，走出不远，听到哥哥号啕大哭，我也忍不住痛哭出来。回到家，也许是哭累了，那一夜竟然睡得很沉。做了一个奇怪的梦，我们一家人围坐在一起吃早饭，我盛一碗粥，爷爷就打翻一碗，连盛了三碗，爷爷都给打翻了。我从梦中醒来，想爷爷也许怪我最后的时刻，没有和他在一起，没有喂他吃最后一次饭，眼泪不由自主流下来。

爷爷离开我已经许多年了，我依然时常想起他，想起这个善良、精神，还有点儿小狡猾的帅老头儿。

2017 年 4 月 5 日

爱情的模样

——谨以此文献给我的公婆

对于我们的父辈来说，"我爱你"这三个字是羞于说出口的。也许过了一辈子的夫妻，从不知甜言蜜语、花前月下为何物。互相不是直呼其名，就是老张老李的，但这并不妨碍他们携手一生，白头到老。

我的公婆倒是互相称呼彼此的小名，只是听不出半分甜蜜，说话的语气经常生硬得如吵架一般。他们之间，没有言语的温存，更无亲昵的动作。十指相扣对于他们来说是个陌生的词汇，手牵手的动作恐怕一生在家人面前都不曾有过。就连早晚遛弯也从不见他们并驾齐驱，公婆一同出街，高大的公公前面大步走着，后面一二米开外，矮小的婆婆紧紧随行，从不会超越。他们的举止真的看不出半分恩爱。

是漫长的岁月，把他们的爱情磨去了鲜润的模样，还是柴米油盐，把他们的深情销蚀殆尽，或者他们就没有过爱情？都不是！他们的爱，有他们的表达方式，有他们美好的模样。

记得小时候，有部电影叫《李双双》里面有句台词叫：先结婚后恋爱。公婆大概就属于此类吧，公婆的婚姻来自父母之命媒妁之言。当年公公虽然年轻倒是个有主张的人，媒人去家里提亲的时候，他悄悄记下了婆婆的名字和住的渔村。一个人偷偷去海边远远地看了婆婆，看到在海边劳作的婆婆娇小可人，甚是满意，然后就娶了回来。

公婆这一辈子应了一句老话儿：前世的冤家。据说，两人从年轻的时候就见天地打嘴架，都是为了些菜咸醋淡，鸡毛蒜皮的小事情，谁也不服谁。谁都想在家说了算，通过一次婆婆出门丢了买东西的20元钱的"大事件"（那个年代确实是大事件，公公一个月工资也就28元钱），公公掌握了全家的行政和财政大权。我进了婆家的门，也时常见公婆争争吵吵的，最多的就是公公"偏爱"挑剔婆婆做饭的手艺。婆婆在每一次争吵后都说不再伺候公公了，可是每到饭点，热腾腾的饭菜就会被摆在公公面前了。婆婆也常和我念叨："这老头太难伺候，一吃饭就唠叨的，啥时候让我清静几天呀。"

我也曾一度认为公婆天天争争吵吵的，婆婆肯定心里委屈得不得了，巴不得公公离得远远的。直到有一年，公公单独回辽宁老家探亲，那是他们几十年来第一次分开，恰逢端午。端午前一夜，我们包好了粽子，婆婆坐在当院的大灶前一边烧火，一边抹眼泪。我吓了一跳，以为我做错啥事了，赶紧问："妈，您咋了？"她眼泪哗哗地："也不知你爸能吃到粽子不，你老姑也不会包。"我听了不禁笑起来："您不总嫌我爸唠叨您吗？您还管他吃不吃上粽子！"笑完了，望着仅仅分开十几日就开始记挂公公的婆婆，我坚信他们之间是有爱的。平时公公对婆婆的百般"挑剔"也许就属于他们独有的交流方式。日子在他们二老的争争吵吵中有滋有味地过着……

后来公公得了癌症，这个顶天立地高大帅气的男人，一下成了一个需要婆婆和儿女们照顾的人。医生预言公公最多活半年，在婆婆的悉心照顾下，公公活了三年多。这三年多婆婆衣不解带地看护着公公，公公对婆婆的依恋超乎我的想象。婆婆出门买菜，一转眼的工夫，公公就会喊婆婆的名字。冬天下雪的时候，婆婆出门，公公总会叮嘱："路滑，慢慢走。"公公身体好的时候，亲朋好友婚丧嫁娶这样的事，都是公公应酬，病了以后该婆婆出马了，公公就会告诉婆婆什么样的场合该说啥，不该说啥，什么是能做的，什么是不能做的，事无巨细一一详尽地解释，耐心认真的样子让人难受。也是在公公病重的那些日子，我真的看到他们手牵手的动作。完全不是我想象中的笨拙和别扭。他们牵手的动作那么和谐美好，令我心生敬意。那时公公已经不能出门了，起床和从沙发站起来这样简单的动作都需要家人帮助。为了让公公活动下腿脚，每次饭后婆婆都会拉着公公的手在客厅里遛弯。一步步数着，走的步数多，婆婆就会夸公公："老刘头今天真厉害！"公公就会孩子般开心地笑起来。婆婆也会一起开心起来，望着公公的眼神深情而执着，他们的角色和年轻时互换了。

一天家里人都出去了，就我和公公在家。公公郑重地对我说："我走了，你们得管你妈。"我回答："这是自然的，您放心。"他说："我真不放心，年轻时到现在家里的大事小情都是我管着。不是我想欺负你妈，是我想多分担点儿。我走了以后，你妈我就交给你们了，不能让她受委屈了。"我看着衰弱的公公眼泪不由自主流出来，依然回了那一句："这是自然的，您放心。"他接着说："从年轻到现在家里的大事小情都是我管，柴米油盐都是我买。真的不是欺负你妈，是我想多分担些。我让你妈省心一辈子，结果我走到她前头了，你们一定得对她好。她有个啥事要多担待。"公公第一次和我说了这么多，话语里都是不放心婆婆。我相信同样的话他一定和每一个孩子都郑重其事地说过。我想公公对婆婆一定是真爱，年轻时不会甜言蜜语，只能用大包大揽家事来表达。久而久之成了习惯。离开前又郑重地把这习惯交代给所有的孩子。这习惯，我想就是公公爱婆婆最朴实的模样吧。

　　都说人生是一场修行，我想凡尘中如我公婆这样朴素的爱，必是一场慈悲的修行。也许不曾许下海誓山盟的诺言，也许不曾收到千朵玫瑰的告白，甚至没有说过那三个字。然而，平凡日子里的默默照拂，朴素生活里的柴米油盐，一点点融进慈悲与感念。不似酒的浓烈，醉情满怀，却像茶的清醇，持久绵长，更是白开水的寡淡，初尝无味却最是营养。爱是一场旷日持久的修行，一路收获生命的赠予，一路感恩真情的慈悲。这修行没有刻骨铭心的仪式感，没有花开一瞬的惊艳，只在平凡的生活里慢慢滋长慈悲与纯善……

　　这，也许就是爱情真正的模样。

2019 年 2 月 19 日

第三章

爱上一座城

爱上，一座城

林徽因说，爱上一座城，是因为城里住着某个喜欢的人。对此，我笃信不疑。

这座城可以在烟雨的江南，可以在飘雪的塞北；可以是繁华三千的京畿之地，也可以是恬静安然的边陲小镇。这座城，也许你生于斯长于斯，也许曾经留下你到访的足迹，也许你从未去过，但都不妨碍，你爱上她。只有一个条件，那里有一个心里喜欢，时时牵挂的人。这个人可以是父母姐妹、同窗好友、爱人知己。总有一种血脉彼此相连，总有一段情缘彼此牵绊，总有一个因由彼此想念。

很小的时候，有一个叫商河的小县城，让我喜爱。因为住在那里的大姨，每逢年节，会邮寄一些大枣、花生、地瓜干给我们。那个年代物资匮乏，三餐之外基本是没有零食可吃。大姨自山东商河邮来的东西，无疑对我是一个巨大的诱惑，每一年春节都是我的盼望。于是不知不觉爱上了那座小县城，牵挂着那个从没见过的大姨。许多年过去了，我第一次来到这个小县城，来到大姨家，发现我依然深爱着这座淳朴的小城，因为那里有我亲爱的大姨和那些大枣、花生。

上中学的时候，有一座叫佳木斯的城市，让我爱着。每天晚上看天气预报，我会特别注意那座城市的天气：刮没刮风，下没下雨。那穿城而过的江水是否到了汛期，西伯利亚寒流是否提前进驻。因为那座城有所经济学院，那个学院有个男孩在读书，那个男孩是我的亲哥哥。我会在黑龙江的地图上把她用红笔圈出来，报纸杂志上所有与之有关的信息我都会剪下来，夹在喜欢的书里。每个寒暑假的时候，因为哥哥的归家，我会雀跃不已，每次开学我去送站，都会非常不舍。佳木斯这座城市，让我第一次体会了亲人团聚的喜悦，每个假期哥哥回来，家里的气氛就和过年一样，父母的开心也是溢于言表。佳木斯也让我第一次知道手足离别时的滋味，记得高一的寒假送哥哥去坐火车，看着绿皮火车慢慢启动，徐徐驶离那个叫辉崔的小站，渐行渐远。我心底萌生了一句离别的诗句：铁轨伸向远方，风，拉长了我的思绪……

后来，有一座叫个旧的城市，让我爱着。每一个星期，会有一封文采飞扬的信来自那个彩云之南的城市。那信里用唯美的文字描绘出的南国城市，每一处美丽的景致，都让我醉心不已；信里遒劲的字体讲述一个朗润少年点点滴滴干净的心事，让我心动不已。他是我的笔友，我在北疆，他在南国，我们是笔友，从未见过，从未。这个少年的文字让我爱上云南，爱上个旧，爱上和北国迥异的南方。每一周我也会给他回信，给从未离开个旧的他讲讲雪色苍茫的北国，说说女孩的浪漫情怀。平日里对班上男同学们的牙尖嘴利，在给他的信里藏得渺无痕迹。曾经他问："我们会见面吗？"我回："希望可以见，但是路途太遥远。"后来他邮寄了一张黑白的照片给我，一个英俊的少年，大大的眼睛纯净得一眼能看到底，仅一眼就让我深深地喜欢，就像第一次读他的信，深深地喜欢他的文字，也加深了我每一周对他来信的盼望。因为喜欢一篇篇精美的文字，因为牵挂一个素昧平生的少年，我深深地爱上了云南个旧，这个被称为锡都的城市。时隔多年，我们早已没了丝毫的音讯，但我仍然爱着个旧这座城市，因为有一段干净明亮的情谊和她有关。

长大后，有一座叫云山的小城，让我深深地爱着。这座小城，是我的故乡，在我身居其中的时候，我不觉得她美好，甚至总想逃离她。当我离开后，我才发现这座小城，才是我最真、最执着的热爱，成为我日思夜想的地方，成为我从不敢背弃的誓言。离开的时日越久，路途越遥远，这样的感觉越浓烈。当我伫立在未央湖畔，眼前翻涌的却是云山水库的波澜；当我行于繁华都市的街头，脑海里呈现的却是云山小城的安然；当我流连于香山红叶的斑斓，心中绽放的却是云山壮阔多彩的诗意山峦。当我盘桓在一场场饕餮盛宴，舌尖却在想念云山田野上一抹婆婆丁的苦淡；当我逡巡于琉璃琥珀交错的杯盏，味蕾却在渴念云山丛林里一汪清泉的甘甜；当我徜徉在北平的雾海阴霾，嗅觉却在追寻云山冬季里漫天雪花的蹁跹。我在千里之外，红尘深处飘摇，这小城在故乡的土地上坚守。坚守着我的手足亲人，坚守着我最亲的爹娘。

这小城之爱啊，深深地植于我的童年时光、我的青春记忆、我的成长痕迹。已融于我的骨髓，扎根于我的心田。

这小城，才是我的最爱。流着我的血脉，淌着我的深情，封存着流年往事，滋养着我善意的灵魂。我爱她的蓝天白云，爱她的青山碧水，爱她干净的空气淳朴的民风，爱她黑色的土地……

2019 年 3 月 6 日

吃货的旧时光

年少时的风物盏盏，刻在记忆的深处，想想大多与吃有关：装零食的皮包、煎饼鏊子，还有父亲的新黏谷。

一、装零食的皮包

中秋过后，剩下几盒包装精美的月饼。送人已经过了时令，吃又实在没有胃口，在储物间的曦微月影里，搁置成蒙尘的静物。最终竟成了中秋月曾圆过的佐证。

晚上和老妈煲电话粥，我说："现在的月饼咋就不香了呢？"没等老妈回答，老爸在旁边说："日子太香了，月饼就不香了！"老妈补充得很朴实："现在的人肚子里不缺东西，哪像你们小时候，一块月饼分四份……"

是啊，那时候，两块月饼过中秋。一块月饼分四份，六口人每人手里一角。还有两角，留给小我八岁的妹妹平时做零嘴，收在一个灰色的人造革皮包里。

这是一个浅灰色人造革的皮包，一面印着一架白色的飞机，右上角有上海两个黑色的字。我想我这辈子认识的第一个字就是这"上"字，第二个一定是这"海"字。

这个皮包，从云山农场的九连到七连再到四连，跟着我们家转战了十几年。它在我们家的地位很高，因为它是用来装零食的。母亲去连队的小卖店买吃的都会拎着它，回来后打开拉锁，挨个给我们分发。可是一年里，这样的日子并不多。

我很小的时候，曾经因为馋苹果，自己拿着这个皮包去小卖店。小卖店的售货员是一个叫张亚山的羸弱叔叔，见我一个人进来，问我："你来干什么？"我把书包送到他面前告诉他："我想吃苹果！"他问："你带钱了吗？"我反问："钱是啥？"他拿出一张纸币给我看："有钱才可以买苹果。"我摇头不信，坚持说出我的心愿："我要吃苹果！"他很无奈地告诉我："回家找你爸妈来。"我充耳不闻依然是那句："我要吃苹果。"

小卖店陆续进来几个顾客，有一个和父亲一起在农具厂上班的叔叔，拉我走，我就倔强地站那不动。叔叔赶紧找来父亲，我对父亲说："我要吃苹果。"父亲没有回答，抱起我就走。我小小的心明了一件事："爸爸也没钱！"那时我三岁，这个故事是母亲讲给我听的。

我8岁的时候，妹妹出生。也就从那时起，我发现这个皮包被高高地挂在了墙上。我站在家里最高的板凳上也够不到，我有一个直觉母亲似乎在防备着我。高高在墙上的包里有时装着别人送的两个苹果，几块饼干，或者一包糖。有时装自家炸的麻花、面扣。这些吃的，我们三个大孩子（哥哥姐姐和我）是不能轻易吃到的，基本是留给小妹妹的。

我时常被包里的美食诱惑着，有一次冒着"生命危险"——大板凳上摞着小板凳，终于半截麻花被我拿到手。偷偷地握在手心一点点慢慢啃，那叫一个香。可惜，"赃物"没被销毁完，被母亲发现了。我把手藏身后，母亲严厉地问我手里是啥？我吓得不敢说话。母亲把我手拉过来，我摊开手。母亲看到一小节吃剩的麻花，说："妹妹小，这个是留给她吃的，以后不能拿了啊！再摔到。"虽然一贯严厉的母亲没有过多地责备我，可是我再也不敢去打这灰色皮包的主意。

妹妹一岁多得了脑膜炎，母亲带妹妹在场部住院。姥姥拿来一包高粱饴糖块，就顺手放抽屉里了。我天天被这包糖诱惑着，一天终于忍不住，趁家中无人把草黄色包装纸拆开，数了数，一共三十几块糖。拿一块出来，再依照原来的样子包起来。第二天，如法炮制，又拿一块。第三天觉得少了三块，会不会被发现呢？有点儿不敢吃了。写着作业还想着那些糖，拿起尺子打格的时候，灵光乍现：迅速打开纸包，每块糖拿尺子量出半厘米，用小刀切下来，再包上糖纸。一次切四五块，直到所有的高粱饴都被切割完，也没被发现。不过这样的机会，这辈子就一次呀！母亲带妹妹回来后，一切好吃的都回归那个高高在上的灰色人造革的皮包里。

我一直认为那时的家庭主妇是最聪明的，没有烤箱、微波炉、电饭锅这些设备，依然会凭着简单的炊具做出可口的美食，如我母亲会做小饼干、小麻花、炸面扣，还会自制解暑的汽水。填充进灰色的皮包和我们的馋嘴里。不过那时我们家有一个高大上的东西：煎饼鏊子。

二、父亲的谷子

母亲是山东支边青年。年景困难的时候，姥姥带着两个幼小的舅舅来北大荒投奔母亲。除了四张吃饭的嘴，就带来了一个煎饼鏊子。因为没有多余的口粮来做奢侈的煎饼，这个物件一直被放在仓房里。我四岁的时候从云山的九连搬到七连，姥姥把这个东西给了我们。但是，没有人会用它。

我五岁那年的夏天，姥姥来我家小住。一天下午，姥姥把煎饼鏊子从小仓房拿出来，洗了又洗，刷了又刷，晾在当院。我似乎第一次认真看这个东西，问姥姥："这是啥？"姥姥抿嘴乐："等着，晚上就知道了。"我就一直等在这个圆圆的、黑黑的家伙旁边，姥姥在厨房忙活：调玉米面糊糊，洗黄瓜，洗大葱，用自己家酱缸里的大酱炸鸡蛋酱。啊，那真的是香气扑鼻。我的口水要流出来了，本着我吃货的敏锐直觉，我知道这一切的一切和这个圆圆黑黑的家伙有关。我忍不住跑去问姥姥，当时她正把一块长方形的小木板钉在一个圆圆的木棍顶端。姥姥还是笑而不答。

傍晚的时候，父母下班回来了。姥姥支起煎饼鏊子，下面用麦秸秆升起火。然后"老神在在"地坐在煎饼鏊子前的小板凳上，对母亲说："开始了呀！"那一刻，全家五口人全都盯着姥姥的手。一勺面糊被倒在滚烫的煎饼鏊中心，吱吱啦啦摊开，姥姥转动手腕用刮板一圈圈抹匀扩大到鏊子边缘，一气呵成。一面结嘎巴定住成型，姥姥小心把煎饼翻过来，又一阵吱吱啦啦。很快一张完整薄如纸张的煎饼出炉了。姥姥乐得孩子一样：我这手艺搁了快十年了，还没忘呀！那谁（这是喊父亲）就是这刮板我自己做得不好使，明天给我做个！憨厚的父亲笑着应了。然后，姥姥的动作行云流水般摊出一张张喷香的煎饼。

那一夜，我的梦都被煎饼的味道熏染得香气四溢。

第二天父亲拎了一把铁锹去菜园，把一块荒地翻出来。我跟在父亲的后面转："爸，你干啥翻地？"父亲抹着汗说："翻好了，施上肥，养着，明年种新黏谷。"我说："啥是新黏谷？为啥种新黏谷？"父亲在我脑袋上敲了一记："忘了你姥娘昨天吃煎饼时说，如果再有一碗小米粥，就跟在山东老家一样一样的了。"想想香香的小米粥，我的口水又泛滥了。对父亲说："好，就种新黏谷！"

云山七连我们的第一个家，很破旧。土坯房，房上无瓦片，苫着厚厚的茅草。墙壁有小缝隙，刮风的时候，会有风进屋来游戏。夏秋之际，蚊子时常来拜会我们，并带走它们的美味。父亲找来基建班的瓦工修修补补一番，风不再来游戏，

散文卷

蚊子也鲜来拜访。说真的，这个家，我不喜欢，但是我喜欢这个家有个无穷大的园子。这个家在连队的最前面，和无垠的田地相连接。在房子与大地之间是我们的园子，里面会生出很多果蔬：茄子、辣椒、西红柿、白菜、土豆、水萝卜、芹菜、菠菜、西葫芦、豆角、菇茑、向日葵；还有一棵李子树、一棵杏树、两棵沙果树。当然还有我的新黏谷。

春天的雪还没化完，我就问父亲可以种谷子了吗？父亲说不能，天太冷。雪化完了，向阳的坡坡小草冒头了，我问父亲，可以种谷子了吗？父亲说还早，过了清明就可以了。我就等，等着等着就等忘了。夏天的时候，去菜园摘嫩嫩的小黄瓜吃，忽然看到一片草，长得又高又密呀！我跑过去一看，乐了，这是父亲去年翻的那块地，郁郁葱葱的一定是新黏谷！不是草。我一路跑回家，推开门大声宣布："我看到谷子了！"哥哥姐姐鄙视我："我们早看到了！"

随后的日子我时常去看谷子们．看它们浅绿变深绿，深绿变浅黄，浅黄变金黄。很奇怪，我发现其他植物都开过花了，唯独没看到谷子开花。心里有点惶恐，因为大人们都说开花结果，没有花怎么结果？问了父亲。父亲说："没有人看到谷子开花，因为谷子害羞，都是夜里开，两个小时花会落，一个谷穗要开一万朵花。"我不会在意谷子害羞不害羞，我要吃小米。看谷穗一点点压弯了腰，我的心踏实了。

秋天的时候，谷子被收回来，晾晒在院子里。满院子都是阳光的味道，谷子在阳光下熠熠生辉。晾晒了几天，谷穗基本干透了。父亲想法子脱粒，因为连队没有脱谷子的机器，我家又是独一份种新黏谷的。于是，用最笨的办法，用搓板搓。一天下班回来，父亲把晒干的谷穗放在洗衣盆里，用搓衣板一点点地搓。慢慢盆底积攒了一些谷子。母亲过来看，说："应该够煮一锅粥了吧？"父亲说："嗯，明天我去九连把娘接来一起煮粥喝。"

那满院的谷子，用了多久变成一袋小米的我记不得了。只记得小米粥的香甜还留在唇齿之间。

之后，我们年年种新黏谷。连队许多人家都吃过我们的小米。直到我八岁那年连队给我们分了新房子。新房子在七连的小山坡上，红砖瓦房很宽敞、明亮，但是只有很小的园子，只能种些蔬菜。秋天搬家的时候，老房子菜园里的新黏谷还没有收。搬到新家后，我们全家去收割谷子，然后把它们摊在老屋的炕上、地下、厨房。一天晚上，连队有两个年轻人结婚，父亲去帮忙，禁不住主家的劝，生平第一次喝了一杯烧酒，结果醉了。醉了的父亲，不由自主回到老屋，在铺满谷子的炕上睡了一夜。母亲等了一夜未见父亲人影，一大早牵着我找到老屋。一进门，看到父亲在谷子堆里好梦正酣……

这几十年，虽然没有断了吃各种小米，但是，唯有父亲种的小米是香到心里的。去年八月初回云山看父母，聊着天，父亲说："我带你去看看菜地吧。"父母十多年前就在云山场部住了楼房，但是种地的习惯却无法改变。于是我坐着年近八十的父亲开的三轮车，一路来到场部沙子山的后面。到了菜地，下了车。一片浓绿吸引了我：新黏谷！父亲又种新黏谷了……

春节的时候，回家看父母。临走父亲递给我一袋小米，我宝贝一样地带回北京。隔三岔五，我的厨房里便会咕嘟咕嘟冒出小米粥的香气。一锅浓浓的乡思，氤氲了他乡的时光……

2017 年 6 月 18 日

梦里云山

一、云山的味道

云山的春天，现在刚刚可以看到端倪。风，软了；雪，化了；黑土，苏醒了；小草，舒展嫩黄的腰身，羞涩地冒出头；婆婆丁，零星地点缀在朝阳的坡坡坎坎，已有人拿着小铲寻觅她的芳踪。

春天，云山的味道是淡淡的绿。走出家门，泛青的春草弥漫着清甜。没有喧嚣的车流，没有飞扬的尘沙，空气干净得让人不忍大口呼吸。摘一片婆婆丁的嫩叶放在嘴里慢慢地嚼，苦涩之后是淡淡的香甜。诱惑着你一株株寻，挖出来，布置你油腻了一冬的餐桌。这就是云山春天特有的味道，苦苦的、甜甜的、清清淡淡的。

对于云山味道最初的记忆，应该是我四周岁那年的春天，我家从九连搬到七连的途中，那也是我记忆最早的事件。坐在父亲开的拖拉机上，从九连的田地直接穿越到七连的田地，然后直接进入连队。那是初春的季节，大部分田地已经被翻开。父亲开着拖拉机从地边缓缓而行，所过之处，新翻开的泥土，微微的腥味里透着芬芳和温暖，旁边不知名的黄色花朵零星地开着。我在和煦的春风和拖拉机的轰鸣声中渐渐入睡，泥土的味道一直萦绕在我的鼻子里。

小的时候，我是一个嘴馋的丫头。姥姥曾经摸着我脖子后面深深的沟对我说，馋窝真深，你这孩子就是个馋猫。我不知道看这个准不准确，但是我的确嘴馋得很。在七连，我品尝过我所能接触的所有植物，有些是大人们告诉可以吃的，有些没人告诉我可以吃或者不可以吃，但是我都会尝尝。所幸，我没有过中毒的迹象。什么婆婆丁、酸溜溜、野蒜、野葱、黄花菜、四叶菜之类大人说过可以吃的，只要它们长出来，我就会漫山遍野地找来吃。没有这些，什么花开，吃什么花。最喜欢吃喇叭花的心，甜甜的。有一天，发现了邻家的水萝卜花开了，粉嫩嫩的，我觉得好吃，总想尝尝什么味道。每一次经过他家的菜园都会被那一垄粉嫩的花诱惑。终于忍不住叫了丫头（她的大名应该叫李荣），我望风，她从篱笆缝里伸进小手去折那花。没承想，邻家的老婆婆出来看到了，狂吼着冲过来，我俩吓得一溜烟逃掉了。从此再也不敢打别人菜园的主意。我记得他家的女孩叫李星洁，现在也有五十岁了。我不知道时隔四十多年，他们还记不记得当年的事。我只要想起云山，想起上小学前的事情，就会想起这些关于吃的点滴，还有那些酸甜苦辣的味道。

上了中学，我还是喜欢流连于青山绿水和田间地头。不再是因为嘴馋，而是喜欢田野山间的味道。经常一个人在一中后面的小山上，一坐一下午，拿着课本一个字也不看，只是静静地坐，傻傻地想，松香弥漫中常常昏昏欲睡。情窦初开时，喜欢一个男孩，不敢表白，在小山上写了很多关于他的日记。给他写了很多封信，却没胆量送给他看。直到高中毕业离开云山之前，约了闺密一起把那些朦胧而真切的情感埋在小山上。那些稚拙的文字，他永远也不会看到。不过，对于年少时那些傻傻的行为，我现在看来，只是成长过程中的美好。青春的味道，在云山的青山绿水间留存，实在是我的幸事。我想每一个在云山长大的人，都有体会。

其实云山还有另一种味道，清冷的、厚重的。不过在她的覆盖下依然是芬芳的泥土，绿意盎然。很怀念云山的味道，云山的味道是亲切的，只有离开过她的人，才有深切的体会。

二、又见云山

又见云山，在初秋的季节。每年都回去，但都在冬季。冬天的云山，是白山黑水的云山。皑皑白雪，山林萧肃。主街上串串大红的灯笼，昭示着当下云山人富足的日子。灯笼亮起来的时候，踏着清雪嘎吱嘎吱走在熟悉的街道，心里的温暖融化了寒冷的冬，这就是云山给我的家的感觉。

今年见云山，秋意悄悄来临。坐在车上，路边田野的景色一览无余，心中溢满太多的欢喜。我已经太久没有看到五彩斑斓的云山了。连天的稻海，金波粼粼，大豆的叶荚演绎着绿与黄的渐变，田边高大的杨树依然浓绿欲滴。玉米地青色悠扬，却有大型的机器在收割。这是北大荒特色的越冬饲料的收藏方法。轰鸣的机器声热闹了整个田野，玉米秆和秸秆被压碎后散发的香甜弥漫到很远的地方。各色的花儿从农田边一直开到场部宽阔的街道两旁，缤纷了云山人质朴的生活。这，才是心里云山的模样。

小的时候，没有上过幼儿园，每天都是跟着父亲在农具厂，跟着母亲在各种作物的大田里度过的。父亲修理农具的时候，我就在拖拉机和康派因这些大型机械爬上爬下。没人带着我的时候，我就一个人在田间地头流连，在家后面的小山寻宝。尤其经过了被大人圈在家里一个绵长的冬季，山间田野刚刚染上鹅黄的时候，我就迫不及待地四处寻找黄色的迎春花，浅粉的大米花。采回来，让父亲找个汽水瓶插到里面，放在窗台上，简陋的家立刻春意盎然。夏季的时候，我最钟爱的事情是寻来各色植物的果实、根茎满足我的馋嘴。秋天会跟在母亲和哥哥姐姐身后捡拾收割机遗留在地里的大豆、玉米。那种收获的喜悦填满小小的心脏。最激动的时刻是春天水库解冻，跟着父亲去捉被冰块撞晕的胖头鱼，一条条出奇的肥大。现在每每在饭店吃鱼的时候，总是纳闷，这鱼怎么做都没有父亲捉的鱼香呢。

上学以后，从小学到中学都有劳动这门课。老师们因地制宜，劳动就选择在学校的菜园和责任田里。在七连上小学的时候，连队曾经分给学校一块很大的地，在学校后面的山坳里。校长带着全校师生全部种上了向日葵，向日葵开花的时候，一片黄色的海洋，美极了。记得在这片葵花地还发生了一件趣事，有一年葵花长得特别大、特别好，快成熟的时候，每天早上都会发现有一些葵花的花盘掉落在地上。学生们报告老师，老师们都是一些城市的青年，于是成立了护田小队。每天派几个学生去盯着看，我老哥是其中一个小队的队长。几

散文卷

天下来，还真叫他们抓住"敌人"了。那是太阳作的案，花盘太重每天随着太阳转，花秆承受不住重量自己把头扭掉了。全校师生哗然，第二年施肥的时候，减了很大的量。

记得那时候，体育课上有一个游戏叫"捉特务"。就是一个班级选几个人当特务，藏起来，其余的人当解放军去把特务找出来。别人都喜欢当解放军，我喜欢当特务，尤其是秋天。钻进玉米地没人找到我，我在里面找"黑星星"吃，吃得满手、满嘴乌紫乌紫的，很过瘾。经常下了体育课还不知道，体育老师带着同学们各种找。其实这也是和老哥学的。有一次当特务，我和两个同学跑到水库边去了，她俩脱了鞋，挽起裤腿下水了，我却对着一圈圈的水波头晕恶心，最后吐了。她俩吓坏了，连拖带背地把我弄回学校，体育老师把我背到卫生所，卫生员说我晕水。我很纳闷，还有晕水的？长大以后我发现，我不是晕水这么简单，我还晕车、晕船。

又见云山，小时候那些美好的日子，一一呈现在我的脑海里。我想，可能是年龄大了，开始怀旧了。以前在紧邻的八五零场居住了近二十年，回家的时候可没有那么多的思量。

三、关于云山

我出生在云山，这是我对云山的第一个定义。一个关于故乡，关于家的定义。这个世界上，也许没有多少人知道这个有着美丽名字的小地方。在中国的地图上找不到她，在黑龙江省的地图上找不到她，但是在我心里可以清晰地触摸到。我在这个小小的农场生活了十九年，然后悄然离开。一点点，我竟离开她很遥远了。到了北京，她成了我心里意义上真正的故乡了。

我的父母和姐姐还生活在云山，这是关于云山的第二个定义。一个关于家，关于至亲的定义。无论这个地方有多么小，多么远，这是我回去的无法阻碍的理由。回家，这是每一个新年，每一个佳节，内心的呐喊。只有我自己可以知道，这想念有多么真切，多愧疚。对于父母、姐妹的愧疚，让我拨通家里的电话时，心都在颤抖。才了解古人说的近乡情怯的感觉，其实就是觉得有那么多的对不起，才会这般怯怯的。没有离开家的孩子，无法体会这个滋味。

我的童年，我的少女时期，在云山度过，这是关于云山的第三个定义。一个关于成长，关于母校的定义。我出生在九连，离开九连去七连的时候四岁，关于九连的记忆几乎是零。我的童年从七连开始，止于七连。痛并快乐着。小学四年级的时候随父母到了四连，所有的关于成长的故事从这个小孤山脚下的连队真正地开始，并有了深刻的记忆。接着是二连、场部的初中、高中生活。当年我是一个外表柔弱，内心倔强、偏执的女孩。很多事情，我没有选择面对解决，而是逃离。某种意义，我是懦夫。我的成长并不成功，一如我的学业。

云山，是我梦开始的地方，或许也是结束的地方。这也许是关于云山的最后的定义。今生不会改变。

2017 年 1 月 6 日

霜降之秋收

秋过霜降。

霜降，秋的最后一个节气，气肃而凝，露结为霜。易经坤卦的初六爻辞上说："履霜坚冰至。"

秋过霜降。时，渐渐走入深秋，风，渐渐清晰，天，渐渐凉透，水，渐渐凝集。

走在都市的街头，看街边泛黄的树叶，随风飒飒落下，忽然很想家。家在东北农场，此刻正是稻谷千重浪，豆荚万里香的景象。霜降一到，秋收便开始了。一春一夏的辛苦劳作，眼看着就有了丰硕的成果。此刻，远在他乡不能亲见丰收景象，不能亲历忙碌的喜悦，的确是一件憾事。

不由想起小时，霜降过后的大清早被母亲从热被窝里拎出来去收秋的旧事。小时候，每家每户都有连队分的自留地。很多家在田边还有地头，山坡水畔垦出的"小开荒"。更不要说房前屋后的菜园子了。霜降一过，母亲便会带着我们把这一块块小田地里的果蔬、豆谷收回家。大大的仓房堆满了茄子、辣椒、西红柿、萝卜、土豆、白菜、大豆、小豆、沙果、海棠、小苹果。一打开仓房的门，各种秋天的香味扑鼻而来。欢喜从仓房里流出来，一直流到心里。

霜降了，收秋了。母亲会开始忙碌起来。白天是一个搬运工，把秋搬回家。晚上是一个制作工，把秋加工封存起来。洗翠绿的黄瓜、豇豆、芹菜、青椒、雪里蕻，红的辣椒，青的芥菜，黄的胡萝卜。烧开一大锅的花椒、大料、咸盐水，晾凉了。把这些蔬菜整齐地码在缸里，把咸盐水倒在里面，没过这些蔬菜，母亲刷干净一块青石压在上面。

半个月左右，水灵灵的咸菜便被切得细细的，拌上辣椒油出现在餐桌上。绊倒驴的大青萝卜和心里美的紫萝卜，被母亲切成手指粗的萝卜条。撒上大颗粒的咸盐，腌一天一夜，萝卜条打蔫了。晴天的早上，父亲把它们晒到房顶，晚上收回来。阴天摊在仓房里的筛子上。直到萝卜条干透了，把它们收起来。冬天想吃的时候，用凉水泡了，洗干净，用葱姜蒜拌了，淋上香油。就着这些自家腌制的咸菜，能多吃一个大白馒头。

找一个晴朗的周末，全家总动员渍酸菜。在白菜被运回来的时候，母亲就把大棵苞实的分出来，留着下到菜窖里冬天吃。把中等的分出来，渍酸菜用。没包上心儿的扒拉棵子喂鸡鸭。一大早，把当院的八印大锅里添满水，劈柴绊子呼呼的火苗舔着锅底儿，很快把水烧得滚开。我们几个孩子负责把白菜运到灶台旁边，母亲把白菜一棵棵按到开水里烫一下，父亲把烫过的白菜捞出来，在四五桶凉水里浸泡一下，再递给我们摊在草席子上凉透了。我们三个孩子走马灯一样，抱着白菜传送的情景现在还在脑海里挥之不去。傍晚，凉透的白菜，被父亲母亲一棵压一棵地码在大大的缸里。码一层，撒一层大颗粒的咸盐。满了，压上石头。第二天早上，倒上凉透的开水，封上塑料布，齐活。那时候，没有酸菜鲜，一冬天酸菜也不会烂。

秋天的时候，连队的每家每户还有一项重要农事，敲葵花。收回来的葵花，堆积成小山。我们围坐在小山旁，拿着小木棍，敲打葵花盘的背面。成熟的葵花籽应声脱落，香气四溢。这是我喜欢做的事，一边敲一边吃。收工的时候，找一个大大的果实饱满的，吃过晚饭，听着广播一粒粒扣下来慢慢吃。葵花籽晾干收在一个个蛇皮袋子里，逢年过节，家中来客人，母亲都会炒一大簸箕葵花籽，让我们畅快地嗑。尤其连队来放电影的时候，几乎每家都会传出炒葵花籽的香气。那个年代，东北孩子的门牙大多有个小小的豁口，都是葵花籽一点点磨出来的。

捡大豆是我又爱又恨的一件事。那时候农田属于连队，秋收是公家统一安排。从小喜欢看康拜因在广阔的大豆地里轰隆隆地收割，更喜欢看收割机一边哗啦啦地把金黄的大豆装满运粮车，一边吐出一堆堆豆秸。机器收割过后的大豆地还会遗落一些成棵的大豆和一些豆荚。连队的妇女们会带着孩子们，拉网一样把这些遗落的大豆捡起来，背回家。也有聪明的会在地头把大豆敲打出来，只拿豆子回家。母亲也不例外，带着我们去捡大豆。我不喜欢捡大豆这件事，满地转悠，真的很累。然后再背回家，走很远的路更累。还有觉得不是自家地里种出来的，即便是去捡，心里也不踏实。可是母命难违，所以每一次出征我都满心别扭，撅着嘴直到回到家。但是，到了冬季母亲炒了黄豆，我一点也不少吃。崩爆米花的来连队，我听到声音一定不会忘记端一盆玉米粒，再端一盆大豆去排队。

等我大了，上初中了，这些秋收冬藏的活计我做得就比较少了。母亲安排给我的另一样大活，我不知算不算秋收冬藏的一部分。那就是全家六口人的棉衣棉裤，一人两套。在入冬前我必须做好，交换条件是我不用下地干活了。

毕业了，进了完达山乳业的我似乎和生金流油的黑土地有了隔阂。似乎霜降后的收秋与我再无瓜葛，在车间里日复一日地三班倒，在办公室里年复一年地朝七晚五。可是，北大荒的沃土似乎总是给我惊喜。不知何时，我家屋后广袤的旱田改成水稻田了。秋过寒露，绿色的稻田渐渐变黄。推开家里的后窗，稻田随风泛起道道金波，仿佛一不留神就会流进我的屋里。我爱煞了这片稻田。秋过霜降，开镰收割稻子了。因为机器收割不过来，稻田的主人招募割水稻的工人，我跃跃欲试。但是全家反对，我执意而行。拗不过我，公公割了一捆草教我打勒（就是把割下的稻子捆成个）。孩子爹看了从鼻子里哼出来一句话："你坚持不了三天。"我心里说：我坚持给你看！那时我在车间三班倒，三天有一天白班，其余两天我去割水稻。约了几个包装班的姐妹向稻田出发了，果然第一天我被打勒折腾去了很多时间，好在晚上收工前我已经熟练。拿着到手的三十五元钱，心里很美。晚上躺床上，真的是腰酸背痛手抽筋。但是第二天我依然出现在稻田。最难熬的是第三天，到家基本是爬上床的。孩子爹问我还去吗？我毫不犹豫，去呀！

就这样，除了上班这天，我都会去割水稻。我家房后的稻田收割完了，我又转战到远处的稻田。孩子爹，中午会把饭送到地里。后来交代，你割完了捆上捆放那儿，我下班来给你码成垛，那段日子忙碌而快乐。尤其是劳动的成果变成钞票，钞票变成饭桌上的美味，孩子的小自行车，公婆身上的衣服，我很满足。那些稻子香满秋冬。

今又霜降，怀念家乡的秋天，怀念家乡的秋收冬藏。

2016 年 10 月于北京 霜降之夜

散文卷

白衬衣蓝裤子

上小学的时候，每年过六一儿童节，我都会很不开心。

六一儿童节那天要表演节目吧，而且是全班同学都要参加那种，表演就表演吧，结束后还要评出名次。所以进入五月，每天的自习课和周六下午我们都要排练节目。每到这个时候，我就特别羡慕会唱歌跳舞的同学，我不仅五音不全，四肢还不协调，白长了一双大眼睛，个子还不高。个人表演想都不要想，人数少的节目别人也不爱带我。我只能参加全班一起表演的节目。如果老师选的集体节目是大合唱，我还能勉强混一混，跟着张张嘴，老师经常嘱咐我的是——千万别大声，再把别人带跑了，所以正式演出的时候我基本是假唱。如果不幸老师选了集体舞，我就惨了，动作生硬，还跟不上节拍。老师单独训练我很多次也没啥成果，老师也很是无奈，于是总把最矮的我放到最后。有我在，集体舞我们班就没有得过奖。所以每到六一排练节目的这个月，我听了最多的批评，挨了最多的白眼，这个月对我来说简直就是黑色的。

然而排练节目还不是让我最不开心的，最不开心也是最难堪的事情，是每次上台表演节目大家统一服装，对于我几乎是做不到的。普通的白衬衣、蓝裤子、小白鞋，对我来说是奢侈品，我从来就没有过新的。小学的时候我的衣服大多是捡哥哥姐姐的，春节妈妈会给我做新衣服也是罩棉衣的红红绿绿的。所以，每一年六一儿童节我都穿着哥哥姐姐传给我的洗得发黄的白衬衣，洗得发白打着补丁的蓝裤子，上台表演。平时穿哥哥姐姐的衣服，打补丁的衣服我不觉得有什么，上台表演就觉得很难看。

记得二年级的六一，我竟然连打补丁的蓝裤子都没有，老师还规定演出必须穿白衬衣、蓝裤子。回家向妈妈要，妈妈说，家里的钱和布票只够给哥哥买布做衣服。哥哥是学校的少先队大队长，要参加升国旗，要主持节目，他必须有白衬衣、蓝裤子、白鞋。姐姐有四个人的表演，还要上台讲话，她也必须有白衬衣、蓝裤子。妈妈给哥哥做了新衣服，姐姐穿前一年的。我只好将就了，白衬衣穿哥哥穿小的，实在没有蓝色的裤子，最后妈妈把她的一条洗得发白、打着大补丁的蓝裤子给我缝起裤腿，让我穿。

彩排那一天，我穿着打笤一样的蓝裤子，被同学们一顿笑，老师说这蓝裤子也不太蓝了呀，让我回家借借。我回家把老师的话学给我妈，我妈说上哪去借，所有的孩子都要穿蓝裤子，谁家也不会有多余的。这时候，我救苦救难的姥姥来了，看着委屈的我，愤怒的我妈。姥姥把妈妈那条旧蓝裤子拿过去，欻欻地就给拆了，翻过来，里面的蓝色还是很明显的。姥姥挑着囫囵的地方，给我裁出一条蓝裤子，这条翻新的蓝裤子终于让我有勇气站在大合唱的队伍里跟着嘎巴嘴。

第二年的时候，这条蓝裤子被放下一个边，我又穿着去彩排了，这次的集体节目是藏族舞蹈《北京的金山上》，我明显感觉到了班主任李兰芬老师对我的不满，其实现在想想老师的不开心应该和我的表演有关。回到家，妈妈明显感觉到我情绪低落，我气呼呼地说："还不是因为没有蓝裤子嘛。"妈妈犹豫了片刻，让我去跟老师说，正式演出的时候可以把我们家一盒汽水瓶盖大小的口红借给全班同学用，这样老师可能就不会对我掉脸子。这盒口红是一个杭州知青春节回家带回来送给妈妈的，在那个年月，我估计全连队也就这一盒口红，我妈宝贝着呢。以前上台表演之前，我们都是抿抿红纸。我妈怕我把口红弄丢了，演出前让我爸亲自送去给老师，果然，李兰芬老师看爸爸拿出口红时，乐得狠狠亲了我一口。对我的蓝裤子也选择了视而不见，还表扬了爸爸画的彩条纸好看。从那个时候过来的人也许都知道藏族服装配饰有一块彩条布系在腰间，老师发了一张白纸让家长画上彩条充当彩条布，用大头针别在我们腰上，跳起舞来哗啦哗啦响，跳舞的时候我总是提心吊胆怕彩纸掉下来。

等我四五年级的时候，家里的条件好一些了。六一的时候，家里紧一紧，也是可以给我做白衬衣、蓝裤子的，也会买给我小白鞋，但是我对上台表演依然没有兴趣。

长大后的我，似乎对白衬衣、蓝裤子有很深的执念，就是现在翻翻衣柜我的白上衣还是有很多件。小时候的六一，那些不开心早已烟消云散。姥姥翻新的蓝裤子，妈妈的口红，爸爸画的彩条纸在记忆深处总是生辉……

2023 年 6 月 1 日

散文卷

那片向日葵

向日葵，一生向阳盛开。花色鲜艳，果实惹人喜爱。一直想为向日葵写一篇文章，提起笔，却不由自主想起生长于年少时的那片向日葵。

那片向日葵长在云山农场七连小学校后面的山坳里。

两山之间，有一块平整的荒地，有二三十亩，土质肥沃，据说用手一捏就能流油。只是面积太小，大型机械不好进出，不易耕作，连队杜指导员和李连长一合计，大手一挥就给了小学校。因为早先小学校杨校长一直吵着给学生要一块地，可以做学生们劳动课的试验田，也可以名正言顺地给学校增加点收入。

杨校长拿到了地，却不知要种啥，纯纯的工人出身，从工厂直接上战场，复转到了北大荒成了孩子王，对种地是擀面杖吹火——一窍不通呀。正琢磨呢，一转身看到刚给学生们上完劳动课的贫下中农代表老张走出教室，一把抓过来："走走，和我去看看指导员分给咱的那块地。"张代表和杨校长翻过学校后面的小山坡，后面呼啦啦跟着一群孩子，看到那一长条的平地。不知张代表咋说的，反正最后校长决定种向日葵。

那年的秋天，杨校长领着我们这群孩子把那片荒地开出来了，那段日子每天下午总会有一个或者两个年级的孩子在地里拔大草，翻地，整地。放寒假的时候，老师布置的寒假作业里，特意加了两筐粪。开学的时候，五年级的哥哥把我俩的四筐农家肥用爬犁拉到那块地头上，杨校长亲自验收了这份特别有味道的寒假作业。

春耕的时候，没等杨校长带我们去整地，李连长就带着从富国公社借来的犁杖和几个农工排的小伙子把地起好了垄。于是我们整个学校的学生抽出一天的时间，刨坑的刨坑，上肥的上肥，撒籽儿的撒籽儿，埋坑的埋坑，把葵花籽种上了。接下来师生们盼望着，看着向日葵出芽、长大、放叶、开花，你别说，成片的向日葵开花时可谓壮观。从山顶望下去，一片金色的海洋。放到现在，一定会吸引很多摄影爱好者，成为网红打卡地。那个时候，我们只会欣喜于向日葵的苗壮，花盘的硕大，没有心思也没有条件去为这片金色的花海留下照片。

看着苗壮成长的向日葵，我们都以为她们会顺利地成熟，等着我们去收获。不承想，在夏末秋初葵花籽粒还没有成熟的时候，还是出事了。接连几日，体育课上玩"抓特务"游戏的特务们，躲进葵花地的时候都会发现有硕大的葵花盘齐根被"砍"掉。这还了得，回去汇报给老师、校长。杨校长想，不能葵花快成熟了都被破坏掉了吧，所有的努力不白瞎了。于是把四五年级的孩子分了几个组，去看护这片葵花，守住我们的劳动果实。

于是从早上四点到晚上八点，密集地排了四组学生，各组有一位男老师带队，还起了一个名字叫"护秋小分队"。一个星期过去了，早上晚上的同学们一无所获，中午值班的同学慢慢有了发现，这罪魁祸首还真被他们捉到了。原来是太阳惹的祸，中午护秋小分队的同学，眼看着葵花盘"啪"的一声掉在自己身边，吓了一大跳，急忙抱着葵花盘跑回去汇报。杨校长觉得匪夷所思，让孩子们叫来张代表，张代表一看那小磨盘一样的葵花就笑了："这是肥上多了，葵花盘结得太大。向日葵，向日葵，她的特点就是向着太阳转，葵花盘太大、太重，葵花秆承受不住花盘的重量，她自己扭着扭着就把自己的脑袋扭掉了。说是太阳惹的祸，其实是农家肥上得太多。今年就这样吧，明年种葵花的时候，肥减半。"

尽管向日葵们"自杀"了一批，秋收的时候，我们还是收回来很多葵花盘，在操场上堆了几座葵花山。全校师生围坐在一起，邦邦邦地敲葵花，葵花籽的香气飘满校园，一直蔓延到整个连队，整个学生时期，直到现在久久不散。

2024 年 1 月 15 日

回　家

那年，我初二，在云山二中住校。

云山二中的校址在二连，距离我们四连三十多里地。按理说，我们距离场部的一中只有八里地，可不知为啥就把我们四连的学生划到了二中。教学质量先不说，每次放假回家，也成了一件大事。

那时学校每两周放一次假，周五上半天课，下午放假回家，周日的下午返校。每次各个连队会安排车接送，车是那种农用运粮车，前面有个驾驶室，后面拉着一个车厢，乌泱泱地载着一车叽叽喳喳的学生，这是一道风景。在学校待了半个月了，我们都盼着回家，周五吃完了午饭，早早准备好书包和带回家的换洗衣服，等着车来。校园里每进来一辆车，我们都会一阵兴奋，看到是自己连队的车便会蜂拥而上，留下一片羡慕、嫉妒的叹息……

又是一个周五，一大早，鹅毛大雪就无声地落下来了，到了中午放学时，已经有一尺多厚了，我想这下可回不去了家了，正想着，学校广播里就播出了通知：各个连队都来电话了，雪大路滑，为了安全考虑就不派车来接学生了。我还是怀着一丝期待收拾好书包，等着，等着雪停，也许会有车来呢……

吃完午饭后，同一个寝室离学校最近的一连的两个同学一合计反正就七八里路，开步走回去吧，两个人顶风冒雪地出发了，八个人的寝室剩下六个人。将近一点的时候，离学校十多里地的三连的一个同学也被两个男同学喊着一起出发了。这下子剩下了五个人，我们四连的两个，林业连的一个，十三连的姐妹俩。外面的雪纷纷扬扬，一丁点儿停下来的意思也没有，我坐立不安、百爪挠心，和同一连队的华子说，别等了，咱也走吧！她说："三十多里地呢，这么大雪，得走到啥时候去？"正嘀咕呢，十三连那对姐妹的父母来了，把她俩领走了，去了二连的亲戚家。看着他们一家四口离开，我一秒也等不下去了，毫不犹豫地背起书包说："我走了，你俩随便吧。"她俩也跟着抓起书包说："我们也走。"于是，我们三个人顶着大雪出发了。

刚出学校大门的时候，还有不少同路人，一连、三连的学生基本在路上艰难地跋涉，到了公路上，一连的同学和我们分道扬镳了。一开始我们跟在三连的大部队后面，我们走得还算顺畅。过了三岔路口，就剩下四连的男生和我们仨，四连的男生们在前面蹚出道路，我们跟在后面。走着走着，我们的体力跟不上了，一滑一滑的，妈妈做的条绒棉鞋里总是进雪，抠出来马上又进来，折腾几次干脆就不管了，在鞋里融化了，又进新的雪，裤腿脚也满是冰雪，跟头也摔了无数个。渐渐地男同学和我们三个拉开了距离，天色也渐渐暗下来了，脚趾也渐渐地从猫咬一样疼然后就变得麻木了，我有那么一瞬间真的后悔了，但是开弓没有回头箭呀，咬牙坚持吧。好在随着天色变暗后，雪也渐渐小了，在我们折腾到林业连的路口时，雪终于停了。看着林业连的女同学拐上通往她们连队的岔路时，我羡慕不已，尽管她们连队的公路上几乎没有人走过，她连滚带爬地前进，我还是忍不住地羡慕。我们还有六七里路要走，其中还有一个大坡，男同学们已经没有影儿了，只能听到远处隐约的声音。我和华子不敢有片刻停留，加紧赶路，天还是毫不客气地黑了……

当又饿又累的我和华子折腾到连队时，已经七八点钟了，看着家里昏黄温暖的灯光，我的眼泪不听话地流淌下来。抹了一把眼泪，揉了揉冻得通红的鼻尖和脸蛋，故作轻松地推开家门，对上爸妈、姥姥惊诧的目光，我得意地笑了。可是得意没有持续一秒，妈妈咬着牙抄着扫炕笤帚就到了眼前："死妮子！这么大的雪，你回来干啥！"说话的工夫，噼里啪啦给我从头扫到脚。姥姥用手点着我的额头："你这个不省心的。"然后踮着小脚赶紧把他们吃剩的晚饭热上，又烧了一大锅热水。爸爸倒是没骂我，拿着洗脚盆去外面装了一盆雪回来："脱鞋！"于是我乖乖地脱了鞋子，爸爸拿雪把我脚一顿搓，看看我小时候冻伤过的脚，还是有些不放心，又去菜园里拔了几株茄子秧回来煮在大锅里。

吃完饭，泡了脚，躺在热炕头上，真舒服！

秋日风物

此刻，我坐在这秋意阑珊的微风里，翻着九月的日历。有一页绯红属于你，忽然想起那些关于你的风物点滴。

雪小禅老师说"风物"二字最有气，读起来就那么动人。我觉得"风物"二字最有质。读起来充满韵致，充满旧事陈酿的风姿。九月的风物，属于你。

打开关于你的储藏室，有一沓老照片，泛着黄色的印记。铺满小学、中学、大学的毕业季。照片上你的容颜模糊，却刻在我的心里，黑白分明一直就在那里。

一枚发卡，时过经年还完好地躺在箱底。这是来自43年前的杭州，一个叫许幼海的老师送我的入学礼。橘红色的有机塑料，艳丽了单调的童年岁月。和它一起的还有一张大白兔奶糖的包装纸，过了这些年，仿佛还残留着淡淡的香气。大白兔来自上海，却是北京李子森老师的奖励。

还有一把桃木的梳子，很小很精致，盈盈一握就不见了踪迹。一面是描金的牡丹，一面是"为人民服务"五个黑色的字迹。牡丹花已经残缺得看不清晰，字迹也剥落了些许。她的主人原不是我，天津的李兰芬老师把它放在讲台的抽屉里。现在还时常想起她给我梳小辫的样子，她的女孩们有谁没有享受过她的温情？她离开学校回天津后，我悄悄把它收到思念里。

一本影集，空无一张照片。为什么没有，我已经忘记。或许是当年舍不得用，抑或那时没有照片可以搜集，于是它被搁置。浅蓝色的封面，两个洋娃娃憨态可掬。内页是黑色的硬纸板，附着薄薄的透明蜡纸。这是姜玉芬老师送我的，有关青春的日子如这影集般空白，需要一点点捡起。

一支英雄牌的钢笔，默默躺在塑料盒红色的绒布里。这是张贤信老师送我的毕业礼。年少的我曲解了礼物的真意，让它空负了时光，腹中没有沾染点滴墨色香气。我辜负了老师的希冀。

怀着愧疚的心情，我翻开黄色塑料皮的日记本，扉页是刘杰老师遒劲的字迹：愿你将来是人物！看得我汗水淋漓：三十年前老师的祝福让我无语。如果此刻老师在我面前，我会告诉她：我只做了一个平凡的女子，做散淡的生意，过闲适的日子。她一定也为我欢喜。

这些零碎的小物件，在常人眼里也许还配不上"风物"这个词，既没有古色古香的质地，也没有让人瞠目的出处，更没有什么实用的价值。而我视若珠玉，每一件都附着岁月的包浆，润泪着我的记忆，让我时常想起你。习习秋风里，我又一次想起你……

岁月染白了他的头发

北京，大兴，观音寺小区，秋日暖阳……

深秋十月，和两位同学约好一起去看望阔别三十年的张贤信老师。当年张老师是我们的语文老师，是很多学生崇拜的对象。在我心目中他是那么的意

假如生命就此止步

气风发，才华横溢，风趣幽默，儒雅帅气。三十年过去了，张老师会有怎样的变化呢？实在想象不出，内心颇为忐忑。

临去看老师的前一晚，竟然失眠了，这个完全出乎我自己的预料。我自以为经过这么多年世事的磨砺，岁月的蹉跎，我已变得足够沉静，足够波澜不惊，没有什么事情能够让我激动得无法安然入眠。可事实就是这样，真的一夜辗转反侧。关于老师，关于中学时期，关于那时候与之有关的点点滴滴，从遥远的云山，穿过了三十年的时光隧道，真真切切地罗列在我眼前。恍如隔世，又真切得如发生在昨日。三十多年前，和我一同在云山二中读过书的同学们，一定都不会忘记张贤信老师。

他是那个年代颠覆了老师沉稳持重形象的人。一身蓝色的中山装，穿在那宝林老师身上是稳重笃定的，穿在魏祖培老师身上是英挺厚重，穿在李子森老师身上是温文儒雅，唯有穿在张贤信老师身上，那种感觉是洒脱不羁的帅气。用当今时尚的话来说：这是唯一把正装穿出休闲味道，把中式服饰穿出英伦范的老师，不需要多接触，一眼就能记住。张老师教我们的时候三十出头，身材修长，偏瘦，衣服稍肥一点，后身的下襟就会翘起。记得王萍同学写的一篇关于他的作文，提到了老师的衣襟，形象地比喻为一只可爱的小鸡。我现在明白，他的洒脱不羁真的不是衣服的原因，而是骨子里的东西自然地流露。顺便说一句，当年的师母也是极美的，我想这个江南水乡的美丽女子，当年也是被老师的风采所吸引，一路追随到北大荒的。

他还是那个年代少有的把风趣诙谐的讲课方式带到课堂上的老师。他的课堂上，经常是"一片混乱"：他在讲台上妙语连珠，讲台下的学生们七嘴八舌地和他讨论。他颠覆了那个年代学生手背后，身坐直，台下一片静悄悄，听老师一个人演讲的教学方式。曾经有人对张老师的教学方式提出异议，但是他的学生们都喜欢。像我一样期待上他语文课的学生，我想不在少数。甚至，几个出了名的调皮捣蛋的男同学也喜欢上他的课，私底下还和他成了朋友。大家喜欢在课堂上听他诙谐幽默地讲课，喜欢和他争论问题到脸红脖子粗，喜欢下了课，和他朋友一样地无拘无束地聊天。中考的结果，我们二中的语文成绩在全农场是最好的。

就是这样一个深受同学们喜爱的老师，我曾经还和他起过一次争执。也许他已经忘记，但是我至今清晰地记得。初三的时候，我是他的课代表，一次期中考试的时候，我发现我们班两个女同学在传纸条。当时，其他年级的老师

散文卷

在监考，我也没敢说。考完试，我帮老师批卷子的时候，恰好批改了她俩的考卷，我犹豫再三，和张老师说了这件事。老师听了，把她俩的考卷拿过去看了一下轻描淡写地说知道了。我以为老师会对她俩做出处罚，可是第二天语文课老师压根没提这件事，成绩也没给她俩归零。那时候，我真的傻，也真的较真，看问题非白即黑，很偏执。其实那两个女同学和我无冤无仇的，从小就在一起。整整一节语文课，我没心思听课，一直在琢磨这件事。

想不明白张老师为什么不处罚她们，作弊在那个年代可是很严重的违纪行为。下了课，老师前脚进了办公室，后脚我就追了进去。见了老师，我不问青红皂白劈头就质问他："为什么放任她俩的行为不管，为什么不批评她们，为什么不给她们零分……"

当时办公室十几位其他班级的老师都在，所有的老师都诧异地看着我。老师听了我的质问，抬起头看着我，眼里竟起了水雾。我看了这水雾，不由自主地闭上了嘴。而后他温和而暗哑的声音响起："回去上课吧，把这件事忘了。"过后，我也有些后悔自己的冲动行为，在那么多的老师面前，张老师被我一个毛丫头一声声逼问，得有多尴尬，可老师一句责备我的话都没有说。

走上社会，经历了很多事情后，我才懂得当时老师眼里的湿润有太多的内涵，是他的宅心仁厚保护了三个少女的自尊；才懂得，一个真正的好教师，除了教书授业解惑，还要受得了委屈，经得住莽撞，看得明学生的心。仁者，张贤信老师当如是。我替那两个当年的花季少女和那个傻傻的我，深深地感谢张老师。没有他的装傻充愣，那两个女同学也许就要永远离开学校，就算不离开，也会被记过，从此在全校师生面前抬不起头。而我也会失去同学的信任，成为众矢之的。张老师教给我很多东西，不仅让我在中考的时候，获得全云山语文成绩第一，更重要的是，让我在以后的学习工作生活里，学会做一个真正磊落的人。

翌日中午，我穿越了大半个北京城，来到位于大兴区，观音寺北里的张老师家。张贤信老师迎出家门：还是那副修长的身材，还是那双睿智的眼睛，还是那个爽朗的笑声，还是那张亲切的笑脸。只是岁月已在他发上作茧，浸染上了霜花。这一次，湿润的是我的双眼……

我的老师李子森

我出生在 20 世纪 60 年代的北大荒。

从学前班到小学、初中、高中，我的老师大多是来自全国各地城市的知识青年。

学前班和一年级的老师叫徐立福，来自哈尔滨，能歌善舞，一双大眼睛忽闪忽闪地会说话；小学时的班主任李兰芬老师来自天津，对我们如妈妈一般；教数学的许幼海老师来自杭州的中医世家，还给母亲做过针灸治疗；教体育、音乐的杨永生老师来自杭州，眼睛高度近视，检查我们抄录歌词、歌谱的笔记一点也不含糊。初中时，来自广州的徐晓晨老师教过我的数学和物理，教学严谨至极；来自北京教语文的张贤信老师，把我们的语文课上得生动活泼。还有高中时的北京知青：语文老师周培田，数学老师李广生、宁继敏，化学老师程翠娥……都给我留下了深刻而美好的印象。

这里要说的是李子森老师，他曾经温暖照亮过我年少的时光，给我很多帮助和引导，也给我留下了深深的遗憾，让我至今不能释怀……

李子森是我初中的第一位语文老师。也是我到了云山二中见到的第一位老师，他来自北京。教我的时候三十出头，中等身材，面白微胖。讲课如说书，不疾不徐，娓娓道来；声音不高，却足以让教室里的所有孩子都听清楚。在二中的三年，我从未听过李老师大声批评过学生，或者与他人争执。李老师走路不紧不慢，我从没有见过他大步流星地走过，更别说奔跑了。即使在雨中，大家都狂奔如《雨中即景》中所唱。他都不会紧跑两步，依然我行我素地踱行。李老师还是一个整洁的男人，头发从来一丝不乱，身上的中山装从来没有一丝褶皱和污渍，全身干净到指甲缝。

李老师在教我的两年一直很照顾我，时常给我吃小灶。不仅是课业方面的，师母做了好吃的，也会带给我吃。师母姓白，是哈尔滨知青。长得人高马大，目测能把李老师装下。她是学校的校工，在学校的水房给学生们烧开水，说话快人快语，高声大嗓。我们都叫她白阿姨。

说真心话，白阿姨颠覆了我对知青无所不能的看法。她没有多少文化，也没有其他城市女青年的优雅气质。但是这一点儿也不耽误我喜欢她，不耽误所有住校的孩子喜欢她。她善良热心，对每个学生都非常好，像妈妈一样，给每一个离家的孩子温暖和关爱。

周六、周日不回家的时候，我会去老师家蹭饭。老师饭后会给我分析我课业的诸多不足，讲着讲着就说到唐诗宋词，讲到徐志摩的《再别康桥》之类。那个时候，他眼里的温和被一种明亮所代替。神采飞扬，感染着我年少的心。至今我仍然喜欢徐志摩的诗。

初三的时候，张贤信老师接替了李老师的位置。具体原因已经忘记，张老师和李老师的风格截然相反。我和李老师接触日渐稀少，在校园里遇到，老师还是会仔细询问我的课业。白阿姨也会时常变出炸酱面、葱油饼之类的吃食给我。

中考的时候，我语文成绩全农场第一。回学校拿高中录取通知书的时候，李老师在我的教室门外等我出来。一如既往的安静，和教室里的热闹嘈杂形成了鲜明的对比。我和一群女生嬉笑着出来，他招招手，我跑过去。他递给我一包糖果，说："这是奖励。"我接了，开心如饴。他挥挥手说："去吧。"我不假思索地回到叽叽喳喳的女孩子堆里，一点也没顾及他心里的感受，现在想想我真是不懂事。

后来我去了场部上高中，我和李老师没有了任何联系。我以为今生和这个儒雅至极，满腹文采的老师，再无交集。虽然他时常出现在我的梦里，听他讲课，听他说古论今，我们一起在学校的广播室诵读诗歌、散文和同学们稚嫩的作文。

然而有一天，有关他的消息把我惊到了。他在我心中那个美好的形象坍塌了。他竟然在闹离婚，一个那么儒雅安静的男子在"闹"离婚。我被震晕了！要知道那个年代，一个人民教师怎么可以离婚？我从家住二连的同学那里，断断续续把李老师离婚的始末了解了七七八八。在他身上发生的故事，用现在的话说和电视剧里的桥段一般。

一九八三年春节，李老师离开北京十多年后第一次回北京。回北京期间的某一天，闲来无事带着儿子去附近的商场买东西。邂逅了一个女子，这个女子是李老师在北京大学时的初恋。当年这对苦命鸳鸯，因为违反了大学里的校

假如生命就此止步

规，谈恋爱，被学校分别发配到了北大荒生产建设兵团和内蒙古大草原。临别两人约定，不管过去多少年，两人都要等待对方，死等。结果李老师违约了，结婚有了孩子，这个傻女人三十好几了仍旧孑然一身。知道她还在等待，李老师也傻了。

不知两人见面后的情景如何，反正李老师回到云山二中后，伊人的信件雪花般地飞来。白阿姨很快发现了问题，和李老师大吵大闹。李老师不和她吵，但是提出和她离婚。白阿姨一怒之下找学校领导告状，在老师办公室里又哭又闹，弄得所有老师都知道了。这下学校出面调解，李老师骨子里文人的倔强上来了，死扛。结果李老师被停课，发配去做校工，喂牛、种菜、修葺校园。最绝的是，老师的所有信件被学校扣留，老师收不到任何外界的消息。那时候，所有的舆论都偏向白阿姨。我也是，内心对李老师充满了鄙夷，觉得他就是一个道德败坏，混入教师队伍的卑劣小人。可是夜深人静的时候，躺在床上，无数次地回忆和老师相处的点点滴滴，怎么也不能把人们口中的抛弃妻子的小人和那个儒雅的学者般的人联系到一起。

于是我觉得我要拯救李老师，要拯救白阿姨，拯救小雪松。这个念头一直折磨我一个星期又一个星期。二连的同学在又一个周末带回了新的消息：李老师和白阿姨的离婚大战升级了！儒雅的李老师和白阿姨动手打架了！每天白阿姨带着一脸的伤出现在水房，李老师自己也好不到哪去，被彻底地停了工作。我终于按捺不住给李老师写了一封长长的、言辞激烈的信，有二十页之多。信中，一说我以前是如何崇拜他，这种崇拜以前从没当面对老师说过，也说不出口；二说现在对他深深地失望，我竟然用了卑鄙一词；三说白阿姨的诸多优点，对他和孩子百般的好；四说雪松的可怜；五正告他，不要负隅顽抗，学校领导和广大教职员工，以及学生们不会让他的阴谋得逞。唉！我当时都佩服我自己怎么那么能写，那么会用词。写好了，我让死党的妹妹（她当时在二中上初三）把信交给了李老师。

接下来的日子我天天等候李老师的消息，心里痒痒的，做什么都做不下去。终于有好点的消息传来，距离李老师收到信的时间，已经过去了两三个星期。李老师不闹了，被恢复了教学工作，虽然只是教教劳动课、美术课，但是总好过干体力活吧。白阿姨脸上的伤已经没了痕迹，又开始了高声大嗓地说笑。我心里的石头落了地，总觉得是我的信起了作用。（你看那时，我多么自以为是）

再后来，听说李老师养奶牛了！白天上班，早晚放牛挤奶。我实在想不出那么温文尔雅，干净得近乎有洁癖的李老师会养牛，就像不相信他会动手打白阿姨一样。可，他真的养了，而且比连队其他养牛户养得都好，据说挣了不少钱。

高三的下半年，听说李老师得了肺结核在场部住院。我迫不及待地约了闺密，请假去医院看他。推开他病房的门，我一下竟没找到他在哪儿。病房里四五个老人，正聚在一起聊天。一个身材瘦弱的男人向我招手，叫我和闺密的名字。我简直不敢相信眼前这个看起来足有五十岁的男人，是李老师。不到三年，满头乌黑浓密的头发，花白了多半。以前微胖白净的脸上浑然一体的近视镜，在瘦削的脸上显得那么突兀。我的眼泪一下就出来了，他招呼我们坐下，轻轻地若有若无地抚了下我的肩说："我没事。"我看看他的手，很粗糙，皲裂着，不过还算干净。

和老师聊了几句病情，闺密说："以为老师得的是肺结核。"老师说："那你们还敢来？"我没回答，只是狠狠地点了点头。老师照例询问了我俩的学业，其间纠正了我一句用词的错误。告诉我"各有所长"和"各有所爱"的区别。坐了一盏茶的工夫，我俩告辞回学校上课。李老师送我到医院大门口，单独叫住我，和我聊了几句。第一句："你的信我收到了。"第二句："我以为我的学生里你是最了解我的，你会懂我的。"第三句："老师的确错了，你还是个孩子。"第四句："等你长大了也许会懂我。"

那一瞬，面对一个曾经才华横溢、温文尔雅、内敛持重，而今一脸沧桑、一身病态、脊背微驼的男人。我想，或许错的是我，我很惶恐。

后来听说李老师用养奶牛挣的钱把儿子雪松办回北京。他也在白阿姨病逝后，回到了北京，再没结婚。

等到我长大，成家，有了自己的孩子后，还时常想起我写的那封措辞激烈、言语不恭的信，以及不知天高地厚的举动。我无权评价老师的对错，但是我知道我是错的，内心满是愧疚。随着年龄的增长，亲历和旁观了诸多的生老病死、悲欢离合，内心的愧疚感与日俱增。希望有一天可以见到李老师和他做一次长谈，亲口对他说那三个字："对不起。"

直到2016年8月4日李老师因病在北京去世，我也没能再见到他。

他病逝的消息是2016年9月12日，张贤信老师电话告知我的。

听到这个消息，我心里五味杂陈。

夜里，睡梦中，李老师头发花白，脸庞瘦削，坐在云山二连他住所小院的石凳上，依然微笑着，温和而宁静。我醒来，月色清辉里，泪如雨下。

有些话，年轻时没有勇气说出。想说时，老师远隔千山万水，不知在偌大的京城哪一隅。寻到时，却已隔着奈何桥的凄雨。

憾彻心扉。

2017 年 9 月 10 日

第四章

四季也妖娆

四月，浅吟清明

江南的野棠花可落了？我不知晓，塞北的花事才刚开始。点点冰凌黄了白山黑水，浅浅杏雨艳了厅堂水榭。冬歇了冰莹雪曳，春葱葱绿了枝丫，绿了四月。于和煦的春风里，捻着四月芳菲的日子，心中盈满对天地的感谢。在山寒水瘦，树枯草衰，冰雪消融，心空情乏时节，四月，嫩嫩绿绿的，潜回塞北，清清爽爽映入眉睫。似乎一夜间，草青青染了山川，风软软掠过季节。

林徽因说四月天是最美的，春光潋滟里，风、星子、细雨、百花都嵌着喜悦。我却觉得，四月最美的不是这些，而是于春和景明、斜风细雨里的祥和，于祥和里的怀恋情愫、感恩情结。古人在这样的四月会叹：欲减罗衣寒未去，不卷珠帘，人在深深处。残杏枝头花几许，啼红正恨清明雨。今人在这样的四月会唱：又是清明雨上，折枝菊花与君共赏。我在这样的四月会想：天地是有情的，有这样的春芳满目，有这样的清明时节。

天地情深，于日月流转间，赐一个这样的四月用来相约。与古人在一阕一字一句咿呀的旧戏中共赏春月，与故人于一樽一花一笺相思的陈年里同赴去岁。在四月乍暖还寒的斗室，细嗅梅朵的淡香，一页页翻昨日的时光惊雪；在嫩绿浸染的青冢前，添一抔黄土洒两行清泪，一点点捡故去的记忆如缕。所有的日子，只有这一刻，最是宁静妥帖。无论权贵显胄，凡夫俗子，在这样的所在，把故去的时日和黄土拈于掌心的这一刻，感恩二字在手，在心，在天地间。

岁月无恙，于季节更迭处，许一个这样的清明用来拜谒。借清风做一张拜帖，书一纸簪花小楷，素素的词语，满满的真意，用一枚含苞的春花或一叶莩草的嫩芽做一个浅香浮动的封印，寄予山，寄予水，寄予远去的故人，也寄予过往的情事千结。相信，山水会收到，知晓你一直努力在路上行走，认真看山望水亲近大自然的一切。相信，故人会收到，知晓，你始终安稳地生活，温暖如初见的一刻，没有他（她）的日子，你依旧简单阳光快乐。相信，过往的情事万千，无论亲情友情爱情，历经岁月的洗礼，在四月的春光里，只留下美好的让我们怀恋，让我们不舍。

哪怕清明时节纷纷雨，也要在雨丝雾帘里，去赴这场相约，踏两靴春色、湿一襟雨落。哪怕琐事盈身，路途遥远，也拨冗启程去探那隔世的情缘，今生的挂牵。把一纸祭文写满四月的柳绿、燕语的呢喃，轻轻念与石碣上的名字，让他（她）知晓四月的春天依旧很美；把一束心香缭绕出不灭的相思、不变的感恩，轻轻告诉静静安眠的他（她），你因执着地爱他（她）所以好好地活着。归来，于凡尘中有颗宽荡的心，纯善的灵。

人间最美的四月天，因为清明的一切，平添了许多厚重豁达的味道。清明与人细细讲述：人有来处必有归途，初来世间我们会哭，归于尘土我们要笑。一生的过往，以混沌开始，以清明做结。我想古人是睿智的，在一年中最美的时节，设一个与山河岁月为伴的局，赴一个与前尘过往对话的约。

塞北的冰凌花还未落，映山红又吐新蕊，春的脚步匆匆，又到清明时节。我想，该收拾空空的行囊，去装故里一缕清明的风，一盏澄澈的雨，一抔挚爱的土……

2018 年 4 月 4 日

四月，那一树海棠

午后，独坐窗前，展卷读一帘阑珊春色。

天色渐暗，风起，雨落，淅淅沥沥连绵不绝。窗外那一棵棵开花的树，落英点点缤纷了陈旧的庭院，明亮了灰蓬蓬的屋脊，铺陈了青石板的台阶。不知风停雨住后，我是否忍心落足在那些残红香魂之上。

此刻，有人风中奔波，有人雨中寂寞。而我，静坐一隅，于悠悠风起处看花飞花谢，在潺潺雨声中品独处的快乐。煮一盏清茶，在清冷中缭绕一室柔暖温和。任那一树海棠，在记忆里花姿摇曳。

张爱玲说：回忆这东西若是有气味的话，那就是樟脑的香，甜而稳妥。我却觉得，回忆的气味是那一树树盛放的花香，弥漫着阳光和热烈。只要轻轻碰触，便一发不可收拾。就像年少时春天的野花，煦风一吹，呼啦啦漫山遍野，花香常常溢到草屋朴拙的窗台上。就像青春妙龄时初夏的月季，任性地开，任性地艳，也任性地长满扎人的尖刺。更像此时暮春时节的海棠，在袅袅烟火百姓人家的篱笆外，在攘攘红尘楼宇高墙之内，海棠盛放着最密集的欢喜，最暖心的温柔。让拥有她，路过她的所有生命为之动容。

想起前几日，经年老友拨冗来访，约在东四十条的地铁站见面。出了地铁遍寻那人不见，抬头撞见一树茂盛的海棠，惊艳了眼眸。那人，就在花下浅笑嫣然，眼睛里亮闪闪地盛满花色涟漪。内心怦然，好美二字脱口而出。除此之外，已没有再多的语言描绘那一刻美好的感受。之后在一起，喝了什么，吃了什么，说了什么都不大记得，唯那树开在四月地铁站旁的海棠，在我心里愉悦地叫嚣。

匆匆的雨声里，不由想起那一树盛开的海棠，密密匝匝的花朵，可落了几许？

2019 年 4 月 27 日 17:03 雨中

一朵花的风骨

四季的轮回又到了初夏，时节的辗转又到了小满。绿色接地连体地渲染，夏花不假思索地吐艳。丁香、鸢尾、蔷薇、牡丹……林林总总，明媚了夏天，美好了华年。这夏日里的万千奇葩，朵朵让我惊艳。一棵棵砖缝中探头探脑的小草，一篱篱刺破晨雾的夕颜，尤其那阑珊夜色里一缕缕月季花的幽香浅淡。

那幽香浅淡的月季，常常让我迷醉流连，让我心生喜欢。因她嫣红、艳紫、粉嫩、鹅黄的花瓣，因她带刺的枝丫，因她油绿的叶片，更因她，与众不同的风骨。是的，风骨！一朵花的风骨。

一朵花的风骨，就像人的风骨一般。有风骨的人，无论是七尺男儿，还是巾帼红颜。无论身在庙宇高堂，还是身处红尘凡间。顺境也好，逆境也罢，遵从内心，坦荡淡然。不卑不亢，不迷不茫，不随波逐流，不任意妄为，始终

散文卷

心怀善念，我想，这便是人的风骨吧。

月季花的风骨，也是这般。不是枝蔓的柔软，不是花瓣的娇艳。而是铮铮的枝干，笔直的信念。是陋室中独守的安然，是街衢边簇拥的激滟，是阳光下明媚的笑脸，是风雨中怒放的果敢。这样的品性让我时常忽略了暖房里名卉的不菲，温室里芳媛的柔婉。独赏月季那向阳的生命，雨中的铿然，甚至一身尖刺的触感。那样灿然，那样淡定，那样风骨卓然。

月季，与阳光对望，与霞孜共舞，与风雨做伴。

有风骨的人生，是壮美的，前行时刚毅执着，磨难时百折不挠。有风骨的月季，在三千繁华里如星子般璀璨，如玉石。不因生在良莞而跋扈，不因长在贫瘠而幽怨。不因被认作玫瑰而神伤，不因风霜袭来而离乱。做最本真的月季，开最率真的花朵，绽最纯真的笑颜。君子当如玉，凡尘中风骨铮铮的月季，天庭里必是一位如玉的谪仙，白衣翩翩。谦和、有礼、不争，满腹经纶无人及，一身傲骨无人撼。般若常驻心中，红尘俗事不染。

月季，慈悲为怀，率真为性，淡泊以明志。

任千娇百媚争奇斗艳，任金枝玉叶自命不凡。任尔东西南北风，卓然俏立，独自清芳。如太平盛世的隐士南山悠然，如多舛乱世中的英雄高擎火焰。看瘦水山寒，白屋陋室、茅草贫屋，只一缕冬阳一星炉火，月季就开出一室春天。看骄阳当头，高楼林立、车流如织，只一抔土壤一点甘霖，月季就在高速公路的隔离带，就在钢筋水泥的城墙下、街道边，浓烈地渲染。那么恣意，那么向上，舒缓了旅人疲倦的双眼，慰藉了游子无边的离殇，坚定了逆境中的行者前行的信念。

月季，以虹霓为衣，诗香为韵，丰盈一世，长情一生。

有风骨的人生，一定是一幅远观是景，近看是情的画卷。有风骨的女子是人世间最温暖的灯盏，有风骨的男子是生命中最长情的牵绊。有风骨的月季，在万种奇葩里色彩最是斑斓，赤橙黄绿青蓝紫花色纷繁，艳压群芳。虽贵为花中皇后却最是长情，从春到夏，从夏到冬，一朵接一朵，一枝接一枝绵延四季花期不断。杨万里《腊前月季》诗云："只道花无十日红，此花无日不春风。"月季用多彩的花瓣，深情的缱绻，长久的陪伴，给严冬以色彩，给春天以生机，给盛夏以灿烂，给秋霜以绝艳。给你我无尽的遐思。

这，就是月季，在纷乱的世间不争，在熙攘的红尘超然。在物欲的世界不凡，在心灵的净土永远向善而生，永远向阳开放。

若有来生，愿做一朵月季，风骨为魂。

2019 年 5 月 28 日

丁香花开

看丁香，一定要去冰城，就像赏玉兰一定要在北平。时间最好选择在五月，五月的冰城，暖风开始吹拂，润雨开始飘落，树木开始翁郁，丁香开始芬芳。

五月伊始，入住在文明街与文昌街交叉口的禧龙宾馆。把行李扔进房间，就迫不及待地出来寻花问柳。街道两旁的柳树绿得招摇，丁香树只有少许几株，有花点缀枝丫但开得不甚喜人，在零星的雨中有些凌乱，有些单薄，有些寡淡。对五月冰城丁香花的期许和其时的雨一般寥落。

五四青年节那日，有朋来访，忽然想起四年前吃过的"今晚小渔村"，一路寻过去，小渔村竟然还在，路上不经意撞见四棵开花的树，紫色如云，姿态蓬勃欲飞，在夕阳下绰约。内心怦然，这才是我想要的丁香花呀……

翌日，乘车去农垦总院。车至中兴大道，眼前一亮，道路两旁的丁香花一株挨着一株连成线开成片。深深的紫色，浅浅的藕荷，间或有莹润的白装饰了整条街道，哈尔滨学院院墙外的丁香热烈至极，门前的公交站牌也笼罩在紫色的花雾里。

学府路两旁的街道花事更加繁盛，车过理工大学、黑龙江大学，带起微微香风。一树树丁香葳蕤了菁菁校园，树下牵手含笑对视的情侣和旁若无人读书的少年，比丁香花更令人愉悦，一抹微笑不由暖了眉目。

热热闹闹的丁香花一路开到服装城才意犹未尽地收势，不再满街潋滟。但隔三岔五会有一枝紫色精灵探出弯路，探出墙角，探出榆树墙，和桃红柳绿一起，在冰城奏响五月斑斓的颂歌。

五月的丁香蓬勃了一座城，冰城融入花海之中。

2023 年 5 月 5 日于哈尔滨西站

散文卷

半夏，一帘幽梦

——写给如兰女子

半夏，若一场喧嚣的滚滚红尘，躁动而热烈。

而你，是一卷清幽的水墨，安静而舒缓。

我独坐在半夏的红尘深处，于熙攘的凡间，静静地看你，也看时光如水，日过经天。

看你的情丝被时光裁剪成滴翠的叶片，看你绿色的生命在时间长河里酽酽浸染；看你的心香被岁月清浅成寂然花瓣，淡淡盛开如月光的温婉。

我就在你修长的叶片，触摸你中直的叶脉，就像触摸时间的脉络织就的过往，不管世事如何变迁，你的中正和昶不会改变。我就在你如月的花瓣，轻嗅你脉脉的花香，就像轻嗅你心田里纯净的梵唱，无论身处温暖如春的雅室还是杂草丛生的山间水畔，你的高洁、你的素简、你的超脱永如初见。那是深入根骨的遗世卓然，就像一束柔和的光，不耀眼，不闪亮，却直抵心间。古人云：君子当如兰，我想就是你这般。

半夏若一场纷繁的花事，蓬勃而浓艳。

而你，是清浅的兰语，毓秀而恬淡。

我彳亍在半夏无边的花海，在万紫千红里，独独喜欢静默的你，沉静而美好。仿佛你穿过千年的烟雨红尘，只为在这半夏的喧嚣里与我重逢，给我清凉，给我陪伴。仿佛你从天庭仙苑而来，只为给半夏喧嚣的烟火人间，添一缕清欢，一丝仙缘，一点禅念。我想和你一般，做如兰君子如玉谪仙。

我，愿是兰。

任百花十里浓艳，蜂蝶游戏花间，我只做凡尘里疏疏淡淡一花仙。任熏风吹过耳畔，任骤雨敲打荷残，我自挺立坚韧的筋骨，舒展油绿的叶片。在半夏的激滟里，独守内心的安然。

我，愿是兰。

在半夏阑珊的夜，许自己一帘幽梦。没有繁华锦色，只一缕茶烟缭绕指尖，一纸淡墨点染画扇，一阕清词半懂之间。星月滚烫，内心清凉，那是经历过世事繁杂后的一怀淡然，是经历过跌宕人生的自信果敢。

我，愿是兰。

在半夏明艳的晨，许自己一场清欢。风起时，幽香弥漫，雨落时，静默无言，太阳升起，昭意向暖。红尘纷乱，灵魂简单，愿呈现给世界以草木的纯粹天然。空山幽谷，以天为春，茫茫人海，与人为善。

2020 年 7 月 1 日

今夜，有雨敲窗

八月未央，有风穿过漫长的暑气，徐徐掀动夜的霓裳，有雨在浅秋的夜，轻轻敲打我的心窗。濡湿星星点点，在玻璃上晕染成画，纱窗半掩，有雨斜斜划过夜的漫长。

一向觉轻眠浅，在深夜被蚕食桑叶般细密的雨声唤醒，便跌入无眠，欢喜却弥漫心房。万籁俱寂，天地间只有这缠绵的雨声酣畅，只有我染了快意的眼眸在闪亮，只有我和这敲窗的雨彼此相望，只有我，把这浓稠的雨意静静地欣赏。

隔窗的雨声滴答有致。屋檐下青石的台阶，被经年的雨滴打磨出的石窝，发出动听的声响，让我如聆雨入深簧竹声清凉，如闻霖洒松涛草木生香，又如听古琴与石埙演奏的古韵划过山高水长。在这雨声织就的天籁里，任欢喜漫过岁月的芳菲，任思想在时光的交错里信马由缰。

都说，细雨温婉和一盏老茶相得益彰，暴雨倾城和一夜好眠最为妥当。我却喜欢在这雨夜慵懒地卧于榻上，任雨声滴滴答答地在耳边清唱，任思绪在暗夜里飞扬。无酒无茶，无音律的舒展，亦无一盏灯火的微茫。

年少时也曾因瑟瑟秋风里的孤雁天涯断肠，潇潇秋雨中的落花暗自神伤；也曾为秋来满目芦荻白了绿水抱憾，霜染残荷浅了一蓬粉嫩心殇；也曾不忍岁月

散文卷

无法留驻刹那芳华，时光无法扭转爱的参商。那些烟雨红尘里的过往，那些世事繁杂中的薄凉，那些流放在荒芜心田的誓言也已被岁月的磨盘研磨得了无痕迹，只留得一腔温暖沉静，在明媚的春晨，在潋滟的秋夜，熠熠生辉。那些陈年里的温情脉脉，那些旧忆中的风物盏盏，那些安放在灵魂深处的善念更是被时间的细雨润泽得鲜润明朗，只留得半世笃定从容，在酽酽的夏，在猎猎的冬，灼灼其华，如月季般娇艳，如雪花般无瑕。如此刻在秋风秋雨的夜，盈满内心的欢喜，细数美好的记忆如缕。生命里的磨砺，前行路上的波折已被一场场的秋雨。

不去想素色光阴里，有无诗意和远方，有无伊人在天涯守望，有无牵念幽居在心房。只需有风追风，有月赏月，有花闻香。有雨来袭，便听诗意敲窗。

喜欢秋天

喜欢秋天，就像秋天本身一样热烈。

总有人和我说，秋天是内敛持重的，我却在她浓烈的色彩里嗅到了张扬的味道。

从天到地，从山到水，明艳至极。在那明艳深处招摇着诱人的丰腴，从枝头到田野，红彤彤金灿灿，恰如万丈锦绣。

这样的秋，不要和我说小雅之词，不要给我画水墨淡烟，更不要留白。我就要这满屏的人间秋色，从南到北渐变出的国色天香。

喜欢秋天，就像秋天本身一样热烈。

到了秋天总会读到这样的句子：人间忽晚，山河已秋。只一句仿佛要写尽季节的萧瑟，时间的无情。而我在这山河秋色里，读出了五彩斑斓的浪漫。艳俗着，丰润着，渲染着，让秋天的美铺天盖地，像素再高的镜头也无法定格所有，文采再绝艳的华章也无法描绘全部。只能眼见，只能心知，只能一边不吝辞藻地赞叹，一边万般不舍地爱着。

爱着万里秋山

秋天的山，被称作五花山。色彩浓艳的不止果实，不止花朵，更多的是叶片。秋叶如果美起来，就没有山花什么事儿了。山上所有的叶子，树木的，小草的，仿佛被秋阳炙烤点燃，散发着甜甜的恋爱成熟的味道，甜而稳妥。真想来一壶酒，让我与这万里秋山对酌。饮下他的粉黛，他的枫丹，他的柿红，他的日出与落照，还有一带远山的相思灰……

更想敬一杯酒与那些松柏，于枫红露白、杏黄粉黛中，于日暮苍山中，依旧滴翠。那一点点，一簇簇青绿，让万里秋山更加妖娆。

爱着千年杏黄

没有哪一种植物比银杏更喜欢秋天了。如果有，那一定是我。

进得万里秋山，眼睛不由自主就追上那一树树杏黄，看她们飒飒地在秋风中舞蹈。整座山，如果没有一片银杏林仿佛就没有了灵魂，银杏如果没有遇见秋天，仿佛就没有了让人怦然心动的韵致。

帝都的街衢也是这般，如果两岸恰好有银杏树，到了秋天，一定会美出天际线。逢了休息，可携友同去银杏大道赏灿灿杏叶，纷纷扬扬如扇如蝶，铺满街道。更可去紫禁城看千年银杏，抖落泛黄的前尘过往，给红墙碧瓦的宫墙又添新的故事。

最好是舍外就有银杏，不要多，两棵就好。暮秋的晨，推开窗子，就能听那银杏吟风弄霜。无须满城黄金甲，两树银杏就可写尽秋天的风雅。

爱着百顷秋田

如果说秋天的山，五彩缤纷。秋天的田野，一定是色彩的总和。稻黍稷麦菽，把金黄、棕红、莹白铺满秋的田畴，各种蔬菜的颜色岂是赤橙黄绿青蓝紫可以涵盖的？如果想把秋的颜色看尽，那么从南方到北方一路看过来吧！

在这万千的秋色中，还是最爱北方故里一望无际的秋田。在北大荒的土地上才可以读懂："喜看稻菽千重浪"的豪情万丈，才可以领略大机械、大农业的风采。

如果说秋天的浪漫，抵挡了岁月的风霜，那么秋天的丰硕，一定饱暖了我们的一生。

爱着十亩荷塘

喜欢春天的荷塘，春草含丹粉，荷花抱绿房。喜欢夏天的荷塘，接天莲叶无穷碧，映日荷花别样红。秋天的荷塘必然也是喜欢的呀！

棹动芙蓉落，船移白鹭飞。我总觉得，秋天老去的标志，真的不是那些树木花草，而是一池池秋荷。所有植物的老去，都带着颓废与衰败，唯有荷的老去，更稀疏有质，骨力匀停。关键的是有藕可食，有藕可作色，有藕可书一段无法了却的情缘。九孔藕断节有丝，白中一缕藕粉色，是成熟中的一抹温柔，是秋色里的一点确幸，是热烈中的一丝清贵。怎能让人不爱呢。

爱着成霜好柿

喜欢柿子的色彩和触感，远胜于她的味道。

尤其在深秋，尤其在霜狠狠地打下来之后，在老北京的胡同里闲闲地逛着，忽然就会撞见挂满柿子的枝条艳艳地伸出朴拙的院墙，或者远远地望见四合院的天井高高地冒出一个硕果累累的树冠，那柿子圆润金红，如一只只小太阳，让灰扑扑的瓦楞鲜活起来。这烟火胡同，有了这柿子的红艳，更加热闹非凡，更加满目祥和。

当秋尽冬来，那些银杏，那些国槐，那些梧桐，那些白蜡缤纷的叶子落尽，唯有这柿红会依旧点缀枝丫。鸟雀在凛冬有了果腹的食物，满足地啁啾，萧瑟冷硬的日子就有了这好柿成霜后甜蜜温软的希望。

唯愿，读秋的你，往后余生都"柿柿"如意。

爱着一片秋雪

霜时赏蒹葭，秋雪望芦花。每每看到秋日汀塘河畔的芦苇，就想起那句：蒹葭苍苍，白露为霜。就想起：谁谓河广？一苇杭之。因为有了这蓬蓬芦苇，枝枝絮白，做背景做底色，秋水长天才有了悠远阔大，飞鸿云鹤才有了离殇之美，所谓伊人才有了在水一方的诗意泠泠……

一川秋水，一片芦白，秋雪落尽，秋天即将挥手与山河作别。

我们，也与秋天最后的白色浪漫作别。

喜欢，秋天。

就像秋天一样热烈……

2021 年 11 月 1 日

月色妖娆

曾经，不喜欢妖娆二字，觉得她们有些魅惑，有些艳俗，有些不着调。

如今，不知不觉爱上了妖娆。四时、花事、尘情皆可入心，皆可成诗，皆可妖娆。尤其眼前这秋色，细品，果真如此，妖娆二字赠予秋，果然极妙。秋色妖娆，秋岚晴川碧空万里，秋树斑斓沃田千顷，无处不是色彩极致的招摇，无处不是秋实张扬的炫耀。满目的锦色，满目的丰硕，满目的妖娆。连同夜色，连同星河，连同银钩玉盘也分外妖娆。

中秋前夕，总有浅雨敲更漏，总有甘霖洗尘淖。深篁竹里愈翠，银杏扇叶更黄，枫林渐渐点红，木槿初绽娇粉。让人不由得思想被秋雨细细密密洗过的银河灿灿、冰轮姣姣；不由得惦念故园的草木清香，暮色中的炊烟缭绕；不由得平添了几许寂寥，谁说"每圆处即良宵"，多少回空挂树梢。

其实秋夜的廖萧也妖娆，万里婵娟，举杯同邀，会有多少诗情滔滔，会有多少辞章淼淼，会有多少相思醉卧在月色妖娆。嫦娥奔月，吴刚伐桂，玉兔捣药，神秘而美好，想那蟾宫里的仙子也必是与这月色一同清贵，一同妖娆。多少唐韵因冰轮初升而惊艳，多少宋词因一轮秋影而风骚。

曾经惊叹李太白月下三百篇的才思泉涌，独自望月时才懂得他的孤寂与高傲；曾经喜欢王维的"明月松间照，清泉石上流"的空明，历经繁杂之后，才理解诗意高洁空灵澄净的基调。杜甫的"星垂平野阔，月涌大江流"如今吟诵依然让人内心跌宕，这样的秋月让江山都无限妖娆；更不用说一代名相笔下的"海上生明月，天涯共此时"的雄浑阔大，骨力刚健，东坡居士的"明月几时有，把酒问青天"的浪漫绮隽，运词精妙。

最喜欢稼轩先生的"谓经海底问无由,恍惚使人愁。怕万里长鲸,纵横触破,玉宇琼楼。蛤蟆故堪浴水,问云何玉兔解沉浮？若道都齐无恙,云何渐渐如钩？"曾经无数次地感喟，这八百年前的古人竟然参透了月轮绕地之奥妙。如果辛弃疾活在当下也许不仅仅是叱咤风云的儒将，也许还会是深谙天文地理的学者，他的诗词里的神悟，让我倾倒。我想这就是月色最极致的妖娆吧，让人痴迷，让人拍案，真想在这明镜高悬的秋夜，拍开一坛桂花酒，就着妖娆月色品尝"一年明月今宵多，人生由命非由他，有酒不饮奈明何？"的人生畅意，江湖笑傲

这月色妖娆呀，帝都一夜燕京，故宫一夕紫禁，长安一夜梦回，山河与君同好。

我有一盏月色妖娆，你可有暖暖诗意与我相邀？

2021 年 9 月 23 日

絮絮雪语

年岁如新，今又重逢。秋天的吻痕，还未褪尽，枫叶残红，银杏微黄，你就在北平的黄昏纷纷扬扬地来了。枯瘦的草木忽然重生，国贸喧嚣的街衢忽然安宁，傍晚的金台夕照忽然生动，中央电视台的灯火忽然可亲。你来了，冬天忽然就有了无尽的浪漫期许，无尽的诗情画意。

你来了,天宫蔂水,宇宙飘花。可寄红尘一颗素朴心,可许一世深情共白首。你来了, 北陆寒酥, 玉蕊情深。寒光满朱阁, 飞絮尝萦空, 飘摇如谪仙。你来了, 玄英清浅, 六瓣冰清。晨光里烂漫, 霓虹下闪烁, 轻盈如玉蝶。你来了, 苔阶点素, 檐流凝冰, 苍松拥翠, 枝杪覆琼。你来了, 细纱掩冰轮, 冷香浸幽韵。子夜隔窗遥观天地皆白, 通衢皆平, 万籁俱寂, 惟梨花簌簌尽洒万千浪漫

与翩跹诗意。晨起，璇花初歇，天空霾尽，长街无尘，晓烟清新，玉宇琼楼自然生，无碧翠绯红，已惊艳双眸、润泽心灵。

你来了，丰腴了多少唐人诗章。"深夜知雪重，时闻折竹声"脆响了一千多年，依然余音袅袅。"忽如一夜春风来，千树万树梨花开"唯美了一个又一个朝代，至今依旧飘飘洒洒在文人骚客的诗垄。红泥小火炉烘焙出几许冬夜宜人温暖，独钓寒江慰藉了几多孤寂清冷高寒，只有你懂得。

你来了，冬天便是宋人的留白。人生何所似，飞鸿踏雪泥。一川素白，只一点飞鸿落银粟，鸿去爪痕浅，不胜朔风飞扬玉沙厚掩，须臾了无痕迹，恰如人生。数九寒天，雪里插梅，只为那一点红，晕染千载素色光阴。醉听响风舞琼瑶，是冬夜里一个人独饮寂寥和清欢，醉了自己，空余思念如雪覆盖。宋人的一碗茶汤少了脉脉温情，却少不得疏星淡月，更少不得那一念雪浪两怀闲情。

你来了，一朝长安，一夕金陵，一夜北平，故宫亦做一场紫禁清梦。漫漫冬日，欢喜簌簌而下，唤醒我沉睡三秋的诗意，摇一支瘦笔，与你絮絮而语，与你共度暖暖时光。或者我就打坐在你六瓣花蕊间，一同羽化成蝶，一同融化成春水汤汤。年岁如新，你我又相逢。

2020 年 12 月 13 日雪后初晴

想随一场雪奔向大海

我想去看海，在隆冬时节。

想看大海蓝得凛冽，蓝得深邃，蓝得像情人忧郁的眼眸。

想看冬天海水沉静内敛，看浪花细细拍岸有痕，点点凌花绽于岸礁，串串冰锥悬于围栏。

想看海天一色，相接处一线流岚，点点白帆从那一线海天，由远及近，船只劈波斩浪抵达此岸。

更想看一场声势浩大的雪，在黄昏义无反顾奔赴湛蓝，信誓旦旦融入壮阔。

那该是怎样惊心动魄的场景？又会有怎样的诗意勃发？

飞雪落大洋，一定是和"孤舟蓑笠翁，独钓寒江雪"两个意境，和"窗含西岭千秋雪，门泊东吴万里船"是两种情怀。无论是江还是湖，怎能和海的雄浑阔大相比，怎能和海的广纳百川同论。

雪落北川，在隆冬一定是坠于冰面，因为川浅湾窄，寒流甫到，便凝结成冰。新雪覆寒冰，也是极美的，但是少了几分生动。大抵，雪落北川后，便是一季的留白，是一冬的沉寂。只有枯荷在雪中倔强，苇草在风中瑟瑟。

雪落江南，是星星点点的渔火对愁眠，因为暖湿红残，雪在江南总有一种孤绝的艳，清冷的美。就像那独钓寒江的人，对一江雪，吟一怀清傲，可也仅此而已，许是和雪在江南生命太过短暂有关吧。

雪落汪洋，一定不同。流深渊阔，一望无际，不因酷暑而消减，不因寒冷而冻结。凛冬时节，海鸟依然云集于此，无果腹之忧，鱼群依旧洄游深海，无冻僵之虑。船来舫往，艨艟巡回，同夏秋无二致。但是，有雪，就不同了。

声与色便与素日不同，与北川南江有别。雪花簌簌奔向大海，一定是浪花起舞迎接，澜涛鼓荡相拥，落雪入海瞬间便与海融为一体，这，也许是她奔赴的缘由，让缥缈变成浩荡，让茕茕情愫得到蔚蓝的回响。

近海的沙滩，海水潮涌，银粟初落顷刻融化，融雪润沙色泽更加金黄。远岸，无浪花侵袭，大雪如絮铺展开来，在黄昏的天光里熠熠生辉。蓝海、金沙、白雪岸，在同一视野，界限分明，又彼此呼应，可谓惊艳至极。仅此，就足以魅惑了我，心神往之。很想一个人在黄昏来临时，在这声色俱艳的海岸，面对亘古不变的海蓝，听着海浪的呼吸，在白雪中在金沙滩，慢慢地踱行，也任万千思绪在雪中漫漫远去，只余万千宁静于内心。

想随一场雪，奔赴大海，在最冷的日子，扑进海的怀抱，让一场浩大融于另一场浩大，让同一灵魂两种状态的骨骼和血液融为一体，让冷峻的蓝，清幽的蓝蒸腾出白雾，氤氲成又一场浩大。我就在这海浩营造的仙境，抛出银线，垂钓一笼诗意，烹出有雪花和大海的诗歌，写给未来，写给春天，写给你……

有人说：雪与海，是人世间的两极之美，我一直相信，更信两种极致的美一定会同时出现在有你时常走过的海岸，尤其在黄昏即将谢幕，灯塔悄悄亮起的时刻。那落雪的海面，有灯塔温暖的光影忽隐忽现，有落单的鸥鸟与漫天雪花共蹁跹，那闪着夜航灯的银鹰与归舟是你所期盼。

很想，去看海，看隆冬有雪花飘落的海，在被美好定格的黄昏……

2024 年 1 月 18 日黄昏

第五章

岁月常新

2017 年，我来了

不要感叹时光快如过隙白驹，不要感叹生命中常有雷鸣电闪、风雨浓稠，更不要感叹年岁倏然已过建瓴之时、半世锦绣；时光，不会忽视人脸上任何一道皱纹，生命亦不会总是风轻云淡、日朗月明，年岁更不会重返青春年少、英姿勃发。2016 年，不管我们经历了什么，不管我们如何不舍，如何不甘，在折腾了 366 天后，依然会无情地和我们挥手作别。我们的生活和心灵，不再与它同歌共舞。2016 年，就这样过去了……

2017 年，我来了。

就像一棵不再年轻的树。我的年轮又增添了一圈，如果我能伸出手去触摸这道年轮，我会自豪地描摹一万遍，因为我自豪。每个女人都在为老去而神伤的时候，我会为多一道年轮而欢喜。我的树干不再光滑细腻，有的地方也许还有疤痕、裂纹，有蚁窝虫穴。我不在乎，我只喜欢聆听枝丫间小鸟的鸣唱。我的枝叶也不再繁茂，枝条不再柔嫩坚韧，树叶也在秋季落尽。我不在乎，我知道春天还会来，我还会有绿叶葳蕤的时光。只要我的生命之树还在，我就快乐而满足。

2017 年，我来了。

静静地坐在岁首，盘点 2016 年的行囊。不欣喜，也不失望。生活给予我的，我能接受的都在我的行囊之中。我不接受的，我把它放在 2016 年。多一道年轮的我，更明白什么才是我需要的。经历了 2016 年生意场上的沉浮，经历了创建在场文学平台初始的艰难，经历了经年的病魔的追逐游戏，我依然顽强而快乐地走进 2017 年。这本身就是一件令人快慰的事情。多一根白色的发丝，是岁月的赠予；多一道深浅的皱纹，是生命的芬芳。

2017 年，我来了。

对于未来，我没有太多的打算，一切顺其自然。我会按照惯性去打理我小小的店面，会微笑着面对形形色色的顾客，只是那微笑不再是初来北京时那

散文卷

种职业性的、牵强的。我会从心底里晕染出一片笑容，温暖别人更温暖自己。快乐地挣钱才是一种境界吧，我已经在慢慢地学习。

对于倾注了我和明桦主编诸多心血的在场文学平台，我们会尽力做好。也许我们不能做到最大，但一定会是阳光灿烂的；也许我们不能做到最强，但一定是善意温暖的；也许我们不能做到最著名，但一定是宽容豁达的。让每一位作者在这里，种学积文、直抒胸怀、畅意人生。让每一位读者读到最真、最善、最美、最具正能量的文字。因为我们信奉一条：写干净纯粹的文字，不沽名不钓誉不图利……

2017 年，我来了。春风还会暖，树叶还会绿，花儿还会开，鸟儿还会婉转，生命还会继续……

2017 年，我，还会在场……

2016 年 12 月 31 日

2017 年，谢谢你！

2017 年，已然落幕！没有哪一年的退场，让我如此唏嘘，也如此欢喜。2017 年，我想说，谢谢你！

谢谢你，这一年如此眷顾我的家人。让他们身体健康，平安快乐，给我的世界增添了那么多温暖和美丽。虽然我的父母年届八十，依然可以照顾自己，依然可以春种秋收。我的母亲华发满头依然笑颜如菊，我的父亲眼神儿不如从前依然泼墨不止；我的手足天各一方，依然血脉情深，彼此牵挂；我的孩子偶有顽劣，依然与我朝夕相伴相依，依然阳光向上，活泼美丽。一如她的舞姿让我的青春芳华得以延续；虽然我的他离我千里，依然与我想法一致：照顾母亲是最好的善意，婆母开心快乐是对我最好的谢意，婆母健康长寿是对他最大的奖励。我付出再多也甘之如饴。

2017 年，我想说谢谢你！

谢谢你，这一年如此照拂我的生意。

虽然这一年市场的萧条一直在持续，我的合作伙伴却不断在增加；我的销售员如此地尽心竭力，把我的生意当作她自己的事业；我的师傅们更是不遗余力，我的每一点成绩都浸润着他们的汗滴。我从心里无限感激，谢谢你，2017年。我虽然也曾困惑失意，但是得到的超过我的期许。

2017年，我想说谢谢你！

谢谢你，这一年如此厚待我们的在场文学，我们的精神家园，灵魂圣地。虽然这一年网络文学如春笋般出土林立，我们的在场文学却丝毫没有受到冲击。已从一株幼苗长成一棵新绿的文学之树，婆娑着一树的阳光，绽放着一树怡人的花朵。谢谢你，这一年汇聚了天南地北的作家文友，写出了那么多善意的文字；谢谢你，这一年吸引了四面八方的读者朋友，给了我们那么多真诚的支持；我更想谢谢你——我们的总编辑！谢谢你每一期的精心编辑，认真审核。谢谢你每一篇文字都精致得可以当作教学范文。你是我的榜样，有你在场我真的幸福无比。

2017年，我想说谢谢你！

谢谢你，这一年如此厚待和精彩我的生命。让我生命的脉搏跳动得越来越坚韧有力，让我生命的色彩越来越亮丽迷人，让我生命的空间越来越幅员辽阔，一望无际。在这里，我要深情对你告白：2017年，谢谢你！

谢谢这一年没有在意的人离开，没有在意的事舍弃。谢谢这一年，有纯粹的友情走进生命里，有美好的声音响起在生命里。有诗和远方在生命里彳亍……

2017年，我想说谢谢你……

2018年1月1日

新的一年，种一路花香

新的一年，愿做一个花匠，行走在通往美好的路上。行囊里装满花的种子，顺便装上诗意和远方。

手握花籽，一路播种，一路花香。

——题记

01

把花种在四季的垄上
心尘濡染淡淡的芬芳

早春二月种一坡阳光，迎春花嫩黄了山岗。映山红，也悄悄地含苞待放。

浪漫的三月种十里春风，桃花朵朵粉红了衣裳。三生三世的神话，不止在天上。

四月的夜晚，种半墙月光，牵牛的亮紫明媚了晨光。心中的猛虎，守着蔷薇爬上另一半矮墙。

五月的田畴种满温暖，康乃馨的花瓣柔软了时光。似水流年里，我也成了她骄傲的模样。

六月的庭院中一池碧涟，荷花的韵致在夏雨里惊艳，手中的茶盏，盈满浅浅荷香。

半夏七月种几树云朵，白色的栀子花开满校园。谁的谁又要离课堂，谁的谁又手握离殇。

八月的秋夜种一轮皎洁，亮亮地挂在丹桂的枝上。桂花酒，醉了游子思乡的愁肠。

九月的重阳种一世安康，满城金甲是沉淀的思想，菊花绽放，岁月无恙。

十月的金风里种一湾清浅，静待出水芙蓉浑然天成的容妆。我也对着镜子，贴花儿黄。

冬月的暖房种一案淡芳，水仙的风骨牵引我的目光。浓了一室书香，暖了我的心房。

寒冬腊月种一岭苍茫，只为在飞雪里细嗅梅朵的暗香。在百花凋敝的时节，欣赏生命在冰封的河山恣意怒放。

岁首，什么花儿也不种，只把一年的收获典藏。藏进记忆，种进诗行。行行花开，字字生香。然后，把浸润花香的文字，送给亲人祝他们幸福安康！送给朋友愿他们友情天长！送给爱着的人们，让彼此的想念除了浅殇，还有诗意芬芳。送给心中结怨的姑娘，让花色斑斓把阴霾驱散。

02

把花种进流转的时光
心灵盛放动人的光芒

新的一年，愿做一个花匠。

耕耘在清浅时光，种一畦畦风花雪月，沐一季季雨露阳光。每一天把感恩写在花瓣，每一程把心香印在眸上。轻抚花儿含苞时心的微颤，聆听花儿乍开动听的声响，亦不忽略花落时美丽的忧伤。愿每一场花事，都是一场情缘，都有一个圆满。

就像我们在路上遇见的每一处景象，都值得回眸，都值得欣赏。

就像我们在人海里遇见的每一段真情，都值得记取，都值得珍藏。

新的一年，愿做一个花匠。

静静地在心里种一片花海，激滟平凡的日子，丰盈朴素的思想。每一天把善念播进土壤，每一程把山水照亮。剔除啃噬心灵之树的虫豸，让花木在纯林里生长。剪去疯长的藤蔓，让花朵在葳蕤间明亮。愿每一次花开，都是一次修炼，都有一季安暖。

就像我们的生命，在善意里挥洒人性的光芒。

就像我们的心灵，在自检时成长，在取舍后宽荡。

新的一年，愿做一个花匠。白昼，在花海里徜徉。看花独自浓艳，品花独自芬芳。有没有人浇灌，都努力生长。有没有人欣赏，都热烈开放。无论田园，无论山岗，无论晴好，无论风霜。用一颗淡然的心，含最深情的朵，开最美丽的花，留最真的香。倘若我能，愿做一个拥有花心的花匠。在三千繁华里寻内心的素简，在一朵芳蕊里安放似水流年。

夜晚，执一支瘦笔，在文字的田垄播种花香。

2018 年 12 月 31 日

散文卷

这一年（一）

新岁的脚步近了，白雪覆千山，红尘染万巷，自然之美，岁月之美，映入眼帘，汇于心田。

这一年流于俗务，辗转凡间，钱帛微浅可以饱暖；这一年疏于弄墨，诗华淡染，偶有雅趣略慰心安。

这一年，流水一样的日子，簌簌流过指尖，仿佛什么都没做就已过完。

这一年，想种一亩花田，看花色潋滟，却一路匆匆，只遥观草色青岚被季节熏染，近听寂然花瓣在风中璀璨。轻嗅衣袂的几缕暗香，也不由得醉心涟涟。

这一年，想读的那部古卷，只读了开篇，就静静地搁置，任灰尘悄悄浮现，任满纸的故事成了悬念。偶然翻开，看到檀木的书签沉静的模样，也觉得朴拙自然。谁说买了书就要马上读完? 留着想起时，再随手翻上一番，反正我有的是时间。

这一年，想写的那些慨叹，只写了一个题目，就丢在了一边，任琐事冲淡思绪，任时间漫过笔端。再想起时，竟也没了最初的浮想联翩，一切都已释然。这也算时间给予的平淡，放下也是一种修禅。

这一年，想有一些改变，别说，那一个亿的"小目标"对于我还真难，我只相比前一年好上一点点。年底了，捻着手指盘点，好像比前一年还差那么一点点。好在还有钢筋铁骨焊接的信念，手里还攥着一点点胜算。在我几乎撑不下去时，还有我团结协作的小伙伴，给彼此温暖。

这一年，想谈一场旷世奇恋，与山、与水还有梦中的江南，却依旧继续着不了的乡恋。依旧是那条烂熟于心的路线，依旧是那亘古不变的河山，依旧双亲那不老的容颜。夏天坐在母亲的菜园，数牵牛一朵朵明艳。冬天喝一碗父亲熬的稀饭，在北方的漫天大雪里满足而慵懒。想想，这也是一场圆满。

这一年，流水一样的日子呀，也暖了心田。

2019 年 12 月 31 日

这一年（二）

时光荏苒，岁月如梭，转眼又一年。

这一年，如此漫长又如此短暂。回首这一年，真的有万语千言，有无限慨叹，更有无限感恩在心间。这一年，总有一些话，让我们感动；总有一些事儿，让我们铭记；总有一些人，让我们肃然起敬；总有一些温暖，让我们神定心安；总有一些闪光，照亮生命中的黑暗。这一年，流水一样的日子布满险滩，暗礁林立波涛汹涌间，总有一抹红色，灯塔一样指引着我们迂回曲折一路向前。

这一年，逆风破浪，成就斐然。走出至暗时刻，工厂里再一次传出机器的轰鸣，校园再一次传出琅琅的书声，街道上再一次人来人往，村寨的牛羊再一次放牧在田野山岗。武大的樱花开了，北京的玉兰开了，江南的荷花开了，塞北的稻花香了。一个有声有色的中国，一个生命至上的中国，一个红色的中国，浴火重生。飘扬在中国大地的红色，给亿万人民带来勃勃生机，带来崭新的希望。

这一年，在浩瀚的太空，在广袤的大地，在蔚蓝的海洋，在高山大川，都深深地镌刻上了那抹中国红。可记得嫦娥五号携月壤降落在茫茫草原，那一刻，中国再一次创造历史，那一刻，那抹红在草原的晨光里自豪地招展；可记得奋斗号在马里亚纳海沟成功下潜10909米和科考船一起顺利返航，那一刻，中国征服了万米海洋，那一刻，那抹红在波澜壮阔里骄傲地飞扬；可记得珠峰高程测量登山队成功登顶峰珠穆朗玛峰，再一次竖立起觇标，安装上GNSS天线。那一刻，那抹中国红一如45年前一样，在地球之巅的风雪严寒里漫卷成民族向上的力量。这一年，牧星耕海，终有收获。这一年，可上九天揽月，可下五洋捉鳖，终于实现。这一年，中国再一次站在国力发展的前沿。

这一年，我一直在朝圣的路上，向着东方太阳升起的地方，向着那抹红色耀亮的天堂。2020年最后一个夜晚，我在北京，漫步在京广桥下，徜徉在朝阳路上。中央电视台灯火辉煌，在我眼前闪烁着耀眼的光芒。人民日报社像一艘红色的帆船,泊在星河灯海。街区两岸灯笼和中国结绵延不绝连接起串串吉祥。这一刻,我知道我正行走在天堂。

这一年,流水一样的日子,因为这红暖了心田。

2020 年 12 月 31 日

致敬美丽中国

新年,从新建的地铁线那端呼啸而来,快乐又温暖。日子,在新旧交替中不停向前。

站在岁月的门槛,回首渐渐远去的 2021 年,心中感慨万千。无论小我还是大国,都曾举步维艰,都曾历经磨难,却始终怀揣执着向上的信念;每个人都在奋发图强,都竭尽所能在凝重的年轮刻录不朽和荣光、无畏和不凡。

回首 2021 年,击鼓催征,捷报频传。

我们致敬震惊世界的中国外交天团,这些世界上最优秀的外交官在开局之年为我们赢得自信和荣光,谈判桌上的较量尽显霸气和素养,国家利益民族利益永远高于一切;新闻发布会上,台风稳健、用语精准、反应机敏、气度不凡,举手投足间俱显大国气度和风采,一言一行彰显大国责任和担当。

我们致敬探索宇宙的中国航天科考人员,天和升空,天问奔火,羲和探日,祝融每前进一步都在创造新的航天纪录,航天勇士进驻空间站,太空授课让我们聆听来自天外的声音,太空出舱让我们喜看红旗漫卷星河璀璨。

2021 年,我们见证了奥运会、全运会、冰雪赛季,我们致敬征战赛场的运动健儿,这些天之骄子,发扬奥林匹克精神,顽强拼搏,用青春和汗水浇铸奥运奖牌,带给我们无限欢乐和感动。有一种拼搏叫中国,有一种骄傲叫中国,这拼搏和骄傲即将点燃北京冬奥会的火焰。

回首 2021 年,守望相助,百折不挠。

我们致敬那些平凡的志愿者!从年初的大连到此刻的西安,多少志愿者在漫天大雪逆风前行，一幕幕感人的画面被定格，温暖了无数国人的心。风雪虽寒，我心炽热，这就是中国，这就是平凡中的不凡。

我们致敬那些平民英雄！河北邯郸击碎玻璃背出火海中老人的大学生，甘肃白银的放羊大叔救助极寒天气受困的马拉松选手，武汉暴雨中一个个救人的普通市民，就连那个倒挂深井救出 5 岁外甥女的 18 岁女孩都无一不让我们模糊了双眼，善良和大爱隐于平凡。

回首 2021 年，岁月静好，山河无恙。

我们致敬迷彩绿，他们是我们最稳固的长城，是我们最坚实的脊梁。寻常的日子，他们守在我们身边，危难之时他们冲锋在前。还记得郑州洪水中那辆缓慢却坚定行驶的最牛军车吗？"危难时刻见忠诚"的红色条幅悬挂在车身，照亮了至暗时刻的郑州，也照亮了每一个中国人的心房。还记得安葬志愿军烈士的仪式上，那个用手握住刺刀尖的战士吗？"刺刀对向敌人，温柔留给人民"平凡的动作，最不平凡的守护，我们终是能被最刚硬的迷彩绿们最温柔地保护。有一种情感叫：清澈的爱只为中国。有一种付出叫：甘洒热血报家国。有一种守护叫：张开双臂，我的身后就是祖国和人民。

我们致敬火焰蓝，他们是最伟大的逆行者，他们是英雄、是战士，是我们的守护者。水火无情时他们有情，山崩地裂时他们有爱，你不在乎生死时他们在乎，哪怕付出自己的生命他们也要护你周全。救民于水火，助民于危难，面对险境奋不顾身，千钧一发力挽狂澜。这就是他们——消防员，在和平年代最危险的职业，既然选择了，就无悔无怨。

我们致敬警察蓝！总有一抹蓝，在危难中让我们心安，总有一抹蓝在寒冬里让我们温暖。那些直面罪犯的身影，那些逆行而上的无畏，那些始终如一的坚守，那些舍己救人的故事，2021 年，一次次展现在我们面前，让我们再一次读懂人民警察的勇敢忠诚，再一次见证人民警察的无私担当。从来没有什么岁月静好，因为有警察蓝的守望，从来没有山河无恙，因为有人在流血牺牲。

2021 年，我们致敬伟大也致敬平凡。

致敬袁隆平院士和把中国饭碗装满的农民！

致敬素心高洁的张桂梅和所有教书育人的园丁！

致敬脚手架上触摸蓝天的工匠！致敬扫尘除霾的清洁工！致敬所有劳动者！

也致敬眼前崭新地铁站上忙碌的背影！我亲眼见证了首都北京又一条地

铁线的开通首发。那种幸福感，实在而丰满。

2021 年，我们从来没有停止过梦想和出发，从来没有停止过创新和发展。

2021 年，日日夜夜，万众一心共克时艰。

2021 年，寒来暑往，共同描绘瑰丽画卷。

我们致敬共筑梦想的亿万中国人！

我们致敬红色信仰飘扬的万里河山！

我们致敬，我们美丽的中国！

2021 年 12 月 31 日

匆匆又一年

时间，太匆匆，转眼又一年。

临近岁末，几件事儿同时出现，商量好的一样。等我手忙脚乱地把所有事情理顺，不想就到了新年的门槛。往昔太匆匆，今岁最匆匆。来不及把一年的过往梳理，来不及把时光的盈亏盘点，2023 年就到了最后一天。匆匆地，把对山河岁月的感念，四季的怀想凝于笔端，和 2023 说再见。

都说，时间最无情，总是如白驹过隙，一去不复返。可就在这无情的匆匆间，给了我们那么多有情、有爱的瞬间，让我们不舍，让我们怀恋。也给了我们那么多的不可预见，让我们欣喜，让我们惊艳。更让我们在这匆匆间忘记烦恼，忘记伤感，怀着美好的心愿，一路向前。

回首这一年，心之所想得偿所愿。

大年初二回到家乡云山，终于见到了耄耋之年的双亲。这是一次跨越一千八百多公里的朝圣，虽然只有短短的十几分钟，尽管我们不能彼此拥抱，我甚至都没能看清双亲是否添了白发，腿脚是否依旧稳健。但是，我知足了。千里奔赴，不就是为了来自血脉的约见，不就是为了这年能圆满。金秋十月，再一次回到云山，终于可以和母亲对坐，和父亲聊天。看母亲微卷的白发在秋阳里灿烂，看父亲心满意足地喝下我盛的汤。三年又九个月，终于和双亲坐在一起吃饭。那一刻，真的领悟到，吃什么不重要，和谁一起吃才是关键。阴霾散去，一切都朝好的方向发展，所有想念都找到了停靠的港湾。时间呀，不要太匆匆，愿父母永远健康。

这一年，心之所盼得以亲见。

回望这一年，家里的"凤雏"眼见着羽毛丰满，工作业绩自不用我夸赞，那是有目共睹的成绩斐然。最重要的是这"凤雏"越来越有担当，越来越有了自己的主见。几年前还是"不靠谱"的妞，靠谱起来简直超出我的期盼。对未来有自己的打算，对我竟然也有安排，时不时会"顺手"给我买几件衣服，带我"顺路"吃个大餐。虽然偶尔还会发个小脾气、气气人，这也是成长路上不可避免的。每天看着她忙得团团转，也是一种快乐。说这话可能有点气人，忙起来的"凤雏"自带光芒却是真的。最喜欢她得闲的时候，和我炫耀她一年的战绩，我也会适时劝她给自己减减负，身体才是革命的本钱。这一年，对成长的期盼都有了落脚点。匆匆的时间里，看"凤雏"匆匆长大，也是一种圆满。

盘点这一年，小店儿的生意没有多好，也没有赔钱。这个年龄，把赢输看得很淡。佛系赚钱，也不影响我给北京人民送温暖。总会有老顾客，再一次出现，总会有小伙伴传递友善。在不争不抢之间，幸运总会降临，也算是一种缘。过往从不舍得给自己放假，仿佛缺席一天就会错过一个亿，在这匆匆而过去的一年，努力让自己"散漫"。风雨三年，身体经受住了考验，医生满意，我也心安。散漫下来的我，可以继续治疗痼疾，可以心无旁骛去游玩。抽出时间见见闺密，和她过一个最长的夏天。这样的散漫，是我心之所往，2023年，只是一个开端。

这一年，似乎很散、很慢、很美好。赚钱不多，够花。写文不多，有那么五六十篇，发表在杂志上的也有十余篇。

一切如我所愿，如我所盼，这一年即将平静而完美地收官。然而，总有不可预见的美好出现，让我在匆匆的时间，感受匆匆的忙乱和忙乱之后的惊艳。进入十二月，第一个惊喜出现：《大似海情歌》将在2024年的第十届诗歌春晚上展演，为大东北的冰雪奇观代言。怀着欣喜，开始为《大似海情歌》的绽放做准备，写宣传的文字，帮着朗诵者定下服装的样式，买那只海碗就跑了很多地方，终于在离元旦还有三天的时候，把一切准备齐全。对于我这个平常人，我写的诗歌能走上诗歌春晚这样的舞台，算是一种圆满，不枉我对文字的喜欢。

然而，在刚刚写完第一篇宣传文章，第二篇还没截稿的时候，另一份惊喜又出现在我面前。这份惊喜真的不在我的预期中，至少两年之内不会实现。又一次的机缘巧合，文集《假如生命就此止步》即将在新的一年和我见面。用了半个月的时间，把这七年和文字的痴缠，和诗歌的热恋，整理出来编辑成册。这是一个庞杂的"工程"，因为不可预见，所有的诗歌、散文都没有整理，像散落沙盘的石子，从电脑、手机、平台，一颗颗找回来串成串。半个月的时间，睡得很晚，家里很乱，心里却很甜。匆匆的我，匆匆的文集，让我懂得日常整理的重要性，更让我懂得，美好有时真的不需要计划，不需要设想，不需要假定，缘分来了就去拥抱，去实现，去圆满。

匆匆间，就来到了岁末，挥挥手，和 2023 年再见。这一年，匆匆地遇见，让流水的日子迭起波澜，美好、潋滟。

匆匆的一年，真的圆满。

2023 年 12 月 31 日

第六章

花开半夏

如　莲

——给明桦

你如莲荷，淡淡生香，不喧哗，不张扬，幽幽独立，不媚俗，自安然。

静静与光阴对话，与天地相许，默默与草木情深，与江河相伴。

光阴千载，你独"喜欢"最寻常的日子，最朴素的事物，"最美丽的心情"。

一如喜欢"2016年的冬天"的童话绵延至2017年的春天。那一个个"擦肩而过"的日子，在雪色云山吟成"二月的畅想"，在花满莱州唱出"暮春听雨"。

一如喜欢春天的"月季花语"酣畅了五月的花香，"麦穗青青"淋漓了"夏天的味道"。

一如喜欢在"九月的脸"明媚地书上"心为秋来"，那份闲适那份安然无人能及。喜欢"中秋的想念"如丝如缕沁人心脾。

一如喜欢"悠悠相伴"的每一个黄昏每一个晨曦。喜欢在岁末悄悄对自己说"谢谢亲爱的自己"。

山河万朵，你独钟爱"裴德峰的牵念"，那里有你青春最美的华年。

有你"永远的政教八七"，

有你英姿挺拔同桌的你，

有你同室卧谈八姐妹的情谊，

有你笑谈的"我和三位老师"亦庄亦谐的趣事，

有你深情织就"老同学好久不见"浓浓的相思。

时隔多年我们再次相遇，我惊叹："你怎么如此美丽"！

曾无数次想象"那四年的你"怎样从一个学霸衍化成一个钟灵毓秀、温暖明亮的女子。怎样从青涩的丫头蜕变成娉娉婷婷、款款情深的菡萏。

可涌入脑海的却是年少时一起翘课一起游戏。一起寒室拥衾长谈忘记夜

散文卷

已过半，月也眠息。是"我们一起去旅行"的恣意，一起看山色空蒙雨亦奇，听风过松涛绿欲滴。一起在白桦林刻下青春的印记，一起唱"小雨中的回忆"。

"如果可以回到从前"，我依然会和你一起淋雨一起写诗。我还会为你种一池莲荷，和你一起听雨打荷花的韵致。

今天的你，浸染半世烟尘半世芳华。

依然质如莲荷淡淡生香，依然"初心清浅"，平和恬淡；依然喜欢鲜衣怒马，花香流岚；依然感念明媚阳光，友情相伴；依然享受读书、品茗、写字和四季的蓝；依然会赴一场"莲荷之约欣赏"一池秋水菡萏；依然执着于三尺讲台一支教鞭，尽心竭力诲人不倦。

好想"写一个夏天给你"，为你曾温暖我的雨季。

好想铺一领红毯到你心底。"我在红毯等你"，看淡如莲荷的你，款款走出今生最美的自己。

看你：

一回眸明亮了光阴，一展颜华丽了天地。

你曾说"爱不能等"，那么就在今天。

让我大声对你说："我们的二丫，我们的明桦，生日快乐！幸福连年！"

如果，有这样一个人

——写给生命中最真的你

如果有这样一个人，在你的生命里，该有多好。

在你欢喜的时候，与你一起欢喜。

无论你有怎样的开心，大到寻得满意的工作，找到可以托付终身的伴侣，有了属于自己温暖的小窝，生了自己的宝宝；小到遇见一朵漂亮的花，一棵特别的草，学会一支简单的歌，甚至做了一盘油绿的菜，都想马上告诉她。而她，都会和你一般，满心欢喜。很多时候，甚至比你还要心情雀跃。

在你难过的时候，给你一个拥抱。

无论你身体抱恙，还是情感受挫。无论是你工作失利，还是商海搁浅。哪怕只是一场小小的感冒，哪怕只是和家人拌了几句嘴。哪怕只是路上遇到朝你狂吠的狗狗，车上掉了几枚硬币。哪怕只是你种的花在秋天落了一地，你喜欢的电视剧不是你想要的结局。你都会委委屈屈地说与她。而她，会马上放下手中的事儿，把她的耳朵借给你，听你絮絮地说完；把她的肩膀借给你，拍拍你的后背："傻丫头，多大点儿事，有我呢！"

如果，有这样一个人，在你的生命里，该有多好。

青春年少时，与你一同学习、一同写字、一同游戏，一同经历懵懂的情愫，一同经历纯真的友谊，一同经历成长的快乐与烦恼。

会和你一起疯，一起闹，一起犯花痴，一起追一个明星，一起唱一首歌谣，一起把写满心思的日记埋在学校后面的山坡。

会在前一秒还和你怄气，下一秒听到你被攻击，她就像炸了毛的母鸡，跳起来替你反击。而你心安理得地听她舌战对手的痛快淋漓，然后骄傲地一起扬长而去。

如果，有这样一个人，在你生命里，该有多好。

人到中年，她还一如既往地和你一起。一起在阴雨绵绵的暑期，牵着手去白桦林里听风，听雨，听一山的浓绿；一起在白雪皑皑的时节，相携走过宽阔的冰原，看蓝天，看白云，看一川的雪色逶迤；一起窝在沙发，喝着清茶，嗑着瓜子，谈天、谈地、谈过往的记忆，仿佛又见初遇时的你。

人到中年，还是那么心灵相契。喜欢彼此的笑颜，喜欢彼此的新衣；欣赏彼此的文字，欣赏彼此的善意。偶尔还会赌气，只是转瞬即逝。偶尔还会意见相左，只是很快就会找到默契。偶尔还会对你指手画脚，然后说："我怎么和你妈一样操心你！"我坦然地听你的建议，一边点头，一边忍不住哈哈大笑。只要你开心，一切都随你。

如果，有这样一个人该有多好！

恰恰在我生命里，有一个这样的人！唉！想想我都幸福得叹息！

恰恰有这样一个你，快乐着我的快乐，欢喜着我的欢喜！

我们一起走过青春花季，一起走过岁月喧嚣，一起走进生命的半夏。

此刻，你依然如那朵初开的菡萏，在半亩荷塘里，万般浓翠间，轻展一抹嫣然，淡开一瓣灵动，微吐一缕幽香。而我始终在你左右，任你的笑声如珍珠般滑过我碧翠的裙裾，摇曳我一抹绿色的期许：天地有情，让我们共享山河万千。岁月无恙，让我们永葆情真意暖。

亲爱的，知道吗？今天是你的生日！我和时光一起举杯：祝你生日快乐！我和未来一起祝愿：我最爱的明桦幸福晚年！

我会一直一直和你在一起！

2018 年 7 月 14 日

花开半夏

——给明桦

半夏的午后，窗外的阳光明媚。

我忽然有些惋惜。

这样美好的午后，没有你来小坐。

原木纹理的桌上那青花茶盏里，慢慢晕开的浅香，少了几分气质。那"茶醉"的感觉，应是在与你对酌的时刻。

朴拙书架上那旧时光染黄的一帘幽梦，静静阖着眼眸，少了几分韵致。这样"蝉意的夏天"，应是与你在"青青翠竹"染绿的小径漫步，听鸟鸣虫语。

半夏的午后，庭前的荷池潋滟。

我忽然有些惋惜。

这样半夏的"花儿朵朵开"，没有与你共赏。

那盛开的娉婷嫣然，没有你相对静默、浅笑、细语，少了几分明丽。你如莲的风韵，应是"这一年"夏季最宜人的景致。

那一池的碧水清涟，没有你的眉眼如黛，温婉辞章，少了几分灵气。你沉香的诗意，应是珠落碧荷最入心的唱和。

半夏的午后，在古藤摇椅慵懒的轻摇里，思绪漫过季节的芳汀，在荷叶扶苏，花蕊含翘间盘桓，在岁月的深处打捞与你有关的"青春断想"、美好记忆。

仿佛你我所有的故事都是从夏季开始，都蕴蓄在半夏花朵芬芳里。

那个夏季，格桑花开得很是热闹，从道路两旁一直开到菁菁校园。一日课间无意中抬头看到窗外碧玉年华的你，与一丛繁茂的格桑花对视，如画秀目，莹亮双眸里跳荡着阳光般的笑意。

都说人和人之间是有心灵气场的，就一眼，我起身走向你。从此，我们共踏一条诗路花语，同唱一首小雨中的回忆。

你的诗心，你的才情，你的温暖，你的包容，让那个夏季变得异常美丽。

那个夏季，草木青翠，枝叶葳蕤，雨水浓密。七月的白桦林，蒙蒙细雨缠绵如丝，所有关于青春的懵懂情愫，所有关于即将分离的满腔愁绪，所有关于未来的无限希冀，都深埋在那个湿漉漉的夏季。几十载的岁月天光，那作为标志的小树一定长成了参天大树，在每一个夏季开着一树灿烂的花朵。

只是那个夏季以后，我们没有再去看那山花，没有再去那片白桦林听雨。我知道，你我内心都渴望"重温青春又见校园"那一刻的内心怦然。

似水流年里，我们也曾走散，失去了彼此的讯息。我知道，每一朵花开花落的季节，我们都会想起彼此。

在辞旧的钟声里，把对你的"新年心语"默默"写在岁首"，"唯愿"你此生幸福平安，"唯愿"你半世归来依然美好如初。

在"二月写春"的字里行间，把对你的牵念氤氲成"遥远而深情的瞩望"。静待"雪意"初净，你的笑颜醉了天地，"醉春风"。

"三月的雨"，淅淅沥沥，撑一把油纸伞"穿行城市的夜晚"，找寻三月里的小雨熟悉的旋律。陌生城市的一隅，"我在春天等你"，在缠绵的雨中等你，等你一同开启，"春天的对话"。

紫色弥漫冰城，把清念浅愁"写给丁香"。桂花黄了北平，为你写下"月圆别样情"，落雪惊艳云山，我想你会忆起我的模样。

时间真是个好东西，让人经历分离的无奈，也让人感受重逢的欢愉。时隔多年我们再次相遇，还是在满目芳菲的时节。"那个夏日的早晨"，我穿越大半个北平去见你。还是那双细目晶眸，还是那温暖的笑脸。你说，好像我们从没有分开过。我恣意地大笑，一如青春年少。

时间，真是一个好东西。让你从一个青涩的女孩蜕变成知性女子，如莲般出尘，如莲般淡然。未曾改变的是你的明朗如月，华彩绝艳；生活也把我从一线纤草磨炼成一个女汉子，只是你总是奇怪：你咋从以前的一点点大，变成这样的圆圆胖胖。我举起拳头笑曰："为了能打过你。"

那个夏季我们相约一起回故乡，在年少时读书的教室，游戏的操场，鲜花点缀的校园找寻昨日时光，终于在一场绵绵夏雨中拜会安放着青春的白桦林。偷偷潜进"母亲的菜园"，搜罗那些带刺的黄瓜、绿色的豆角、红色的柿子……嬉笑间亲尝你做的"美味佳肴"。一起在小城的公园"细嗅蔷薇"，听画栋木廊上紫燕的"夏雨呢喃"。举杯痛饮半世红尘烟雨，恣意描画未来"五十五岁的畅想"，六十岁的旅行计划，七十岁的诗酒年华……

再次相遇，每一个黎明都那么畅意，你的一句"早安世界"，我知道其中必有一缕问候属于我。再次重逢，每一夜晚都温暖如怡，我的一句晚安世界，你知道定有一份祝福属于你。白日里你三尺讲台，一支教鞭，孜孜以求，诲人不倦。我方寸小店，一颗尘心，散淡生意，慢钓孔方。闲暇之时赏你妙笔生花氤氲唐诗宋词，无聊之际听你丝竹声声婉转雪月风华，春暖之后读你镜头捕捉的诗情画意。有你，真好，与你同行仿若与花做伴，半世红尘依然少年。

此刻，坐在半夏的午后，把对生命的感恩"写给七月"，愿所有的生命如夏花般灿烂。把对友情的感念写给时间，愿你未来所有日子都幸福平安。

最后，悄悄对你说："'感谢有你'！"

2019 年 7 月 14 日

夏天很长，你很灿烂

——给明桦

夏天很长，阳光灿烂。

绿树渐渐浓，百花酽酽开，禾苗疯疯长，万物竞长天。

夏天很长，阳光灿烂，你更灿烂。

走过青葱岁月，走进半夏时节，你青春的容颜，和长长的夏天一起灿烂。

生命已过半夏，你依然纯真如少年，是出走半生，经历过世间的残酷，红尘的云烟，人心的繁杂，依然相信世界的美好简单，依然对未来充满好奇向往，你的脸上永远留着少年的欢颜。

生命已过半夏，你依然妆容精致神采飞扬，依旧喜欢衣袂飘飘走在大街小巷，依然喜欢长筒靴的风韵敲打过的冬天。依然喜欢得体而明艳地站在讲台，任粉笔的碎屑落在你的双肩。依然喜欢穿着清凉的夏天，呼朋唤友走进自然，拍拍花香，拍拍海音，拍拍蓝天，拍拍自己青春的模样。

生命已过半夏，你依然喜欢品茗读书写诗，依然内心纯良。多少人向往一半烟火一半诗意的生活，又有多少人的诗心淹没在柴米油盐的平凡。而你，把每一天的烟火生活过得诗意盎然。在一花一茶里品尝生活的醇香，在一粥一饭里尽享日子的安暖，在一诗一文间闪烁智慧的光焰。

夏天很长，阳光灿烂，你更灿烂。

生命已过半夏，你依然笑靥如花。无论走到哪里都如和煦春风，让他人舒适，让自己喜欢，让时光惊艳。连绵的雨季你不会厌倦，空中水花飞溅，你听到的是雨声织就的美妙和弦，漫步雨中心绪恬淡，笑语嫣然。炎炎夏日蝉虫聒噪你不会烦乱，所有的生命都值得敬畏，所有的歌唱都值得褒奖，盈盈一笑间鸟语虫鸣皆入诗篇。

青丝蘸白雪，来路生云烟，岁月本无情，偏偏饶过你，鬓边如墨染，眼角无菊痕。生命已过半夏，你展颜一笑依然会使山河增色、日月添光。果然，爱笑的人，老天都会格外垂怜。

生命已过半夏，你依然活得充实有趣，意兴盎然。

且不说生活中的柴米油盐酱醋茶，在你眼中都是诗画，岁月中的风霜雪雨、电闪雷鸣，在你心里都是洗练。每一个寻常的日子，都能发现细细碎碎的欢喜：装在白瓷盘里好看的早点，上班路上花蝶扑面……一点一滴，都被你的镜头捕捉，一喜一悲都在你的文中闪现。烟霞散尽皓月当空，茶室盈香，琴音轻弹，信手拈一段时光，放进丝竹管弦，放进内心深处悄悄烘焙至暖。黎明时分，晨光熹微，禅乐梵唱，岁月的沧桑婉转成一曲曲瑜伽禅唱，让身心舒展，让生命柔软。气质如华，身材有致，灵魂有趣，皆因自律的生活，丰盈的内心，宽广的胸怀，不停地锻炼。

夏天很长，你很灿烂。

来人间一趟，总要经历四季变换。不论鲜衣怒马年少轻狂，还是银碗盛雪两鬓风霜，都想在夏天好好看看太阳，好好看看这人间的灿烂。而你的夏天，如此漫长，漫长到忘记了时光的薄凉，留下的俱是人间清欢。风月无边，日月经天。愿你始终是怀抱玫瑰下厨的女子，始终是抬头任阳光在脸上明艳，俯身在落叶书写浪漫的姑娘。即便有一天秋风叩响你的门扉，你依然一如既往，高举对生活的热爱，一路乘风破浪勇往直前。

夏天很长，愿你每天都光芒万丈。

2020 年 7 月 14 日

七月·华语

——给明桦

时间，总是汤汤。转眼，已至半夏。捻着七月滚烫的日子，感喟这灼手的光阴，快如闪电倏忽而过，掌心竟未留下片羽星光。好在有你，在这七月半夏，明琬如皓月，华瑛若孜霞。让岁月有念，让笔墨生花。

时间，总是汤汤。一年一年褪出青葱，一岁一岁漫过芳华。去岁的夏天很长，你很灿烂仿佛昨，前年的花开半夏还在枝丫。甚至十七岁时无题的稚问，你还未作答。生命，已过半夏。好在，有你，一直都在，无所谓身畔，无所谓天涯。

时间，总是汤汤。你我在这浩渺的长河逆流而上，不舍昼夜，不分冬夏。少年梦中的诗与远方，在柴米油盐的烟火气息里几番挣扎，始终未敢舍下；青年时的一怀凌云壮志，在粉笔的碎屑纷纷扬扬中寄情于桃李满天下。蹀进凡尘，就一路匆匆，为人女为人妻为人母，常常是人前笑语嫣然，人后咬紧银牙，哪一段前行的路途没有云烟，哪一个女子的肩上没有重压。数着日子提着心，护着孩子一天天长大；听着风雨牵着肠，依然挡不住霜雪染了父母的青丝也染白了自己的芳华。从不敢慢下脚步，因为时间汤汤，从未停下。

时间，汤汤呀，转眼又流淌到半夏。

多想，从今天开始，时间可以悠然，你可以把脚步慢下，看星河璀璨流萤染夏，听蝉鸣翠绿光影如画。多想，从今天开始，真的如你所说：你有的是时间，可慢聊半世情话。拍散缠绕指尖数十载光阴的粉笔味道，把自己沉浸在古籍泛黄的故事，把时间添进唐诗宋词的无边风雅。多想，从今天开始，你可以为自己活在当下。晴时看云，阴时听雨，日出观海，晚来慰霞。归来掬一捧月光，温一壶酒，浅酌这漫漫而来的四时锦华。

多想，从今天开始，时光可以轻简，你可以放下繁杂。逆着季节的风，找回最初的自己，坐着绿皮老火车，慢悠悠地摇回最初的家。坐在豆角架下，任紫色的欢喜，簌簌落下，听母亲絮叨陈年旧话，仿佛日子都被这欢喜融化。或者，驶过秋的田野，看漫山遍野的雏菊一直开到无涯，自然素朴却又生机勃发。就这样一直驶进冬雪苍茫的林海，和着苍松、翠柏、冬青、白桦的喧笑，伸开双臂拥抱漫天的雪花。

多想，从今天开始，光阴不再似箭，你可以随时整装出发，无须呼朋唤友，无须旅程规划，更无须和任何人请假："世界很大，我想去看看"。就一个人一只行囊，走最慢的路，进最老的村，谒最古的塔。走累了，随便叩开一户农家，讨一碗粗茶，天晚了，倦听小和尚敲着木鱼唱诵：是日已过……是日已过又怎样，天明接着出发。走着走着也许就走回了出发时的家。那个胶东半岛的小城，景致如画，总有不舍的风物盏盏，总有放不下的铭心牵挂，总有经年陪你闲坐的一湾碧蓝一片银沙。

人生海海，山山而川，不过尔尔。多想，从今天开始，你不再被工作生活所累，不再为儿女身披铠甲，真真切切地给自己的身心放一个长长的假。每一天睡到自然醒，不急着做家事，不惦着超市的优惠卡，不想着人情往来，不介意鬓角的华发。悠悠地沏一壶茶，一口一口慢慢呷；酽酽的一锅汤，慢火细熬，任时间嘀嗒，任夕阳西下。就这样与时间慢坐，就这样与自己妥协，就这样一点点捡拾生活的况味和豁达。

风月灿灿，流年浅浅，不过回眸间。此刻，半夏的夜雨微凉，一池清波洗砚，一茎风荷为毫，蘸着初识的无邪和始终在场的情缘，为七月的夏，为夏天的你，真情涂鸦。其实，我知道，我的"多想，从今天开始……"时间已经回答。只想你在忽然寂寞时，记得来拍我的门，不用担心震落经年的尘，不用在意惊落堂前的花。我有酒，足以乱了你的绝代风华。

时间，总是汤汤。转眼，已至半夏。

2021 年 7 月 14 日

散文卷

愿所有的美好与你不见不散

——给明桦

时间总是匆匆，转眼年已过半，夏已炎炎。一轮朱曦当空，百花更艳。千秋冰轮转腾，万载山河皆安。七月，热烈而绚烂，绿风如是，茂雨亦然。

你就在这样的七月，沉静如草木，清丽如菡萏。在这热闹的半夏，鲜活着明艳着，清静着美好着。

在七月阳光灿烂的日子，愿你与光同行，与爱做伴。

七月，热浪犁过每一寸光阴，夏木葳蕤，稻禾疯长，万物极致地张扬，生命极度地膨胀。你噙着一弯浅笑，在树影花下，在风清月白，在雨意畅然，慢读这盛夏的流光，细品这红了樱桃，绿了芭蕉，蓝了海湾的夏天。把每一寸光阴都镀上琰琰的光，而你与光同行，与夏缱绻。

唯愿这夏日的光芒，与你不见不散，唯愿这光阴的美好与你不见不散。

七月，阳光繁盛，繁盛的还有七月的蝉声，七月的雨落花田。

可还记哪首《童年》？多少次想把那榕树上的蝉声捉下来送你，让你的诗吟出一行行绿色的声线，清凉而婉转。多少次想把那秋千荡呀荡，试一试还能不能荡回到童年；还记得那首《小雨中的回忆》吗？多少次回听那雨声编织的青春记忆，只愿你青春不老，永驻华颜。多少次撑起心空里的愿，只想你未来的日子雨中有伞，风中有暖。只愿每场夏天的雨落倾城，都是一场欢宴，都能被你淋漓成美好的诗篇。

七月呀，真的美好。美好得恣意张狂，美好得波光潋滟。而你在这潋滟的日子里，身心舒展，灵魂生香。漫步夏日凡间，细嗅风动晓荷翻，一池浅香淡如烟。醉闻栀子花开，整个季节都弥漫着青春的味道和诱人的慌乱。

以前，觉得你似一朵莲，恬淡有禅。现在更觉得你如紫薇花，内敛的紫，气质不凡，也独立也豁达也随遇而安。那缕缕花香是光影流转的温婉，是日月经天的清欢。

　　唯愿每一个夏天，都有紫薇花开，都有疏影横斜水清浅，暗香浮动月黄昏；唯愿你生命的每一次开放，都是心甘情愿，每一束心香缭绕皆因你自己喜欢。

　　愿每一个七月的"英"语，与你不见不散！

　　愿每一个夏天的美好，与你，不见不散！

　　愿年年岁岁，岁岁年年，日月锦明，玉颜常华！

　　我与你，不见不散！

2022 年 7 月 14

第七章

你是我的光阴

你是我的光阴

——《在场文学平台》创刊一周年感怀

去哪儿不重要，在路上最重要

在哪里不重要，你在场最重要

又到了秋天。又到了秋水长天、神清气爽的季节。收了春的狂放恣意，敛了夏的热情奔放。秋，来了。潋滟了三季的光阴，秋沉淀成金子的模样，厚重，内敛，闪着成熟的质感。空气透明而稳妥，风也带着秋独有的沉香和爽利。随着秋风，你也走来了。经过了三百六十五个天光月白，你长成了我的光阴之树。你和我一道从生活的现场，走进心灵的现场。

你是去年秋季播下的一粒种子，在真情的沃土里生根，发芽。在每一位在场作者的精心呵护下，健康成长。

《诗说心语》里精致的诗词歌赋来源于笔者的真情实感；《万家灯火》中闪烁的钟灵毓秀得益于文友们亲身经历的丰盈；《在场小说》讲述的一个个精彩的故事皆是真实生活的写照；《光影入画》书写畅意人生，快门一闪留下真实世界的美丽瞬间。在生活的现场，你在作者们一腔真意中生长。

你是今岁华年里的一株幼苗，在善意的阳光下抽条、放叶。在每一位家人的辛勤莳浓重，快速成长。

寒来暑往，四季更迭中发布的三百多期刊，期期有真情；春去秋来，冷暖交替中诞生的一千多篇文章，篇篇皆善意。在一个充满正能量的平台上，在一方善良人齐聚的家园。你汲取着阳光般向上的力量，在每一个笔者善意文字的灌溉下一寸寸拔节，一天天挺拔。在心灵的现场，你在真情中苗壮。

你是行走在文字里的光阴之树，在尘世间婆娑成一树美好的花开。在金秋的时节，你在众多读者的拥趸下、期盼中，结出美好的果实。

散文卷

三百六十五个日月星辰，在每一位在场作者的文字间流转，在每一位在场读者的明眸里深情。新年佳节，有祝福的篇章，父母的节日有恭贺的美文，五一国庆有铿锵的赞歌；寒来暑往有低吟浅唱，春花秋月有意兴益然；白山黑水有挥毫泼墨，塞外江南有诗情画意，大漠戈壁有长河落日；好友重逢处激情飞扬，亲人相见时击节高歌；七夕时节有柔情千结，中秋之夜有乡愁万里……这些文字在你这光阴之树上，一朵朵盛开成最美好的模样。

又到了秋天。又到了收获的金色季节。你，长成了我的光阴之树。你和我一同从生活的现场，走进心灵的现场，走进真、善、美的文字的现场。

人生是一场旅行，我们一直在路上，去哪不重要，和在场的文友一起行走最重要。

人生是一部戏剧，我们一直在戏中，演什么不重要，和在场的家人一起唱念做打最重要。

人生是一次次遇见，我们一直在文字里寻觅，寻觅和心灵最契合的知己。好在我们遇到了在场文学的读者，赋予我们文字以灵魂和香气，让我们文字中的真善美得以传播。

感谢在场文学平台的所有作者和读者朋友！感谢你们一直在场！！

2017 年 9 月 1 日

你是我的光阴之二

——《在场文学平台》创刊两周年感怀

秋天充盈着温暖和丰泽，满目的沉甸，满目的锦色。在这沉甸与锦色的境况里，你是我最美的遇见，最璀璨的烟火。

两年的朝夕相处，七百三十天的耳鬓厮磨。春夏之交盛开的词语芬芳似朵，秋冬薄凉时煨火煮字成乐；白昼奇思妙想，夜晚墨染星河。任日月流转，山河变迁，负了卿卿，负了因果，却无法舍弃与你共舞婆娑。

我在你生活的现场欢歌，你在我的灵魂深处闪烁。凡尘里的纷乱，俗务里的琐碎，人情的冷暖，心底的欲壑，与你相遇后渐渐变得简单澄澈。时日久了，你长成我的光阴，我明艳成你枝上的花朵。

心知：明艳成你枝上花朵的，何止是一个小小的我。每一篇文字的鲜活，每一段心灵的慰藉，每一名作者的心血；每一次阅读的快乐，每一句留言的真切，每一位读者的执着。都在我的心灵暖暖流过，滋润着你脚下的土地，繁茂着你的枝叶，在你的枝丫间灿然红硕。

人生是一场遇见，最美的遇见是通往文学殿堂的路上，与心灵相契的友人相携。同握一卷诗书，同写一段岁月，同吟生命的长歌。无关年龄，无关性别，无关距离，无关职业，我们的文字在同一棵树上开花结果，我们的声音在同一片海域欢唱。我们在同一生活的现场和心灵的现场走过……

他人在游戏享乐，我们于《诗说心语》里编织诗意生活；他人在梦乡里胶着，我们敞开心扉点亮《万家灯火》。人生经历的幸福快乐痛苦折磨，我们一点点写进《在场小说》；路途上的美景最动人的一刻，我们一张张在《光影入画》间定格。所有昔年锦时里的缠绵悱恻，所有素色光阴里的繁华锦瑟，所有烟雨红尘里的向暖铭哲，一点点随《在场心语》缓缓流泻，婉转成一天一地的深情与明澈。

都说与光阴相守的结果，不是越来越烦冗，而是越来越简洁。在与文字痴缠的日夜，品名人大家的淡泊，赏文人雅士的风月，渐渐明了人生真正的快乐，不过是粗茶淡饭素简的生活；不过是有闲情看潮起潮落，花开花谢；不过是在生活与心灵的现场与诗意相约，把近旁与远方的诗意揉进文字的田垄和生香的骨骼。

又到了秋季，又到了九月，你浓翠的枝头已是累累硕果。心中盘点两个金秋的收获，心中充满对每一位在场文学家人的感谢。记得去年的今天我曾说过：人生是一场旅行，我们一直在路上，去哪儿不重要，和在场文学的文友一起行走最重要；人生是一部喜剧，我们一直在戏中，演什么不重要，和在场文学的家人一起唱念做打最重要；人生是一次次遇见，最美的是遇见在场的所有家人和所有读者。

今天，你两周岁了，感谢文字的情缘让我们一直在场，感谢你带给我们所有人的真情与快乐。

2018 年 9 月 1 日

散文卷

假如生命就此止步

你是我的光阴之三

——在场文学创刊三周年随想

乌飞兔走，叶落花开。屈指算来你走进我的生命，已有三载。细数这一千多个天光月白，心中无限感慨。与你相遇的时日似乎更加久远，与你相识的机缘似乎是前生的伏笔，与你相知的时光应是今生的最爱。因为有你的陪伴，在红尘的深处，在纷繁的世界，我活成了自己喜欢的样子，坦荡而明白。你也活成我的光阴，与我生命的每一刻同在。

你是我的光阴。

三年来，岁月的书简在你的长廊，散发着墨色芬芳，诗韵暖暖。捧读那一页页诗笺，素朴的日子忽然就照射进一束束光，内心充满温暖和爱。细酌那一篇篇辞章，薄凉的世界渐次开满鲜花，铺满山河万里光阴千载。

三年来，那些来自南方和北方的韵仄，那些贯穿四季的华彩。轻轻读来，如清风吹散暑日云霭，如细雨润泽久旱禾田，把一幅幅山水写章，一帖帖花鸟工笔，一张张油画粉彩，认真地嵌入一行诗词的婉约，一段故事的曲折，融于一坡春花的欢脱，一泓秋水的深情。在古琴清越的音律中，在洞箫呜咽的悲欢间，在小提琴舒展的浪漫情怀里，文字盛装登上生活和心灵现场的舞台。

三年来，那些来自名师和草根的精词妙文，那些洗濯心灵的奇文瑰句。细细品来，如白茶氤氲陋室清香，如老酒沉淀岁月纯真。把一字字真情，一行行心事，一段段前尘过往写进岁月，写进血脉，写进在场文学这百花文苑，写进人生的每一次逆旅，每一次精彩。有你在侧，生命不会孤单，人生不会萧瑟。有你在旁，一颗心被诗情浸泡，被书香熏染，被禅意青睐。你，就是我的光阴。

你，是我的光阴。是相伴一生的风花雪月，是耀亮半世烟火的一场清欢，是今生尘缘里纯粹的热爱。与你在如画流岚，如歌岁月一起走进风走进雨，走进水色墨染的诗笺，走进层峦叠嶂的辞章，随着日月流转，走成一本书，一部典藏。稳妥地码放在生活的现场和心灵的看台，简明而厚重，安静而光彩。只等万千的读者知音，轻轻地捧起，一页页翻开……

你，是我的光阴。喜欢在一捻红尘里，与你习古论今，谈情说爱。你于我像知己像爱人更像我的孩子，我见证了（不，我亲历了）你的萌芽，生长，看着你如今玉树临风，姿影婆娑，明华烁烁，硕果累累。喜欢在你这一方文字的看台，与先哲讨教与文友切磋，与自己虚度这半世光阴。你，也许不会予我钱帛，让我锦衣玉食，精舍豪宅，香车宝马，却让我内心丰盈，精神富足，晓礼达义懂爱。

你是我的光阴。在生活和心灵的现场，在文字和光阴的栈桥，在薄凉和深情的世界。我和在场文学的所有家人孜孜以求，用心写诗，用情撰文，共同在这繁杂的世界打造一个纯净的文学平台，共同在熙攘的凡间，营造一处人人心驰神往的桃花源，共度这书香墨染的岁月长河，也不失为一种禅意的生活。

2019 年 9 月 1 日

你是我的光阴之四

——在场文学四周年感怀

秋风已至，凉有半分，月有半盏，夜亦深。掩卷轻锁小窗，把阑珊的夜色关进喧嚣的车流和稀疏的蝉鸣。"吹"灭读书灯，一身都是婆娑月影。借温润的月光，细数四载春秋穿过我日渐清瘦的指缝，在浅秋的影壁落下斑驳的诗意和无限深情。而你，是点燃这诗意和深情的光阴之神，见证我来过这凡尘，鲜活着我不再年轻的生命。你，就是我的光阴。

你是我的光阴。生而平凡，因为有你，我活出几分惊艳。素素的容颜，淡淡的眉眼，因为有你，渐渐柔和，渐渐温暖，渐渐可亲。因为有你，华发有质，皱纹生动，指尖轻灵。

你是我的光阴。活在红尘深处,因为有你,我生出几分简静。不再如少年时,渴望万众瞩目,渴望逆风飞行,渴望轰轰烈烈的爱情。此刻,更喜欢与你对坐,用最纯粹的笔墨在花花绿绿的世界写一场黑白分明的情事,用最简单的色彩在滚烫星河、灿烂人间,描画出一派安宁。

你是我的光阴。存于天地,行在凡尘,因为有你,我忘却了孤独的味道,哪怕一个人独处,也有万千山河在眼前,也有百转柔情在心间。每一日被天南地北扑面而来的诗情熏染,每一夜为穿尘而至的美文动情。那一篇篇风格迥异的文字,那一个个陌生又熟悉的名字,在生活和心灵的现场和我肝胆相照一路前行。

你是我的光阴。铺满四载易老华年,铺满一千四百六十个风清月明。都说时光匆匆,往事难寻,佳期如梦。因为有你,流逝的岁月,有了淋漓的墨痕,每每翻检内心怦然,笑容都变得年轻。因为有你,快乐变成鸽子穿行在城市的黎明,惊起串串诗意写满碧空,栖落树叶草尖和落英。因为有你,忧伤如鱼,在时光的溪流漫游,转瞬没了踪影。

你是我的光阴。人生是一场旅行,沿途都是风景,一路遇见,一路感念,一路成长,一路深情。而你,是这路途中最美的遇见,人在逆旅,不能被语言表述的情绪,可以在文字中悲欢共鸣。被身边的朋友远方的知己一读染眸,再读倾心。一次次温暖的相拥,一段段精彩的留评,令人欣喜也催发诗意的种子恣意萌生。那幽居在灵魂深处的深情,在文字的田垄长成春草青青,开放璀璨夏花,结出丰硕秋实,哪怕冬来山川覆雪,残荷卧冰,依然有红泥火炉诗酒相映。光阴,就这样在四季中流转,在文字里虚度,也日臻圆满。

你是我的光阴。是我在这世上活一回,在这红尘走一趟活色生香的照见;是身处黑暗之中,深陷困顿之时唤醒我的光影。你是常人眼中的闲事,却是我心里的善念。为他人点灯熬油,费尽心血,照亮的是自己的心灵;编辑他人的文字阅读他人的心情,增添的是自己的修行。四年来,所有的付出都值得,我的收获超过在场文学任何一个文朋诗友,为此我心怀感恩,铭记于心。那日,与明总闲话。明总说:咱俩真的挺了不起,用四年的时间坚持做一件事情。我,深以为然。不为钱帛,不图回报,甚至不记得有人何时到来,有人何时离开,唯愿每一个人都记取在场时文字带来的美好与真情,即便不记得也无妨,只要前行的路上能拥有一颗透明的诗心。更愿每一位在场文学的家人能继续在这方净土低唱浅吟,一起度过这墨染的光阴。

2020 年 9 月 1 日

你是我的光阴之五

——在场文学五周年感怀

你是我的光阴。蘸着夜雨微凉，写下这几个字，内心怦然。尽管已经写了五年，依然宛如初见。这个秋天，依然丰硕，依然沉甸，依然落英缤纷，依然华彩卓然。你依然是我的山河万里，光阴千载，与我共舞婆娑，灵魂相伴。

你是我的光阴。在庸碌的日常，在熙攘的凡间，你让我内心平和，让我感知岁月绵长，时光惊艳。没有你，时间不会停滞，日月不会停转。然而，有你如汤中有茶，菜中有盐，日子忽然就有了滋味，有了祈盼，生命就有了五蕴之外的宽泛和质感。

你是我的光阴，于纷繁里给自己一些慰藉，给周遭一些温暖。于忙碌后，不再沉溺于短视频，朋友圈，也捧起书，读离合悲欢，拿起笔，书岁月变迁。于坎坷时，借助文字的力量，化解戾气和幽怨，在逆境中感悟生命的百折不挠。

你是我的光阴，见证我一路把书籍打开，把文字铺展，见证天南地北的诗情恣意渲染，见证友情历久弥坚，因为共同的热爱，缤纷的墨香溢满你的田园。五年来，一千八百天的磨砺，初始的青涩文字日渐洗练，横竖撇捺间有了风骨，平平仄仄里有了超然。因为有你，让诗意在场，让生活有念。

你是我的光阴，是常人眼中的无用之事，却是生活的装点。让活着不仅仅囿于生存，也有乐趣和诗意在身边。这也许就是五年来的坚持获得的满足感，不仅仅是因自己的改变，也是为有更多的朋友始终在场，始终与文字倾心相见，与阳光和善意结缘。

每日打开你的诗篇，捧读你的美文已经成了我和家人们的习惯。每日看到家人们因一幅美图一朵美娟一场情事，共同命笔布局谋篇，诗意如泉连绵不断，相互切磋，取长补短。我想这就是对文字纯粹的热爱该有的模样，也是五年来在场文学不断成长的魅力体现。

这五年，日日与你耳鬓厮磨，时时在你的文字里沦陷。看着你从一颗种子，渐渐长成大树参天。如今枝叶葳蕤，花朵明艳，果实甘甜。我知道，那是因为汲取了所有家人精词妙句的营养，那是沐浴了所有读者爱的光芒和温暖。你是我的光阴，热爱在你的枝头愈加明艳，善念在你的平台日臻圆满。

你是我的光阴，五年耕耘，五年收获，一千五百期，美文五千余篇，可谓硕果累累，成绩斐然。这几日，一有空闲，总是忍不住一篇篇翻看，每一个名字都那么温暖，每一篇佳作都出自心田。我相信，接下来的日子，还会有更多的朋友与在场结缘，有更美的文章在平台呈现。

都说，人生不是一场物质盛宴，而是一场精神的修炼，那么在繁杂的世界，与在场文学共度墨色光阴，也算得上一场让精神愉悦，让内心沉静的修禅。

2021 年 9 月 1 日

我们为什么在场

——写给在场文学六周年

在场文学六岁了，前五年写了同一题目的文《你是我的光阴》，以此感怀在场对我生活的影响，感恩文字给我心灵的滋养。今年，我想就换换题目吧，才不枉这光阴常新，不枉这六年在场。

六年来，我常想，我们为什么选择在场？不选星河璀璨、江河浩瀚，不选风花雪月、草木花香，唯独钟情在场。

因为，我们深知，唯有在生命的现场才能感受生命的美好，唯有在生活的现场才能感知生活的赐予，唯有在心灵的现场才能感悟心灵的梵唱。

高山大川需要我们在场见其磅礴，飞天流云需要我们在场观其高远，春风夏雨冬雪需要我们在场听其浩荡，日月星辰需要我们在场观其变幻。亲情、友情、爱情需要我们在场感受温暖，用来抚平内心的沧桑，享受浪漫可抵岁月的荒凉，并从中汲取生的渴望活的力量。最终，我们拿起笔写下的文字才会积极向上。

所以，我们要在场。正如肖复兴老师给我们在场文学的题词：文学，在生活和心灵的现场！

这六年，我们经历了在场文学的成长，遇见了诸多良师益友，得到了众多读者的拥趸和喜欢。两千多个日夜，家人们相聚在场，可写可读可彼此探讨，让平凡的日子有了三餐以外的滋味，让平凡的我们有了四时之外的风景。

每天早上起床，我们除了期待阳光，也期待被六点六分的美文照亮。每天夜晚入睡前，我们拿起手机，总是不由得翻倒在场，总是不由得进家园转一转，这样入睡时嘴角都会上扬。

我们生而平凡，却没有被日子的繁杂淹没，总能在烟火处寻到诗意和远方，总能落笔生花绽放于在场。看到自己的文字被佐以图片和音乐，有时还被有声有色地诵读，那种感觉就像菜里有盐味，水中有茶香。素朴日子仿佛也有一线明艳的光。

所以，我们要在场。想一想，喜欢读书写文朗诵诗歌的我们，是不是多少有点不一样？我们更加豁达更加包容更加善良。

六年前我曾经说过：去哪儿不重要，在路上最重要。在哪里不重要，你在场最重要。六年后的今天，我依然要把这句话送给曾经在场、此刻在场、将来必定还会在场的家人朋友。

六年来，特别感谢最初在场的朋友，是你们帮我们度过了创刊初期的艰难，虽然有些老师已经离开家园或者选择"潜水"，但是我们依然感恩最初的遇见和力挺，许久不见虽然小有遗憾却是真实的人生。在我心里你们始终是我的良师益友。

六年来，特别自豪因在场而成功飞向更高更广阔平台的朋友。因为在场，我们一同学习成长，因为在场，我们日臻完善，因为在场，为你助跑，见证了你的起飞，我为你加油鼓掌。无论何时，你都是我们的骄傲。

六年来，特别感恩那些默默守候家园的朋友。每天六点六分为我们分享平台美文的小可先生，只要有文发出，她就会及时推送，让我可以安心地多睡一会儿。每当有同题诗的时候，她也总是毫无怨言地进群收集整理。每周一为我们回放在场精彩美文的雪萍，总是适时找出最契合的平台文章。还有每一天在群里活跃的才子才女们，让我们总能为他们的诗文惊艳一把，我们还可以光

散文卷

明正大地"偷师学艺",这无须付费的学习也是需要我们经常在场才好。我感恩,所有默默为大家送福利的作家朋友!

所以,我们一定要在场!会有意想不到的收获。

六年了,在场文学始终是一方纯净的家园,在场的作者都心怀对文字的敬畏,对生活的热爱,干干净净地写文,坦坦荡荡地做人。在场文学日益蓬勃,也正是因为汇聚了这么多纯粹爱文学的人,共同写就在场文学六载华章。

都说唯热爱,可抵岁月漫长,唯情怀,可度人间薄凉。在场六年,每一位作者的文字足以让在场星光灿灿,岁月生香;每一位家人的真善,足以让周遭爱意芬芳,足以佐证人间值得我们来一趟。

所以,我们一定要在场。

无论是生活还是心灵,一定要在场……

2022 年 9 月 1 日 0∶50 匆匆于北京

在秋天收集花朵

——写给在场文学创刊七周年

唐人爱春,宋人爱夏。我们,四季皆爱,最爱的还是秋天。爱秋天风的颜色、云的味道,爱秋天温柔的气息、无边的浪漫。于是,在七年前的那个秋天,我们开始了相聚在场的情缘。那是一场文字对文字的告白,诗歌对诗歌的慕恋。时光如水,日月经天,转眼七年。写下"七年"这两个字,脑海里浮现出有关情感的舶来词:七年之痒。回望七年走过的路,我很庆幸,我们和在场有一年之守,却无三年之痛,更无五年之离,至于七年之痒,可能会在某一瞬间因有人转身而轻憾,有人离场而失落,却不足以动摇我们前行的信念,我们依然执着。执着于,在秋天收集花朵。

在秋天收集花朵,让日子宁静祥和。那些花儿,从四季的垄上植根,在秋天开放出宁静、缜密、妥帖。一粒一粒文字的苞芽，从纯善的心灵深处吐蕊，在秋日的素笺着墨，一寸寸细数光阴。花开之处，田地染金，山峦苍翠，天空蔚蓝，村舍聚拢暮色，小城万家灯火。幸甚，你我皆是执笔种花者，在秋天登场，共赴诗意染香岁月，同写人间挚诚和谐。

在秋天收集花朵，让心灵饱蘸愉悦。花开的地方，会自动屏蔽落寞。秋天花事繁盛，我们不会再叹：秋风吹白波，秋雨鸣败荷。花色明媚，我们不会再愁：秋景飞独鸟，夕阳起寒烟。有花云集，不恐秋节至，不怕华叶衰。有文字做盏，再黑暗的长夜也会迎来东方既白；有诗意成朵，再苦难的生活也会慢慢熬过。其实，我们渴求的不多，有书可读，有文可阅。有瘦笔在握，可描诗意花朵，可述细碎快乐，可赞可爱中国，可愉悦平凡世界的你我。

在秋天收集花朵，让未来不会苍白。农人在秋天收获食粮，喂养四季，温饱冬天。我们在秋天收集花朵，滋养心灵，温润未来。山川皆白时，我们有七彩诗絮，漫漫长冬也温暖，也丰盈，也美好。我们青丝落雪时，可以翻捡青葱时光，可浏览染墨记忆。那些写在花朵上的岁月，是留给未来最极致的浪漫，那些一同在场的情义，是天地间最纯粹的照见，让我们不惧冬寒、不惧衰老、不惧离别。

所以，我们在秋天收集花朵。一朵朵成束，一束束成集，一集集成浩瀚星河。照亮在生活和心灵现场那些可敬的耕耘者。七年间，我们见证了这一朵朵花开，一颗颗星子闪烁。无论花开瞬间还是如星倏忽而过，在场的田园会添馨香，在场的天空会更远阔。七年间，那些不遗余力怒放的花朵，我们感谢。那些汇聚成皎皎星河的星辰，我们感恩。那些站脚助威的读者，我们感念。

记得海尔总裁曾经说过：把简单的事情，无数次地重复做好，就是了不起。我们日复一日，年复一年地收集花朵，在每一个清晨给世界送上在场文学的诗意芬芳。我们也想对自己说感谢。感谢我们七年的坚持，七年的执着。走过两千五百五十五个日出日落，我们还将砥砺前行，去赴在场文学的八年之恋，九年之爱，十年之约。相信那时的在场一定花开如锦，群星闪烁。我会一直在场，不见不散！

2023 年 9 月 1 日

散文卷

第八章

三月雪杂货铺

也说《长安三万里》

这个夏末秋初,京城的各大影院被国产动画片《长安三万里》占据了榜首。一部"动画片"竟有如此大的魅力,仅"长安"二字就蛊惑了我。看过之后,真心感觉不错。长安,就是那个十三朝古都,如今的西安。

一部长达三个小时的动画片,把我定在座椅上忘记了一切。电影散场了,我还意犹未尽。

那么《长安三万里》到底讲述了什么?闲来无事,我将了将:

一场诗歌的盛宴

提起长安就不能不提起唐朝,提起唐朝就不得不提起诗歌。整部影片,有11位唐朝诗人的48首诗,或全诗呈现或一两句佳句穿插于剧情之中。从高适的"莫愁前路无知己,天下谁人不识君",到李白的"大鹏一日同风起,扶摇直上九万里";从王之涣的《登鹳雀楼》到崔颢的《黄鹤楼》;从王维的《相思》到孟浩然的《春晓》;从杜甫的"会当凌绝顶,一览众山小"到王昌龄的"秦时明月汉时关",随着剧情的铺展,这些耳熟能详的诗歌便脱口而出,随着剧中人物低吟出来。当然最喜欢李白"长风破浪会有时,直挂云帆济沧海"的执着,"仰天大笑出门去,我辈岂是蓬蒿人"的狂傲,还有吟诵《将进酒》的燃情时刻……

这48首诗歌里面,李白的作品占了过半。其实,《长安三万里》就是以边塞诗人高适的视角给我们讲述了李白从青年到暮年的故事。影片还为我们演示了一场边塞护国守城的战役,这场战役中,高适把中国古代兵法运用得淋漓尽致,看到最后的战局不禁拍手称快,那一瞬间,我几乎忘记了李白。但高适是不会忘记的,因为这场战役是为了大唐,为了长安,为了知己……

一段难忘的友情

高适是唐朝唯一一位以军功封侯的诗人。在他不算精彩的前半生，遇到了精彩绝艳的李白，遇见了诗歌。

影片中他们"相识于微末"。高适，出身军人世家，祖父高侃这个安东都护，没有给他带来丰厚的家产，却把忠君爱国植入了他的血脉，这个在乡里长大的少年躬耕于田野，不善琴棋书画，对武功却颇有心得，尤其是高家枪法尤为精熟。这个有些"社恐"、有些口吃的青年第一次外出闯荡江湖就遇到了那个才华满腹，为诗歌而生的川蜀巨商之子李白。两人不打不相识，高适用高家枪法于劫匪手里救下李白，李白在接下来的短暂同行中解决了高适的温饱，并教会了高适"相扑"。相扑？对，就是相扑，这个现在风靡岛国的相扑运动。可见，这相扑最早是起源中国的，至少在唐朝中国人已经在玩儿了。

当古铜色皮肤精壮的高适和肤白健美的李白搏击时，那种美感真的很中国。李白教授高适相扑的时候也教会了高适一个词"以虚驭实"。后来被高适运用到了战场上。

当然，两个青年人的相遇相识，史实并不是这样的，影片里这样演绎也许是导演为了圆他们相见恨晚的遗憾。

事实上，这两个人相识在长安的时候，高适已经四十多岁了，籍籍无名，而李白已经经历了人生的高光时刻和巨大的挫败。两个人是通过小李白十几岁的迷弟杜甫相识，之后形成三人帮，一同游历山水，写诗论文，求仙访道。那段三人行被后人传为佳话。

三人的相遇，在电影里被提前到了杜甫少年时，那时在岐王府里高适偶遇了古灵精怪的大男孩儿杜甫。能把这三位段位极高的诗人聚拢到一处的岐王府，必然也是不简单的。

一个王爷，一座王府，一个乐圣，一位大唐公主。

岐王府，是大唐当时的皇家"高级会所"，岐王是唐玄宗李隆基的弟弟，无心皇位和朝政（也许是为了自保吧），醉心琴棋书画诗酒茶。他的府中云集了天南地北的文人骚客，琴师乐姬。很多名人大家的诗歌从这里开始登场传唱，佳句名篇可以流行在上流社会直达天听。岐王，虽然是个闲散王爷，却为大唐搜罗了许多有真才实学的人。岐王府成为当时文学青年和文艺青年向往和趋之若鹜的地方，还有两个重要原因，也可以说是因为两个重量级的人物，一个是乐师李龟年，另一个就是玉真公主。

李龟年被后人誉为"唐代乐圣"，他不是诗人却经常出现在很多诗人的诗歌里，最著名的是杜甫的《江南逢李龟年》：岐王宅里寻常见，崔九堂前几度闻。正是江南好风景，落花时节又逢君。虽然这首诗歌在《长安三万里》的近五十首诗歌里并没有出现，但是却被后人记住。在那个没有手机、电脑，没有微信，没有网络，书籍出版也艰涩稀少的年代，诗歌是怎样传颂出去，流传下来的呢？很大部分都是通过口口相传，通过乐师歌姬的演唱，所以李龟年虽然只是个乐师却深得文人的喜爱，贵族的偏宠。他和李白是合作愉快的工作伙伴，最佳拍档。《清平调三首》就是他俩合作的作品，其一的"云想衣裳花想容，春风拂槛露华浓"，经由李龟年的吟唱更是深得圣心，传诵至今。王维的那首《相思》也是为李龟年而作，一首好好的友情诗偏偏总被作为爱情诗来解，想来是因为那点点相思红豆"惹的祸"。

李龟年作为当时的流量明星，在皇亲国戚的面前还是很能说得上话儿的，比如岐王，比如玉真公主。

玉真公主作为交际圈中的天花板，是岐王府里另外一位核心人物，在皇帝哥哥面前绝对有话语权，她举荐的人，基本会被"重用"。高适，通过李白、李龟年进入了岐王府，虽有武艺，枪法绝艳，但是其诗文不精妙，长相太一般。他被李龟年安排的枪法表演，未曾入了玉真公主的眼。可叹上阵杀敌的高家枪，却成了博权贵一笑的道具。关键人家还没有看出它的好。而同时出现的另一位诗人王维，除了能写诗，懂音律，会弹琵琶，画得一手好画，关键是帅呀。风光霁月，和光同尘，诗意高洁，一曲《郁轮袍》打动了玉真公主，从而坐上了宾客的首席。后来在玉真公主的安排下通过了科考，在京城有了官职。据说王维还爱上了这个玉真公主，只是王维的个性想来不会接受这样的"姐弟恋"吧，所以王维没有娶玉真公主。玉真公主面对永远恬静安然的王维恐怕也会渐渐淡了心思。这时李白的出现吸引了玉真公主的目光，那么才华横溢、那么狂放不羁、那么风流倜傥、那么真实的李白，怎么能不让人心动呢。我想李白应该是真的喜欢过玉真公主的，否则怎会为玉真公主写出"相看两不厌，只有敬亭山"的佳句。据说两人还在同一时间同一地点仙逝，是不是很有点儿意思。

李白和玉真公主的情感应该是属于"柏拉图式"的精神恋爱，发乎情止

散文卷

乎礼，因为历史上玉真公主无论做公主时，还是做女道人时，都没有实质性的绯闻。李白却情路坎坷，两度做了"赘婿"。

"赘婿"李白

青年李白恣意飞扬，呼朋唤友的销金时刻因富商老爸过世戛然而止，李白被哥哥们"撵"出家门。纵使满腹经纶，却因是地位低下的商贾之后，仕途艰难，施展无门，消沉过低迷过，甚至为了生计和前途两度成为"赘婿"。那样一个才情并茂，精彩绝艳的诗人竟然做了赘婿，简直不敢想象。

二十七岁时入赘前宰相许家，有了白富美的夫人。但许家已经没落，对李白的仕途没有多少助力。李白过得并不滋润，外出游学于长安、洛阳等地，尝遍了世事的艰辛，《行路难》《蜀道难》等作品就是在这个时期所写。蹉跎十年，李白无功，夫人也去世了。影片中，孟浩然在李白的这次入赘过程中起到了推波助澜的作用。而高适是反对的，这个反对也是剧情需要吧，因为事实上那时他们是不相识的。不过按照高适的性格，是绝不会同意李白做个赘婿。

在李白42岁的时候机会来了，他被唐玄宗召见，命运开始转折，施展抱负的机会来了！进京前，李白写下那首著名的《南陵别儿童入京》。其中"会稽愚妇"指的是他的第二任夫人。后来两人还是"和离"了。

李白在五十岁的时候竟然又做了赘婿，这次的婚姻始于"千金买壁"的佳话，女方是武则天时期的宰相楚客的孙女，家中颇有些资产。影片中李白被抓时，寻求高适帮忙的女子便是这个宗氏。

李白和高适的"是"与"非"

从李白和高适的友情说到"是非"仿佛有些突兀，但是实际上他们之间的友情小船不是说翻就翻的，一路走来已经埋下伏笔。一是性格使然，李白是一个理想主义者，一个才华横溢，性格外露、张扬的诗人，高适是一个脚踏实地靠一点点努力成长起来的军人，然后才是诗人。

李白与高适的几次交集，似乎都是他自己说出的约定，一年之约，十年之约，又十年之约。遵守的仿佛也只有高适一方，见了面他自己似乎又不太记得，但是不妨碍他拉着高适，看他呼朋唤友，花天酒地，看他为歌姬一掷千金，看他那么洒脱地吟诗弄月，甚至陪他一起作妖。但是，高适心中的家国情怀，军人情结从未改变。李白的约定是用嘴说出来的,高适的承诺是用行动做出来的。每一次分开两人似乎都怀有不满，然后再重逢的时候，又更加欣喜，友情更加深厚。这就是所谓的君子和而不同吧。又似乎李白永远是莽撞的，而高适总是"正确"的。然而就是这样快意人生的李白，治愈了高适诗意的混沌和社恐的口吃。就是这样一个狂放自大的李白留给我们那么多耳熟能详的诗歌和一个生动的长安，丰满的大唐。就是这样一个天真的李白活成了我们理想中的样子。

而生活在现实中的高适第一次行伍经历，不仅没有施展抱负，反而让他看到了军中的黑暗。一边是士兵的无谓牺牲，一边是中军帐里的花天酒地，高适的诗情被战场和现实所激发。《燕歌行》成了高适这位边塞诗人最具代表性的作品之一"战士军前半死生，美人帐下犹歌舞"。这首诗被写在客栈的门面上，被来往的行旅传播出去。就和那些被写在名楼题诗板上的诗歌有异曲同工之妙。高适的《燕歌行》收获了美誉，也招来了军方的猜忌，同时也招来了那个"不着调"的李白。李白正被安禄山的人追杀，当戴着花帽的李白出现在客栈的时候,高适就有不好的预感,果然追兵到了。好在他们被郭子仪伟岸的身姿和"空城计"所救。但身陷囹圄的郭子仪也因犯错即将被砍头，李白、高适岂能置之不管。于是高适用十年后投哥舒翰将军麾下为条件，换来郭子仪一条命。

两人再次分开，高适回梁园半耕半读。日子也逍遥自在，直到十年后李白再一次落魄地出现，表示要寻仙问道，拉着杜甫和高适去给他做护持。高适目睹李白历经劫难，一心向道后，决定去赴哥舒翰之约，去做一个守卫家国的军人，哪怕只做一个文职——节度掌书记。

李白其实是懂高适的，在他和诗朋酒友击缶吟诵《将进酒》的时候，当他喊着岑夫子、丹丘生豪饮的时候，当他第一次看到高适也举起酒杯的时候，他知道高适要走了，也许这一走，他们再也不会有交集了。他为高适送上《侠客行》："赵客缦胡缨，吴钩霜雪明。银鞍照白马，飒沓如流星。"高适始终是一个侠客，确切地说他骨子里就是一个军人，一个有报国志的军人，他的高家枪最终是要饮血战场的。两人再一次用一场相扑竞技作别。两个中年汉子，一个依然可以提枪上马打仗，一个已经大腹便便，这样的相扑忽然就让人想落泪了。这一次高适赢了。

接下来，高适始终在赢的路上，尽管慢了一些。所谓大器晚成，高适就

散文卷

是这样的一个诗人，一个将军，一个信守承诺的真男儿。安史之乱时，他沉寂已久的长枪终于英武出击，五十几岁的他也如他的长枪一般，舞动起来就一发不可收拾。从绛郡长史一直做到淮南节度使，奉命讨伐永王李璘。这一次他和李白终于又有了交集，他们站到了对立面。此时的李白，绝对称得上政治上的小白，写诗的敏锐一点儿也没用到时局上。不仅没有经受住永王三番五次的拉拢入了永王造反的阵营，还为李璘写了十一首彩虹屁一样的诗歌。唉！就这样，昔日的诗朋好友，一个参与了造反，一个主持了平叛。结局是李璘造反失败，李白被捉了，宗氏放下身段来求高适通融。高适拒绝了。叛国罪咋救，高适一生忠君爱国，不可能救的。但是真的就没有救吗？据说是郭子仪出手救了，按理说叛国当诛杀，李白只被判流放。若说这里没有一丝高适的手笔，有点说不过去。我认为拯救李白的应该是他的才情和名气，圣上舍不得杀，大臣们不忍心见其殒命。

两人的友情得益于盛唐的经济与文化的繁荣，又被时局和战争弄翻了船。这不仅是诗人的悲哀，也是腐朽社会的必然。

一场战役引发的思考

现在来说说高适的那场战役吧，贯穿了整部影片。过程看似漫长拖沓，实际给我们留了回味的空间,六个多时辰的运筹帷幄在高适说李白的故事中溜走。虚实的战术，从头至尾，环环相扣。我就不赘述了，想看的尽管去电影院。令我对高适心生敬意的是：收复云山城后，最后却将打败吐蕃大军的功劳给了严武将军。原因有二：一是高适觉得自己已经很老了，他不想让自己的下场跟哥舒翰一样。二是把晋升机会让给年轻人，不能再让军中多老迈将士，国家需要年轻的新鲜血液来保护。此举正应了和李白分别时，李白读给他的《侠客行》的那句："事了拂衣去，深藏身与名。"高适去世的时候，被朝廷赠礼部尚书，谥号"忠"。一个"忠"字，诠释了高适的一生。

三个多小时的动漫，在没有流量明星加持的影片中，一帧帧精美的画面，一件件唯美的器具，一个个生动活泼的圣人面孔，一幅幅热血激昂的战争场景，让我们更能感受到刻板历史里璀璨的华夏文明，美好的大唐诗乐文化，将士自古以来舍命护国的忠魂。

比如雍容华贵的玉真公主在岐王府出现时，颈上的项链是按照西安李静训墓中出土的"隋嵌珍珠宝石金项链"的样式设计的,真品现收藏在国家博物馆。玉真公主的发簪、花饰复刻了洛阳博物馆里的藏品。她身后的画屏100%还原了唐朝画家李昭道的《曲江图》。比如扬州船上跳"柘枝舞"的歌姬苏十六梳的"单刀半翻髻"也是盛唐极其时髦的发型,手上的玉镯也是造型精巧,因为一部《长安三万里》带火了"柘枝舞"。再比如长安的亭台楼阁,花雨满城;塞外的金戈铁马,血染疆场。

要问高适们为何而战,年轻时也许是为了封侯拜相,为了出人头地。当经历了安史之乱,黄鹤楼被焚毁,题诗板上的诗歌被焚毁;扬州河里的船只被倾覆,歌舞升平被倾覆;长安的繁华不再,诗歌的殿堂不再,李龟年也去流浪了。高适们终于懂得了,他们不是为了"天下谁人不识君"而战。他们是为了大唐,为了长安,为了诗歌,为了知己,为了李白而战。

长安三万里,何止是长安呀,是诗意能抵达的九州方圆。

李白,也不仅仅是那个李白,是千年诗歌的精神所在,光芒所在。

而我们,在追光……

奔 跑

——写给为红色百年奔跑的人

2021年6月18日下午3:02。一列高铁列车停靠在黑龙江省肇东市火车站,一个身着湛蓝色西装的精瘦男人在车门打开的一瞬间跳下火车,抬腿飞快地跑向出站口。他跑过长长的出站甬道,快到滚梯的时候两腿开始抽筋。他没有停顿坚持一瘸一拐地奔跑,在滚梯上他依然奋力向上,一直到了闸机口,接着一路飞奔出站,穿过站前广场。一路上旅客纷纷避让,有个老爷子笑骂:"这愣头青赶去救火呀!"他,的确赶去救火,作为一个演员,救场如救火呀!尤其这是一场具有重大意义的演出。在市影剧中心,一百个合唱团的演员在等着他,领唱的女搭档在等着他,指挥在等着他。按照节目流程12分钟后,他必须站到舞台上。

站前广场正对着出站口的路边，一辆打着双闪的轿车已经等待多时。年轻的司机看到穿西服打领带，胸前戴着党徽，衣襟贴着演出的红色标牌，一路狂奔而至的他，迅速打开车门，他跳上车。瞬间，车，绝尘而去……

就在 18 日早上七点，身在哈尔滨的他刚吃完早饭回到宾馆，正在为下午一点半开始的黑龙江省第三届社区文化节暨龙江诵读第四季"百年辉煌"红色经典朗诵比赛做准备。这时，他接到肇东市影剧中心领导以及合唱团指挥的电话：原定于明天举行的全市庆祝中国共产党百年华诞的百人大合唱演出，提前到了今天下午。他的脑袋轰的一声就炸了，怎么办？两场活动都很重要，这场朗诵比赛他是代表肇东市和绥化地区出征，临阵退赛影响的是整个绥化地区的荣誉。对他个人来讲这次朗诵比赛的机会也是特别难得，为此他准备了三年，他真的不想舍弃。可是百人合唱他是领唱，他领着一百多号人排练了两个多月，他熟悉每一首歌、每一个队员的情况，没有他，百人团队将少了灵魂，市领导班子所有成员将到场观看。怎么办？这时候他已经做了最坏的打算：如果时间真的错不开，他会为了一百人放弃他一个人的比赛。

为了不影响其他参赛选手做赛前的最后准备，他在哈尔滨的雨中，坐在自己的车里，首先和绥化的领队沟通，把自己有可能无法参加比赛的情况说明一下，看看有没有办法和比赛组委会协调一下自己参赛的时间，在前一天报到的时候，组委会的比赛顺序已经出来了，他是最后一个参赛的选手。接着他开始查下午从哈尔滨到肇东每一个时段的高铁车次。一边等着下午活动的具体时间，看看怎么安排时间可以两者兼顾。

终于，上午 9 点，合唱团的指挥打来电话：下午一点半活动准时开始。他问："如果确定，我就赶回去，唱完歌我坐高铁返回，朗诵比赛也是一点半开始，正好可以赶上我最后一个上场参赛。"指挥回答："两点钟咱们上场，两点半咱们结束。"他算算坐高铁正好来得及，于是告诉家人给他定往返的车票。其间所有的参赛选手都在进行最后一遍的走台，他抱着正式比赛的心态把参赛内容完整地过了一遍，心想如果时间来不及，就当我比过了。

到了中午 12 点的时候，合唱团的指挥又打来电话，可能下午两点才能开始，这样的话少了半个小时时间，唱完大合唱一定没时间返回哈尔滨比赛了。此时车票已经订完了，他已经做好了放弃比赛的打算。他的心情和此刻的哈尔滨的天气一样，阴、雨。

就在他准备出发的时候，合唱团的指挥又打来电话：家里的党庆活动两点半开始，合唱团三点钟上场。他灵光乍现，赶紧找到领队和组委会协调一下，看看能不能让他第一个上场比赛，组委会和各个参赛领队已经了解了他的情况，一致同意。他赶紧让家人把之前的车票退了，一看网上已经订不到最适合时间的票，赶紧打车跑到哈尔滨站的售票窗口去买票，从这一刻起，他开始了分秒必争地奔跑。

买到车票他连跑带颠地返回比赛的演播厅，这时候已经是 1 点 17 分了。离比赛开始还有 13 分钟，他整理了一下心情，把所有的时间在脑子里过一遍，把参赛服装穿好，打好领带，郑重地将党徽别在胸前，参赛选手的红色标牌端正地戴好，沉下气息静静等待上场比赛。在主持人的开场词和三个哈师大学生的朗诵表演期间他打了一辆滴滴，让师傅务必在演播厅门口等他，他会在 1 点 50 和两点之间出来。提前到了等的时间，加多少钱都可以。他一定要在 1 点 50 出去，高铁车票是 2 点 30 分的，三点正好到肇东。等到表演结束，主持人报了他的名字，他问舞台边上的工作人员现在几点了，工作人员告诉他 1 点 49 分。

1 点 50 分，他上场。平时练了上千遍的《人民万岁》，应该 7 分钟读完，他读了 6 分多钟，这样才保证他从容地下台，冲出演播厅的大门。每读一句，他都在惦记时间，他读完了下台把麦克风交给工作人员，拿起手机和表就子弹一样弹了出去。先顶着雨冲到自己的车那，拿各种证件，又跳上等了一会儿的出租车上。他对司机说："2 点 25 分我必须进站。"司机说："悬乎。这段路最少要 16 分钟，你进了站还有老远一段路才能到检票大厅。"他说："哥们你尽量快，我这赶车救场呀，一百多号人等我呢。"哈尔滨的司机师傅还真是给力，呼呼超车，一顿操作，赶到车站，离发车还有 12 分钟。他下车飞跑进站，检了票跳上车，一颗心还在扑通扑通狂跳。

上了车顾不上喘匀气儿，他赶紧给合唱团指挥打了一个电话："已经上车，三点准时下车，你安排一个开车技术过硬的司机在车站广场边等我。"指挥告诉他："这边活动已经开始，你只要三点准点下车，就能赶上演出，司机已经安排了，现在出发去车站等你。"这时候他才觉得胃里较劲儿，折腾这么久，中午饭也没有吃进去多少，赶紧买了一瓶矿泉水灌下去。然后早早等在车门口，可火车偏偏又晚点了 2 分钟。3 点 2 分到站，就出现了前面那段奔跑的场景。

别说合唱团指挥给安排的小伙子确实给力，到影剧中心的路平常 12 分钟到，他仅仅用了7分半钟。到了影剧中心门口，他迅速奔进演播厅，冲上舞台。为了给他争取到每一分钟，合唱团把领唱上场的位置换到了离入场最近的这边，他告诉搭档的女歌手把他麦克风拿着。当他冲上舞台，悄悄站在领唱的位置上时，女歌手笑了，合唱团指挥笑了。这时，报幕员开始报节目……然后，他和一百人唱得空前高亢。

演出结束，他走下舞台，在舞台边上坐下，大脑一片空白。许久许久，才长长叹了一口气：这辈子，从来就没把时间算得这么精准，这一天度过的每一分钟我都会深深刻进记忆。比赛的结果怎样，真的不重要了，百人大合唱时的激情澎湃，必将定格成美好的回忆！

这就是一个普通朗诵者的情怀，这就是一个普通演员的职业操守。为党的红色百年奋力奔跑过，所有的付出都是值得的。

2021年7月1日

灾难来临的那一刻，你想到了谁

这是一个灾难来临时对良心和人性拷问的故事。有些美好不属于自己，不要去碰触；有些责任再沉重，也要默默扛起。

——题记

那是一个美好的仲夏之夜。

他和她在这座城市中心的公园流连，他是那样儒雅，她是那样娇美。他们认识五年了，人到中年的他事业如日中天，她也从一个初出校园的青涩女孩变成一个淡雅的菡萏般的女子。但，这是他们第一次见面。同一个城市，同一片天空，两人相隔几个街区。网络里五年的相识、相知、相爱、相伴，数不清在一起度过多少个不眠之夜，说过多少情意缠绵的绵绵情话，仅隔着那一张屏，仅隔着一个听筒。五年的守候，一千八百多天的爱恋。他守候她一天天长大，一年年成熟，她陪他度过事业的低谷，人生的瓶颈。两个人听得出彼此熟悉的呼吸，又陌生得触摸不到相互的温度。

就在这样一个仲夏之夜，隔屏凝望了很久的他们不约而同说出："我们见见吧！"那一刻，所有的思慕，所有的渴盼被瞬间点燃。她说出在心里丈量了无数次的两家的中间点，那个街心公园。

第一次的相见这般仓促也这样顺理成章。她就是他隔屏相望的模样，甚至更加迷人。他就是她心里描摹了千百次的俊颜，甚至更有魅力。五年里，他从未对她说出不离不弃的承诺，见了面的瞬间忍不住脱口而出。五年里她从未想过把自己的一生交给他，见了面的瞬间不由自主把自己的手安放在他宽大的掌心。

十指相扣的手，温暖的怀抱，桃花般明艳的唇……一切都是那么美好，那么诱人，时间仿佛停滞，空气仿佛凝固……如果这美好就这样持续下去该多好，可是没有如果。

子夜的钟声过后，一道蓝光划破夜空，也划破他们的甜蜜。震颤从脚下的土地传到他的心房，他推开怀里不知所措的她："乖，在这等我！"他跳起来向家的方向飞奔，大地在颤抖，街道两侧的楼房在颤抖，在倒塌，他的心在颤抖，在下沉。他跌跌撞撞地终于看到了自己家的楼房，然而那座五层小楼就在他眼前轰然倒下。一瞬间他听到了自己心碎的声音：他相濡以沫十几年的妻呀，他的一双可爱的龙凤胎儿女呀，他的白发苍苍的老母亲呀……

他绝望地扑到废墟前，痛彻心扉：看看自己都做了些什么，灾难来临的时候他竟然没有和他们在一起，他竟然没有来得及救他们，竟然没有机会为他们做任何一点点事。想想地动山摇，房屋倾覆时刻妻儿的惊恐，老母的无助，他整个人被悔恨撕得粉碎。

劫后余生的他，形单影只的他，儒雅不在，倜傥不在。很多天过去了，电力恢复，通信恢复，亲朋好友的联系恢复，唯独没有她的任何讯息，他也仿佛把她忘记，或者内心深处拒绝承认她的存在。

一个雨夜他开车路过那个街心公园，他猛然想起地震那夜的事。他下车慢慢走进公园，像慢慢接近一个奇迹，一个谜底。然而，呈现在他眼前的是一片狼藉：他们曾紧紧相拥的那张长椅的位置是一个深深的裂缝，雨水不停地冲刷着那道深壑……

《大似海情歌》唱响第十届中国诗歌春晚

一、诗意豪情"大似海"

大似海，即将迎来第十届渔猎冬捕文化节，《大似海情歌》也即将登上2024年第十届中国诗歌春晚的殿堂。大似海何其有幸，我何其有幸。特别感谢中国诗歌春晚总策划、总导演屈金星老师把目光投到了东北，特别感谢执行导演姜子平老师把机会给了我家乡的山水。

恰逢龙年，中国诗歌春晚以"龙马精神，诗酒年华"为主题，传承中华优秀传统文化，讴歌大写的中国精神，推动中华诗歌更好地走向世界，走向未来。届时，第十届中国诗歌春晚将和东北大似海第十届渔猎冬捕文化节激情互动，让我们共同期待这十全十美的精彩呈现。

大似海——松花江支流的一个湿地湖泊，在黑龙江省肇东市境内，比邻冰城哈尔滨。我为什么要写这个湖泊呢？因为，她有独特古老的冬季渔猎文化，就是这个叫"大似海"的"小地方"，已经举办了九届渔猎冬捕节了，2024年又将迎来更为盛大的第十届。

肇东举办冬捕节的意义在于传承，传承古老的渔猎文化。以冬捕文化节为引爆点，拉动当地的文旅和渔业的发展，变"冰天雪地"为"金山银山"，为东北经济的复兴，起到积极的推动作用。

大似海的这方水域，不仅仅属于肇东，属于黑龙江，她属于整个大东北。

大似海的渔猎文化是整个东北渔猎文化的缩影。一千多年前，人们在这里飞叉捕鱼；一百多年前，人们在这里布网拦鱼。然而，很长一段时间，渔猎文化似乎被人们遗忘了。今天，有多少人知道古法捕鱼，了解冬捕渔猎文化，又有多少人见证过冬捕节的盛况？尽管大似海古老的渔猎文化已经传承千年，尽管肇东已经举办了九届冬捕文化节，尽管已有不少国内游客和文化名人来到大似海感受冬捕节上鱼跃人欢的氛围。但这远远不够，大多数国人，尤其是喜欢旅游的人,并不了解东北的渔猎文化。很多南方朋友一想到东北的林海雪原、冰河寒江,想到的就是极致的冷,又有谁知道冬捕节的热烈呢,大东北的万丈豪情呢。所以,我要用诗歌掀开冬捕渔猎文化的神秘面纱,让大家感受严寒下,东北人火热的情怀,感受冬捕节呈现出的一半人间一半天堂的大美龙江、大美东北。

自古以来,大似海周边多民族和多元文化决定了大似海的冬捕渔猎节融合了多民族的文化元素,更具观赏性。参与者痛快之至,观看者酣畅淋漓。

在历届的大似海冬捕节上热场的少不了高亢激越的唢呐,喧天动地的锣鼓,更少不了又俏又美的东北大秧歌,五彩缤纷的服装、火红的绸带把大似海的冰面装点成春天的花海。我常想,冬捕节被叫作"春捺钵"的原因可能和这独特的舞蹈有关吧,大秧歌真的会舞出一片春潮。

在大似海的冬捕节上,我们还会欣赏到失传已久的萨满舞。舞者头戴法冠,着法裙,左手皮鼓,右手木槌,舞之祷之。对,祷之,因为这是图腾之舞,是对自然的崇敬之舞,对天地的叩拜之舞。贯穿于冬捕节重要的祭祀环节,三炷高香燃起,三坛烈酒拍开,祭湖醒网。这时候,冬捕节重量级的人物出场了,不是地方官员,不是名人大家,而是主持祭祀活动的鱼把头。

鱼把头是蒙古语巴图鲁的译音,英雄的意思。历届鱼把头都是真正来自民间德高望重、经验丰富的老渔民。他虔诚地诵"祭湖词",祭拜天父、地母、湖神,祈求万物生灵永续繁衍,保佑百姓生活吉祥安康,保佑来年风调雨顺。

接下来醒网仪式,在东北古老的传说中,渔网上都覆盖着沉睡的精灵,只有把烈酒等供品投入渔网中,大声唱诵"醒网词",才能把精灵唤醒,保佑张网下湖捕鱼时能够平安顺畅,能够在红色头网里捕获更多更大的鱼。醒网仪式过后,鱼把头和渔民一起喝下壮行酒。当鱼把头喊出"开网"的号令时,机器轰鸣,绞盘转动,成千上万条鱼就会被拖上冰面,场面极其壮观。在过去的古法捕鱼中,使用的是马拉绞盘和渔网,现在已经使用上了现代化的机车,也是冬捕文化传承后的发展。

写这首诗的时候,我就把自己想象成一个东北的汉子,一个大碗喝着烈酒,下力气捕捞新生活的鱼把头,想象自己站在辽阔的冰面,对着大似海,对着林海雪原,对着广袤的沃野,大声呐喊的情景。

我是在写大似海吗?是!更是在写龙江,乃至整个大东北的自然风情、人文景观和东北人"大似海"的包容心和博大的胸怀。

我是在写冬捕节吗？是！更想为传承古老的渔猎冬捕文化出一点儿微薄之力。希望更多的人了解她，去翻开千年积淀的文化宝藏，酣畅淋漓地欣赏，就像大快朵颐大似海冬捕节上肥美的鲜鱼一样。

同样，这首诗的朗诵者范全老师，作为一个土生土长的肇东人，他是在读大似海，他更是在唤醒，唤醒沉寂的大似海，唤醒共和国长子曾经的辉煌，唤醒东北人文化复兴、经济复兴的梦想。

为了梦想，我们在努力。中国诗歌春晚组委会的所有成员在无私地奉献，在做用诗歌传承五千年文化的大事儿。他们用文化做经济复兴、发展的先行者，他们的胸怀岂止"大似海"。

中国诗歌春晚总策划、总导演屈金星动情地说，我是东北"姑爷"。作为共和国长子，东北曾经为共和国的经济建设立下汗马功劳。我们不能忘记一脸煤灰，给刚刚站立起的新中国输送热量的采矿人；不能忘记拼了一身血肉，为中国脱去贫油帽子的老铁人；不能忘记勒紧裤腰带，供养兄弟手足的垦荒人；不能忘记第一部国产东风轿车；不能忘记用稚嫩的肩膀，扛起共和国钢铁脊梁的共和国长子。这样一身荣光的东北，沉寂下来，怎能不让人心痛。要怎样让东北振兴再现辉煌，我们尽自己所能，用诗歌的力量去唤醒黑土地，让黑土生金；用文化的力量去感召，去宣传，把大东北的冰天雪地、林海雪原，变成拉动经济的旅游资源，把东北独特的渔猎文化产业化、规模化、精品化，成为吸引国内外游客的亮点、热点。这样既是对古老渔猎文化的传承，又为东北的经济复苏注入了活力和生机。东北复兴，我们义不容辞。

我想《大似海情歌》，不是写得最好的，但是她出现在屈金星导演面前的机缘，是最好的。中国诗歌春晚的执行导演姜子平，也是从大东北黑土地走出来的。当他读到《大似海情歌》的时候，他说这首诗让他想到《乌苏里船歌》，想到太阳岛，想到《可可托海的牧羊人》，想到《西海情歌》，这些歌曲引爆了多少亿的文旅市场？这就是为什么十年来我们九死未悔的融合文旅。希望这首《大似海情歌》可以让更多的海内外游客，关注到东北的冰雪文化，进而参与进来，最终引爆我们大东北的文旅市场。这，就是我们诗歌春晚的魅力所在吧。

2023 年 11 月 3 日

二、把对家乡的热爱喊出来

2016 年，在全国政协文史馆，聆听了著名朗诵家姬国盛老师"喊故乡"。那种对故乡撕心裂肺的想，对故乡酣畅淋漓的念，对故乡万般不舍的爱，感人肺腑。也让我知道：原来诗歌是可以喊出来的，爱是可以表达出来的。

后来，我遇到了一位家乡的朗诵者范全老师，当他把一首《生死交响》喊出来的时候，让我无比震撼。我想，如果我也写一首能被"喊"出来的诗歌，请他帮我喊一喊岂不美哉。恰逢范全老师的家乡肇东，正在举办大似海渔猎冬捕文化节,这一具有东北特色的冰雪文化让我萌生了写写大东北冬捕节的想法。我把这一想法和青年朗诵家姜子平老师一说，他就说："写吧，咱们龙江的大美山水、冰雪文化、大东北的独特景观，应该让国内外更多的人关注到，我们也可以为振兴东北站台助威。"

我先唤醒自己蛰伏已久对林海雪原的热爱，去冬天的水库湖泊敲击冰层，测量我和故乡的距离。看渔民清扫冰面的积雪，让春天照进冬水，看鱼儿游来游去。去大雪覆盖的田野、山川听风过林涛，听雪簌簌而下。走进北国的大城小村，远观白雪覆盖的人间万巷，近嗅凡尘的烟火味道。

于是，就有了我这首《大似海情歌》，就有了这需要范全老师喊出来的乡情。

范全老师是活跃在当地舞台上的歌唱演员、架子鼓演员、婚礼主持人、朗诵者，可谓多才多艺，舞台经验更是丰富。在此之前，他朗诵过我的几首诗歌，我也特别欣赏他在舞台上的表现力和爆发力。当我把这首《大似海情歌》发给范全老师的时候，和他说，这个是需要用心喊出来的。他只回了一个字:"行。"

范全老师在生活中是沉默寡言的人，性格里有东北人的率真和执拗，更有对诗歌的热爱，对舞台的尊重，对家乡的热爱。一个"行"字，他付出了很多。除了时常和我交流诗歌的内容，讨论怎样让文字更丰满外，多次请教姜子平老师朗诵的技巧。为了找到那种辽旷的感觉，他真的跑到大似海的岸边对着浩渺的湖面大声地高喊，也时常会在旅途中看到大片的田野停下来，对着田野喊两嗓子。当他把朗诵的音频传给我的时候，听完我叹服了:"真好，是我想要的。"姜子平老师听完也很满意，当即拍板:"就用这个作品来北京参加阅读大赛吧。"

北京之行，范全老师不负众望获得了一等奖，回到家乡又"喊"出了几个一等奖。

散文卷

一首诗歌，遇到一个好的朗诵者是一件幸运的事儿。这种幸运一直延续到今天，延续到第十届中国诗歌的春晚上。

感谢范全老师的匠心精神，感谢这个节目的策划者陈泰久主席的支持，更要感谢中国诗歌春晚的总策划、总导演屈金星老师和执行导演姜子平老师，以及所有组委会的工作人员，是你们的付出让诗歌璀璨，让文字闪光。

2023 年 12 月 16 日

三、哈尔滨肇东"大似海"情动京城

2024 年 1 月 7 日晚，《大似海情歌》在首都北京天桥剧场激情唱响。成为晚会的新闻热点，流量明星。

当身穿大似海冬捕节"鱼把头"服装的范全老师走上舞台，观众席上有观众朋友大声喊："尔滨，你好！"范全老师还没开嗓，全场就爆发出热烈的掌声。因为他来自中国唯一一个名字中有龙的省份——黑龙江。现在中国最火爆的地方，是哪里？当然是黑龙江的省会冰城哈尔滨，冰雪文化引来八方游客打卡这座英雄城市。在这里不得不说中国诗歌春晚的总导演、总策划屈金星先生，执行导演姜子平先生的真知灼见。

2023 年 11 月，《大似海情歌》被筹委会选定为此次中国诗歌春晚的节目时，哈尔滨的文旅还没有升温。2024 元旦前后，哈尔滨忽然火出了圈。这看起来是一个美好的巧合，却与导演和策划的洞察力不无关系。龙年诗歌春晚，引入龙江冰雪文化的重要组成部分——传承千年的渔猎冬捕文化元素。一首再现冬捕壮观、热烈场面的《大似海情歌》，出现在第十届中国诗歌春晚的舞台，恰逢其时，美好如期，她是大似海，大龙江，大东北最好的代言。范全老师在北京第十届中国诗歌春晚上成为观众们心中的"尔滨"也就不足为奇了。

更值得一提的是，2024 年 1 月 7 日，是莅临晚会现场的嘉宾、中国诗词学会顾问、中国工程院院士王玉明老先生的 83 岁生日，当范全老师把从哈尔滨肇东大似海打捞出的野生冷水鱼送给王院士的时候，王院士开心极了，感动极了！相信这份开心与感动，不仅是带给王玉明院士一人的惊喜，更是龙江人民送给首都北京乃至全国人民的深情厚谊。第十届中国诗歌春晚的前一天，恰逢第十届肇东大似海渔猎冬捕文化节隆重举办，让这份深情厚谊得以十全十美地呈现。

当范全老师站在首都天桥剧场的舞台上，把对家乡的爱大声地喊出来时，全场爆发出热烈的掌声。这是范全老师的燃情时刻，是大似海的燃情时刻，是林海雪原的燃情时刻，是大东北的燃情时刻。感谢中国诗歌春晚的总策划、总导演、东北的姑爷屈金星先生，他把这燃情时刻点燃，感谢晚会执行导演姜子平先生把这燃情时刻引爆。

就在范全老师上台表演的同时，家乡的朗诵团成员也聚在一起看直播，他们一起喊出"大似海，开网喽"，黑龙江北大荒作家协会、虎林市作家协会和在场文学等多个作家协会朗诵团体一直守候在诗歌春晚的直播间，见证了这来自黑土地的燃情时刻。

这样的燃情时刻，延续到范全老师走下舞台，一直延续到第二天的颁奖晚会。范全老师成了全场演职人员争相合影留念的最热门人物，很多人可能没有记住他的名字，但是都记住了他的另外两个称呼"鱼把头"和"尔滨"。所以很多人在后台会喊"鱼把头，咱们合个影""尔滨，来，我也来一张"。这时候，范全老师都会送上一句"欢迎来哈尔滨，欢迎来肇东，欢迎来大似海"。

中国是一个富有诗意的、浪漫的中国，每一位中国人都以自己独特的方式书写着诗意生活。《大似海情歌》是属于冰天雪地的大东北的，是属于那个叫作家乡的地方，带着浓浓的烟火气息，带着东北人大似海的情怀在京城唱响，在第十届中国诗歌春晚的舞台唱响。

2024 年 1 月 9 日

散文卷

诗歌卷

第一章

黑色乡愁

.

春风十里不如你

车轮
碾过白的山黑的水
一路向南去
碾过春风十里百里千万里

二月的乌苏里江
江水汩汩轻叩春天的梦
乌苏里江和春天
只有七十厘米冰层的距离
风，依然坚硬透明

二月的索菲亚教堂
雪花沙沙轻舞春天的旋律
索菲亚和春天
只有一场雪宴的距离
风，依旧凛冽空灵

二月的山海关
无雪色苍茫，无杨柳点绿
春风十里百里千万里
只融了车轮上的雪
化了玻璃上的霜
山海关和春天只有一关的距离

二月的北平
轻轻荡漾一城的春风旖旎
姑娘们纤巧的腿
从厚重的冬衣中剥离

伸展成俏丽的风姿
北平和春天只有一条秋裤的距离

北平夜未央
在三环路的过街天桥上
望着春风吹红的车流如织
望着万家灯火明明灭灭
忽然，很想你
想你冰封的山川
想你雪覆的大地
想你除夕的爆竹声声
想你元宵夜空中怒放的烟花朵朵
想你大秧歌里年的气息
想你零下三十摄氏度的空气
暖过春风十里百里千万里

我和春天
只有你手臂的距离
这端是游子那端是你的怀抱里

春风十里不如黑色的你

大似海情歌

我，是一个东北的汉子
血液里流淌着白山黑水的豪放
我，是大似海的鱼把头
骨子里渗透了冰河雪原的硬朗

大似海，是我祖先繁衍生息的地方
一代代男人

日日用渔网打捞红彤彤的朝阳
一辈辈的女人
夜夜用银丝编织亮汪汪的月亮

我就在大似海的湖上
一天天成长一天天健壮
接过父亲的钢叉母亲的渔网
我就痛快地大碗喝着烈酒
扯着嗓子吼出鱼把头的血性：
大似海，开网了！

大似海是我梦的原乡
我深深爱着
这大似海自然的一切
春天的鸥鹭齐飞、百鸟鸣唱
盛夏的一江如碧、两岸花香
深秋的芦花扑面、秋水天长
还有湖边那美丽的姑娘

可我最爱的
还是大似海的冬天
西伯利亚的寒流
能凝集千年的冰冷
大似海的冬捕节
就能燃烧出千年的沸腾

我，更衣净手
燃起三炷高香
祭天父、祭地母、祭湖神
祈求长生天
保佑万物生灵永续繁衍
保佑百姓生活吉祥安康

我，歃血醒网
像冬捕的号角唤醒我一般
唤醒渔网上沉睡的精灵
像祭祀的舞蹈唤醒大似海一般
唤醒张网下湖
顺畅平安的祈愿

接过满族姑娘擎过头顶的海碗
仰天喝下热辣辣的烧刀子
我扎稳脚跟挺直腰杆
对着寒地黑土的家乡
对着冬雪覆盖的苍茫
对着冰层下鲜活的鱼群
对着那红色的头网里
北方沸腾的春天
我吼出大东北
男人的粗犷：
呦吼吼
大似海，开网喽………

喜看稻菽千重浪

从我此刻站立的地方
一路向北方
有一片绿色的海洋
她的名字叫北大荒
在近代农业发展史上
有她传奇的一页
有她恢宏的篇章
无论怎样拓展你的思绪
都无法想象她昔日的荒蛮与苍凉

无论用怎样的色彩
都无法描绘她今天美丽的模样

从祖国的心脏
一路向北方
有一片金色的海洋
她的名字叫北大仓
万亩大地号稻浪滚滚
涌动着金色的希望
无论我用怎样生动的笔触
都无法把三江平原的辽阔呈现
无论我用怎样的影像
都无法把北大荒金秋的美景回放

一路向北方
有一片希望的田野
这充满希望的田野
孕育着十万转业军人
开发北大荒的豪情万丈
生长着百万城市知青
支援边疆的一腔热血
承载着三代垦荒人向荒原要粮的梦想

这，插杆笔
就能扑棱棱长出诗行的土壤
一方方葱茏一顷顷茁壮
成长起一片又一片现代化城乡

在这片深情的田野上
一代垦荒人献了青春献终身
献了终身献子孙
从进军大荒的第一声号角吹响

从第一把荒火激情燃烧的热望
从第一把犁铧划破大荒的苍茫
"自力更生、艰苦创业"的信念
就深深刻进了垦荒人的胸膛
"勇于开拓、甘于奉献"的担当
就默默扛在垦荒人的肩上

驻足兴凯湖畔
仰望开发北大荒纪念碑高耸入云端
感怀拓荒者刀耕火种，披荆斩棘的艰辛历程
巡行在建三江万亩成熟的稻田
大农业、大机械、大格局、大发展
成就一个又一个丰收的秋天
谱写出大中华大粮仓的壮美诗章

如果不莅临北大荒秋的田畴
怎会感知
七十二载垦荒岁月沧海桑田
怎能体会
喜看稻菽千重浪遍地英雄下夕烟的豪放

如果你不曾领略大东北秋天的壮美
不曾感受现代化大型农机具联合作业的震撼
那么来北大荒吧
来闻闻金风十里送爽，万顷稻谷飘香
来听听收割机的欢唱
和农民的笑声一起飞扬

如果你不曾欣赏龙江大地秋天的丰硕
不曾被千顷黑土流金溢翠的景象惊艳
那么就来北大荒吧！
秋到北大荒

从三江平原到穆棱河畔

从完达山麓到松江两岸

到处都是丰收的景象

玉米换上洁白的衣裳

大豆摇动金色的铃铛

鲜花点缀在地脚田边

成熟的稻谷涌动着金色的波浪

一直翻滚到天壤

秋阳下跳跃着细碎的光芒

喜悦注满每一寸黑土每一粒秋粮

收割机驶进金色的稻浪

所过之处溢出醉人的馨香

一春一夏，禾苗努力地生长

成就了秋天稻谷圆润的思想

饱满的谷粒簌簌流淌着欢畅

贮满一个个谷仓

装满一节节车厢

运往祖国的大江南北

走进中国千家万户的厨房

如果

北大荒秋收的景象让你心驰神往

那一片片金色的稻田让你心潮澎湃

那一声声机器的轰鸣让你心情荡漾

那一张张淳朴的笑脸让你心生光芒

请来北大荒

来感念黑土地无私的奉献

来见证昔日的北大荒

变成北大仓的无上荣光

钢骨重生

你，去了哪里？
那个抹着一脸煤灰
为刚刚站立起的母亲
输送热量的采矿人
你，去了哪里？
那个拼了一身血肉
为百废待兴的母亲
脱去贫油帽子的老铁人
你去了哪里？
那个勒紧裤腰带
供养兄弟手足的垦荒人

你去了哪里？
那个用稚嫩的双肩
擎起年轻母亲钢铁脊梁的
——东北人
你，去了哪里？

是去了蓬勃的南方
还是留在这片黑土地
是活在今朝
还是留在了过去
是紧紧追赶母亲奋进的步履
还是沉湎于曾经骄人的战绩

你是烟火悄然绽放后
归于沉寂

还是鹰击长空后
做短暂的休憩
你说，你不是匆匆一瞬的烟火
你，是鹰
身经百战、桀骜不驯
羽折喙钝、壮志未已
但，雄心还在信念还在
报效母亲的一腔热血还在
一飞冲天的鹰魂还在

看吧！
春风正劲
你，迎风而立
磨去残破的鹰喙
撕去老化的趾甲
拔掉厚重的翅羽
任疼痛啃噬每一寸肌肤
任鲜血淋漓足下的土地

看吧！
阳光正好
你，驭光而行
经历了刮骨疗毒的剧痛
经历了去腐生肌的断、舍、离

你，浴火重生
重新挺起钢的筋、铁的骨
重新捡起冲天的豪气
重新舒展奋飞的羽翼

自信人生二百年
会当水击三千里

我在北方的春天等你

我在北方的春天等你
等你来看山梁上海东青的翅膀
拍散一冬的雪花
等你来听开江的冰排轰鸣着
撞进几度春风如画

我在北方的春天等你
青砖红瓦的屋脊
檐流在阳光下滴滴答答
小院的篱笆墙
也悄悄冒出春芽

风软了眉梢
倾泻出嫩绿的时光
熏染了山林
熏染了旷野
熏染了一江春水绿无涯

我在北方的春天等你
等你一起找寻刻着记忆的白桦
等你一起追着满山的风
吹开一簇簇迎春花

我在北方等你
无关春秋
无关冬夏
有你的北方就有春的童话

我的家乡我的虎林

小时候的世界，色彩斑斓
随风逝去的记忆里仍有一幅画卷
那是老师徐徐展开的地图
她抚摸着"金鸡"的图案
对我说：这，是我们的祖国
深情的话语
至今萦绕在心间

也许是好奇
也许天性使然
我的家也在上面吗？
冲口而出的话语
道出了内心的牵念

也许，它真的太小了
小到黑龙江的地图上
也只是一个圆点
既看不出上天眷顾的妩媚
也看不出造化青睐的绚烂
然而，它在我心中
大到无边无沿
大到把我的灵魂占满
大到丰盈了我整个生命
大到在我的视界里
它最清晰——

虎林啊
你是我的家乡

是我心中永远的陪伴

蜿蜒的完达山

是你坚实的臂膀

博大的胸怀

拥抱着三江宽广的平原

丰饶的土地上

麋子成群、鸟飞鱼翔

狼行虎跃、熊潜麇藏

你柔情似水、风姿绰约

早春的冰凌花

喊醒沉睡一冬的沃野千里

艳艳的达子香

点燃虎头要塞蓝天白云的和畅

仲夏的青纱帐

一寸寸拔节着家乡的富足安康

一方方禾苗葱茏了田野

也葱茏了人们丰收的盼望

深秋的浓墨重彩

斑斓了穆棱河的沟沟坎坎

绚丽了一座座连绵起伏的五花山

金黄了千顷大豆万亩秋粮

隆冬的飞雪是你的盛装

山川、河流、城镇、村庄

在雪的国度

美得晶莹剔透、美得淋漓酣畅

你品格坚韧意志坚强

从渔舟唱晚

到皮鼓声声

始终传唱着千年的悠久古远
从各族儿女布满厚厚老茧的双手
到十万貔貅红旗猎猎、军歌嘹亮
每一次坚守，都挺立着白山黑水不屈的脊梁
每一次抗争，都彰显出中华民族不竭的力量

虎林啊
你是生我养我的故乡
有我最亲最爱的爹娘
有我扯也扯不断的根
忘也忘不了的情长

虎林啊
一提起这个名字
我的心如此温暖
就像万缕和风拂过完达山的丛林山岗
一想到这个地方
我的血如此奔涌
就像千舟百舸争流乌苏里解冻的春江

虎林啊
你是流过我生命的那条河床
你是伴着我成长的那座山梁
你是儿时爬满牵牛和晨光的院墙
你是爹娘盈满饭香和夕阳的厨房
你是我魂牵梦绕的家乡
有我一步一回头的牵肠
有娘一岁一年的盼望

虎林啊
你是种在我生命里的相思树
你是植入我声音里的乡韵绵长

诗歌卷

无论何时，无论何地
我都会深深地、深深地……
把你凝望

甜草岗的梦

甜草岗的冬天
在北纬 45 度的阳光里沉睡
在松嫩平原的雪野上沉睡
甜草岗做着春天绿色的梦

这甜草岗的梦哟
从远古的洪荒演变成今天的辉煌
从朝阳、西园、正阳、东升林立的高楼溢出
一路蜿蜒、一路欢唱……
从肇东、昌五、宋站、尚家的高速公路涌出
一路风景、一路通畅……
从太平、海城、洪河、跃进的炊烟里升腾
一路袅袅、一路生香……

这甜草岗的梦哟
从千亩草甸万顷黑土里疯长
茁壮成一村村一户户日子的安康
从一架架抽油机起起伏伏的舞蹈中流淌
汇聚成黑金的河流油油的闪亮
从一幅幅浓郁乡土的油画里精彩
孕育出肇东国画艺术之乡名震四方
从八里城的古迹、从肇岳湿地公园起飞
翱翔成一个雁翎的碧空、灰鹤的鸣唱
从一所所学校一间间教室琅琅的书声里起航
延续着甜草岗更美的梦想

道里，一个美丽的传奇

1898 年
因为一条铁路的修建
松花江的南岸
孕育出一个特别的你
从此，哈尔滨这座城市
开始了一个多世纪的传奇
道里，也开始了一个多世纪的美丽

1898 年
因为一条步行街的修葺
道里的心中有了浪漫的气息
从此，道里这个城区
开始了多元素、多民族的合集
哈尔滨也开始酝酿出一个东方小巴黎

一个多世纪的沧海桑田
一个多世纪的斗转星移
道里的一砖一瓦一线屋脊
无不镌刻着这座城市生长的印迹
道里的一房一舍一栋楼宇
都在岁月中默默诉说
"晒网场"变身现代化都市的传奇

中央大街上空盘旋的白鸽啊
可数过索菲亚教堂穹顶的弹孔
栖息了多少不屈的魂灵

夜幕下闪烁的盏盏街灯呀

可听见马迭尔旅馆的枪声
可想起那一段段一章章红色的记忆

松花江的浪花哟
可记得那一场场洪水激流中
血肉之躯铸就的铜墙铁壁
可珍惜太阳岛激滟的夏季

道里呀
你的每一个街衢
都有一个动人的故事
你的每一处建筑
都有一段难忘的记忆
走在这样的道里
怎不令人敬仰
怎不令人称奇

在北国
没有哪一座城市
像哈尔滨这样给我惊喜
历史悠久中西合璧
购物的天堂旅游的胜地
新中国工业革命的先驱
新时期绿色农业的兴起

在哈尔滨
没有哪一个地方
像道里这般让我着迷
春天的冰凌开满校园
初夏的丁香渲染城区
秋天的果蔬缤纷田地
冬天的冰雪绽放瑰丽

历经一个多世纪的风霜雪雨
历经 70 余载社会主义建设的奠基
历经 40 多年改革开放春风的洗礼
历经几代哈尔滨人辛勤的努力
道里，这充满传奇的老街区
焕发出蓬勃向上的生机
绽放出令世人瞩目的美丽

春风又绿江南岸
春潮再唱振兴龙江主旋律
道里，这振翅高飞的天鹅
必将一飞冲天，翱翔万里
再创百年冰城新奇迹

道里
你是我们永远的骄傲
永远的传奇

天　堂

诗意能抵达的地方
不一定是远方
翅膀能触摸的天空
不一定是天堂

就像被人们
传唱千年的鸿
一生都在迁徙的路上
一生都在南来北往
一生都在寻找天堂

春天衔着归乡的渴望
北回归线的星月湖泊
倒映出鸿的羽裳
天空也沾染了南木的清香

当鸿收起翅膀
那辽阔的绿色便和鸿
一同栖落在无边的草原上
格桑花摇动着经筒
吟唱着红尘万丈

这无边的草原
摇曳着春天的狂想
生命的轮回
破壳在经幡飞舞的温床

没有谁
真的能看破这红尘万丈
就像鸿
也不能确定北方就是家乡
要不它怎会
又把秋黄写在天上
一排排一行行
像极了渐行渐远的离殇

而我
似乎是它们遗忘的一抹夕阳
遥望着它们去寻找天堂
其实
我更像它们遗落的一只孤鸿
努力在诗行里生出一双翅膀

去挣脱有形的篱墙
刺破无情的风霜
当我再去跪拜故乡
我的心里满是慈悲和阳光

诗意能抵达的地方
不一定是远方
翅膀能触摸的天空
不一定是天堂
但，翅膀里一定藏着天堂

月到中秋

月到中秋
甜，到了极致
孩子攥着手中那轮金黄
满眼都是甜蜜
月到中秋
思，到了极致
游子望着天上那轮银白
满腹都是愁绪

月到中秋
圆，也到了极致
娘的那扇窗开启又合上
合上又开启……
那盼望从心里到指尖
从指尖到心里
从浓烈到薄凉
从期盼到叹息
轻轻地，那声叹息

让那轮月都满含歉意
轻轻地，那关窗落锁的声音
让夜色忽然有些孤寂

月，到了中秋夜
总要圆成极致
欢快的敲门声骤然响起
轻轻地，轻轻地
怕扰了丹桂枝上的香梦
娘冰凉的指尖
忽然就有了暖意
顺手抄起鸡毛掸子
高高扬起，慢慢落下
乡思扑簌簌滚落一地
滚落一地的
还有娘极致的欢喜

云之上

五月
从厚厚的云层间呼啸而过
云絮贴着五月的翅羽分分合合
阳光轰轰烈烈地刺破苍穹
把雷雨留给北平
留给忙乱与奔波堵塞的车河
留给落花与风尘覆盖的长街

一场旧梦
在云海里苏醒
盘旋、上升、震颤、颠簸
长风嘶鸣

在星辰之间穿梭
呜咽、咆哮、呐喊、高歌

耳膜
似乎就要被尖锐的叫嚣撕破
然而，就在这一刻
风轻光和
视野开阔
无尽的蔚蓝铺展
无尽的光影闪烁
无尽的云海烟波

所有的忧戚收起触觉
所有的梦想沉入星河
目光清明
内心澄澈

渐渐清晰了山的轮廓
渐渐明媚了水的碧波
渐渐油绿了大片大片的稻禾
心翼折叠缓缓滑进
青葱点燃的田野

一同着陆的
还有六月的第一场大雨
恣意
欢脱

如，扑进六月乡土的我……

童年记忆

童年的记忆
从沉睡一冬的土壤里黑油油地冒泡
在翻浆的沙子路上踢着石子儿蹦跳
漫山遍野追着风和迎春花一起疯跑
有妈妈喊我回家吃饭的余音
在小村夕阳的炊烟里缭绕

童年的记忆
是老屋前那个大大的菜园
里面生长着五颜六色的蔬苗
春天的小葱，夏季的豆角
秋天的谷子满院飘香
爸爸一锄一犁耕耘的辛劳
在小炕桌上变换着季节的味道
不变的是爸爸身上
腥腥甜甜泥土的味道

童年的记忆
是夜晚一豆烛火的轻摇
是睡醒一觉
妈妈仍在灯影里纳着鞋底
密密匝匝缝一件碎花的小棉袄
那个在微卷的黑发间摩擦银针的动作
依然在每一个冬夜暖暖地闪耀

童年的记忆
是树上鸟窝里鹅黄小嘴的雏鸟
是我夏日午睡矮矮的屋脊上

醒着的蓬蓬衰草
是在云山水库的秋波里
打一串水漂儿
飞一岸稚嫩的笑

是一场场大雪后
寒风夹枪带棒号叫出的烟泡
是大人们咯吱咯吱走在深深的雪壕
是我窝在热炕头
在霜花装饰的玻璃窗上
粘一个艳红的舌尖
印一对粉白的小脚

念北方

暗夜不暗
哪怕浩天沉沉
哪怕雪雨霏霏
心向北方，一怀灿灿
只因，北方有你

江水潺潺
枫红艳艳
哪一段秋水曾盈润你的眉眼
哪一枚秋叶曾写下我的誓言
曾经，不过是旧梦云烟
如秋风吹过苇荡
芦花扑面转眼轻轻飘散

春风漫漫
细雨绵绵

草木葳蕤花香潋滟
绿茵铺陈到天边
过往，如一柄竹伞
罩不住似水流年
华发一点点漂白了时间

素冬皑皑
清晖练练
寂寞成钩垂钓一轮圆满
广寒婵娟也念西窗共剪
簌簌相思，泪霰漫天
白山黑水一素笺
摇一支瘦笔
不写诗与远方
只写有你的北方

老 柳

老柳
站在地头
从春到秋
满树的碧叶
随着秋风溜走
躯干生出嶙峋的筋骨
长满粗粝的褶皱
像极了父亲握满老茧的手
腰背日渐弯曲
枝丫一点点接近大地
老柳在暮秋
向大地叩首
牵起我无尽的乡愁

老柳

站在村口

用一生守候

守候农舍田畴

守候春耕夏耘秋收

守候晨起的炊烟

守候夜晚的星宿

不念芳华易逝

不念青丝白首

就像母亲的岁月

一生都用来为儿女守候

那秋阳下的老柳

苍老而慈悲

召唤我扑进她的守候

老柳

驻在河边

斜斜地倚在季节的风中

用婆娑的梦境

营造一个有你的渡口

暧暧远人家

依依墟里烟

必是因为有你

春来一团葱茏碧透

秋尽万千枝条依旧

撑起一张相思网

捕来缓缓升起的炊烟

绕山、绕河、绕枝、绕心头

一丝丝

一缕缕

一寸寸

相思成灰
也浓稠

梦里老家
就泊在有你的渡口

出　发

把南风洗干净
晾在南窗
洞开城门
放一匹马北归

北风迅疾
把一两云雾撕薄
把三两雨星风干
初夏的温暖
越不过那道关
已经变凉

铁骝电掣
一路向北出发
去追赶天边的夕阳

约会故乡的暖

一轮红日
升起在地平线
在老柳稀疏的枝丫间
点起一树香

和着缕缕炊烟
染红半边天

村庄里此起彼伏的鞭炮声
煮沸一锅锅年的祈盼
一碗碗滚烫的水饺
是家最饱满的温暖

千里奔赴
是一场来自血脉的约见
是投入故乡怀抱时
心脏悸动的一瞬间
是拥抱白发亲娘泪水模糊的双眼
是看着蹒跚学步的孩子
着一身红艳
那长成少年的子侄们
像极了即将到来的春天

饭桌前
一张张亲人的笑脸
围成最极致的圆
火炕上大红大绿的被褥
铺展出一个个记忆中的年
和爹娘挤在一铺火炕
是最极致的暖

有多少时间给母亲

有多少时间给母亲
这个世上和你最血脉相连的人
也许在母腹的十个月

才是最紧密的陪伴
母亲用各种不适感知你的存在
你用一团混沌回应母亲的艰难
和无以复加的幸福感

有多少时间给母亲
这个世上最疼爱你的人
也许在出生后的那一年
才是你和母亲痴缠相守的一段
母亲的乳汁圆了你的身子胖了你的脸
你用毫无预警的啼哭、天真无邪的傻笑
还有黑白颠倒的睡眠
回应母亲白天的劳作、夜晚熬红的眼

有多少时间给了母亲
这个世上最在意你的人
进了学堂，你的时间
给了先生、同窗和课堂
给了一摞摞作业、一张张试卷
还有邻班的初恋
母亲只需为你备好三餐、洗净衣衫
你时时用顽劣、逆反凌乱了母爱的视线
母亲能做的只是夜半
偷偷看看你不羁的睡颜
把一声轻叹万般关爱悄悄揉进无眠

有多少时间给了母亲
这个世界上最耐心等待你的那个人
长大的你把时间给了生存、创业和挑战
给了一日日艰辛、一年年成长
还有一场场真假难辨的爱恋
母亲只需安静地等在故园

偶尔打个电话也是小心翼翼

怕占了你的时间

你用简单的：好了、知道了、忙着呢

敷衍母亲的牵念

母亲能做的只是默默地收线

把一腔期盼藏进渐渐老去的华年

有多少时间给了母亲

这个世上最纯粹地爱着你的人

成家的你把时间给了爱人、儿女和赚钱

给了柴米油盐、旅行游玩

还有孩子的补习班

唯独没有给母亲的时间

或许是有的

那就是手忙脚乱的时候

母亲是最好的替补队员

母亲能做的就是时刻准备着

听你和孙儿的召唤

诚惶诚恐又不遗余力地为你排忧解难

当然还有含饴弄孙的满足感

有多少时间给了母亲

这个世界上最卑微又最伟大的人

当你的孩儿长大了

母亲也老了

你能给母亲的时间

也许就是春节的那几天

母亲翻着日历查

掐着手指算

还是算不出你回家的时间

终于携妻带子回来了

时间却给了同窗旧友、儿时伙伴

堪堪能挤出时间陪母亲吃顿年夜饭
母亲心生埋怨
却顾念你赶场子般应酬酒局的疲倦
不忍心说出半句不满
偶有空闲
带了母亲和妻儿游览故乡的田园
孩子雀跃在冰河雪原
母亲却只把模糊的视线
巡行在你和孩子之间
你的镜头追着孩子的身影
相机里又有几张母亲的容颜

年，过得太快
陪伴，太短暂
从你离开家的那一天
母亲又开始盼年
掐指算你回来的时间

亲爱的，你也算算
有多少时间给母亲
一年能有几天
一生能有几年

母亲的诗

母亲把诗种进田地
从春到冬唯美了四季
母亲的小院里
鸡鸭鹅狗
还有皮毛锃亮的猫咪
每天都会念着母亲的诗句

母亲把诗种在四季
春天的句读
在秋天丰腴
喂养大嗷嗷待哺的儿女
母亲的诗在如霜的岁月成集
在华发上堆积
在背脊中不屈

母亲的诗
就像老屋厨房里的饭香
常常被我念起

和母亲对坐

和母亲对坐
听母亲有一句没一句地唠嗑
那些曾经茂密的话茬
被岁月晾在发上
漂染成雪的颜色

母亲不再啰唆
常常把自己陷入沉默
也许在放空她的世界
也许在回味往昔的快乐

和母亲对坐
回应着她的声音
也回应她的沉默
在洒满阳光的午后
同喝一壶白开水

分吃一个苹果

和母亲对坐
时间总是变得散漫
母亲常常坐着坐着就打起瞌睡
睡着睡着又猛然惊醒
看一眼对面坐着的我
再一次安稳地睡去

和母亲对坐
母亲的视线模糊
眼眸混浊
却总是望向我

离开家，我的世界开始倾斜
——给父亲

从打点行装的那一刻
我的世界开始倾斜
眼眸封印着乡土的颜色
你的爱也无缺
只是随着铁轨上的风
遥远的串不起完整的章节

都市的街衢平坦也宽阔
我的世界始终倾斜
烂熟于心的那串电话号码
每每拨出
指尖都战栗着胆怯
很想和你说说日子的艰涩

却告诉你我如阳光般生活

我真的不想告诉你
我的世界如此倾斜
想着你旧报纸上墨色淋漓的词阙
想着你窗前从我离开就未圆的月色
想着你发上、我指尖的落雪
我把所有的叹息都留给岁月
就像你把所有的智慧留给我

我真的不想告诉你
我的世界如此倾斜
想着你宽厚的脊背日渐羸弱
想着你摆弄手机时的认真和笨拙
想着你眼中的睿智日渐温和
我很想把我的手递给你
就像你曾牵引我的世界

我真的不想告诉你
我从来就没有习惯外面的世界
尤其每年的三月三
很想亲手为你打开一坛女儿红
隔天
你为我捉一只穿越四季的蝴蝶

想给父亲写一首诗

父亲
很想给你写一首诗
却不知从哪里写起
是从你屋后变矮的山

门前变窄的河
还是从你小小的院落

我的父亲
我能写写小院里你打的那眼井吗
喜欢那井水的除了我
还有你栽的杏树
你种的蔬菜
你养的百合

我能写写你屋檐下的麻雀吗
还有一串串玉米黄
一串串辣椒红
一串串蒜辫子
一串串蝈蝈声

我的父亲
我能写写你的鸡鸭鹅
你的那头牛那挂车
唯独，不能写烟袋锅

你从未给自己种过一片烟叶
也从未吸过一支寂寞
你的指间从未烙下烟黄
干净得只剩厚厚的老茧
仿佛用火柴头轻轻地一擦
就能点燃炉火

那些从悠长岁月里薅出的杂草
那些从生命之树落下的枝叶
被你码进炉膛
一次次点燃

一寸寸成灰
在矮矮的草屋
在高高的烟囱
随风飘曳

纷纷扬扬
落在你的身上
越积越多
把你的脊背压驼
落在你的发上
渐渐成雪

父亲
真的很想给你写首诗
就像写一座山
写一条河
写一棵树
可我只写了你手上的老茧
因为我是你老茧上开出的花朵

大烟儿炮

离开有烟儿炮的冬天
很远了
越是往南
越是想念

无数个温暖的冬夜
会做着同一个梦
雪从完达山的顶尖
一路轰隆隆跑下来

西伯利亚的风在后边紧撵
在草甸上疾驰而过
在穆林河的冰面绕着红柳转圈
掀起屋檐的瓦片
吹得窗棂啾啾地喊

父亲
钩起烧红的炉盖
压了一锹煤
大烟儿炮忽然就停下来
一屋子的暖

老　屋

老屋
在北风中
袒露着嶙峋的筋骨
檐下的燕子窝
早已倾覆
那盘青石板的火炕
落满尘土
捡起炕沿上那把秃秃的笤帚疙瘩
一点点涂抹
先露出炕头浅色的炕纸
那是姥爷的铺盖常年压出的
姥爷重重的咳痰声也没让牛皮纸加深几度
炕梢一根白发被长长地扯出
在阳光下闪着孤独
忽然好想用这根白发缝补心上的窟窿
就像当年姥姥缝补我白球鞋上的窟窿

云山水库

小时候
我以为你是海
那辽阔的水域浩渺的烟波
那初春开江时的惊心动魄
还有被冰排撞晕的胖头鱼的诱惑
父亲湿淋淋的收获
母亲香喷喷的鱼锅
在我心里摇成一首鲜美的歌

长大了
我知道你不是海
只是一汪浅浅的水泽
却是拓荒者一锹一镐挖出的壮阔
这浅浅的水泽让我深深地爱着
夜夜在我梦里荡着乡愁的波
一圈圈湿了他乡的夜色

云山的雪

那些年
云山的冬天很冷
云山的雪却很暖
就像母亲细箩筛出的面粉
悠悠地揉着雪天的黄昏
劈柴柈子燎香的霭霭暮色里
揭开一锅热气蒸腾、雪白浑圆的温暖
云山的雪

常常热热闹闹、喧喧腾腾地暖在他乡的梦里……

那些年
云山的冬天冷得无常
云山的雪却落得踏实
就像大雪后的清晨
父亲咯吱咯吱妥妥地走在雪壕里
后面蹦跳着他的妮儿
雪壕以外的世界与我无关
我只负责走累了爬上他的肩

云山的雪
一年比一年稀，一场比一场少
父亲头上的雪却越堆越多

沙子山的梦

北山公园
俏立在云山的梦里
一步步拾级而上
小城的风景尽收眼底

公园以东
一幢幢高楼林立
公园以西
一个个别墅相依
公园以南
一顷顷良田流金
公园以北
一片片山林叠绿

北山公园

俏立在沙子山的梦里

春天的映山红

依然灿若霞孩

冬天的松柏

依然雪压枝低

不见了年少的足迹

模糊了青春的记忆

沙子山的梦里

开出了一个北山公园的花季

俯瞰了一城的温暖富裕

这才是沙子山的梦吧

这才是云山小城梦的主旋律

云山，让我遇见你

没有云，你少了神秘

没有山，你少了神奇

没有黑土，你少了神圣

没有白雪，你少了灵魂

没有我，你少了一丝山风的重量

没有你，我少了生命中所有的依傍

我的云山啊

我，遇见了你

当我还是一粒种子的模样

我就遇见了你

你给了我生命

就像给了亘古荒原金色的梦想

你给了我成长

就像给了完达山绵延千里的力量

你给了我惊艳
就像给了七虎林河一湾碧波荡漾
让我在云山水库
打捞童年的满湖星光

我的云山啊
我，遇见了你
你以白山黑水之母的名义
给来自五湖四海的垦荒者一个家
也给了我一方植根的土壤
你承载着六十年垦荒岁月的苦难和向往
让第一声火犁的轰鸣
拓展成大机械大农业的唱响
也让我的诗行有了栖落的天堂

我的云山啊
我，遇见了你
就遇见了沙子山的红杜鹃
就遇见了小孤山的白桦林
就遇见了世上最明艳的春天
最温暖的冬天
我的云山啊
我，遇见了你
我就遇见了海拔 171 米的殿堂
171 米，也许你不懂
却是我心里最高最神圣的景仰

你用你的高度
守望你的子民
守望你土地里生长的希望
守望用青春镌刻的徽章
用生命雕刻的丰碑

用热血铭刻在心底的那两个字
——云山

云山啊
在千里之外异地他乡
我总是渴望遇见你
渴望走过你的四季
在一片麦田或者一顷稻浪
听见丰年拔节的脆响
在一脉冬岭或者一川冰凌
看见海东青舒展着翅膀
穿透云海苍茫
而我愿意化作一朵雪花
飘飘摇摇落在你的小城
推开久违的家门
喊一声：娘！

注：
1.云山：指云山农场

云之梦

我喜欢
从山坳坳里
一点点蒸腾起的那缕烟白
她弥漫进晨雾的时候
风吹麦浪的香
便一点点熏染了我的梦
从鹅黄嫩绿苍翠到金黄
再到小炕桌上那笼喧白

似乎还少了些色彩
就在那碟萝卜咸菜里滴一汪辣椒红
还有一碗稀饭
一点点蒸腾着那缕缕白烟
此刻，无论多香甜的梦
也会醒来

我喜欢
绕在山腰腰间
层层翻卷的片片白云
她打湿草尖树冠的时候
那风过林涛的吟唱
便一点点青葱了我的芳华
尝遍了云山坡坡上百花的味道
开始品尝少年忧伤的情怀
那层层翻卷的云白
无视满坡花落花开
无视少年和时间的对白
忽而消散忽而聚拢
忽而堆积成山雨、呼啸而来
此刻，无论多么忧伤的情怀
雨后也会风清月白

我喜欢
依在山梁梁上
片片飘荡的朵朵云白
她镀上太阳灿灿金色的时候
万丈霞光便笼罩了我的云山

那流金溢翠的千顷良田
那波光粼粼的青年水库
那鹿鸣呦呦的五一林场

那蜿蜒逶迤的完达山脉

那曲水流觞的水上公园

那鳞次栉比的高楼大厦

那错落有致的精舍美宅

还有人们脸上富足的神采

都在你的俯视之下

都在你的庇护之中

都在你博大的胸怀

我不知道

六十年前燃起第一把荒火的人

是不是有着太阳般金色的梦想

每一个秋天

我都会看到无边的稻海

每一株稻禾都高举太阳的色彩

我不知道

六十年前谁给这白云缭绕的青山

起了这样诗意的名字

每当想起云山这两个字

我不由得抬头仰望

蓝天高远飞云流白

云之上

山之巅

是几代云山人共同托举的梦想

像云霞一样灿烂

像太阳一样辉煌

让我无数次地敬仰

无数次地膜拜

无数次地热爱！

我是云

我是云
有时在山洼
有时在山巅
有时在溪畔
有时在蓝天

我用千姿百态的形状
连接湖泊沼泽湿地草原和群山
我以风起云涌的姿态
模仿完达山的脉络和骨骼
描画云山湖的清波与微澜
我用轻若羽棉如絮的和畅
聆听每一林草木的梵唱
亦用挟风带雨乌沉沉的爱恋
滋润每一寸土壤每一方良田

我是云
从乌苏里江的春潮里滋生
从穆棱河的浪花里奔涌
从七虎林河的清澈里倒映
从云山的每一汪水泽里升腾
和日月同在青天
和四季的风一起阅读云山
我不后悔我在烈焰下一点点消散
不后悔我在冬寒里化作雪花片片
无论茂雨盛雪
无论凝冰成霜
我都汇入江河、融入云山

我是云
我喜欢

于高山顶上透出蓝天
于苍松劲柏飞出从容
于嶙峋石峰生出坚韧
在日晷的影刻和月轮的圆缺
盘点云山小城的过往和巨变
同鹰隼和云雀一同巡视
云山大草原的辽旷与悠远

我是云
我喜欢沾着草木清香的诗行
喜欢与我一样缥缈生香的炊烟
喜欢万亩秋田氤氲稻香的景象
喜欢山坡沟坎放牧的牛羊
喜欢飘着奶香的工厂
喜欢同垦荒者的信仰一起生长的白杨
我喜欢这山、这水、这小城繁盛的模样
我愿意在这写意的山水
挥洒我的自豪
我愿意在这绿色生态的世外桃源
笔墨我的爱恋
因为，我生于云山
也将皈依云山

我是云
一朵热恋山的云

你是山

你是山
沿着长白山的脉络
顺着穆棱河的走势
向着太阳升起的方向
蜿蜒曲折、逶迤起伏
横亘在北方的大草原
挺立在苍茫的天地间

你是山
我熟悉你身上每一个起伏
熟悉你岭上每一汪山泉
熟悉你坡上每一片枫红每一朵秋妍
甚至每一株草木的味道还在舌尖
就像你熟悉我脚掌的温度
熟悉我成长的每一个瞬间
熟悉我对你毫无理由地索取和依恋

你是山
沿着宽敞的柏油马路
顺着稻禾染黄的田埂
向着云霞鎏金的顶峰攀登
站在你的山巅
眺望眼前一望无际的秋田
俯瞰脚下云山小城的恬静安然
回望你身后连绵不绝澎湃的五花山
仿佛能看见北大荒最初始的模样
仿佛能感知垦荒岁月的艰难与辉煌
仿佛能听到云山人最初心的呐喊

你是山

是父辈博大的胸怀、坚韧的脊梁

给我生命拔节的滋养

予我精神向上的力量

是我出走半生

永远无法走出的眷恋

第二章

金色书乡

有 书

有书真好
在《诗经》的翦翦风韵里
鹿也呦呦，桃也夭夭
玄鸟翩翩，岁月静好

有书真好
在《楚辞》的篇篇华章里
震撼着，惊艳着，迷茫着，沉痛着
怀沙而去的孤独灵魂
给我留下一味治疗孤独的良药
因为，有书！

有书真好
《史记》之美穿越亘古未减分毫
这是司马迁活着的尊严和骄傲
就像屈子纵身一跃
把不朽拥抱
在线装的典籍里
这无韵的《离骚》
如月光般穿越时空
千年闪耀

有书真好
李太白醉卧在诗歌的神庙
杜少陵沉郁顿挫在滚滚长江，落木萧萧
白居易一曲《长恨歌》，绵绵无绝期
多少文人墨客铸就了唐诗辉煌的王朝
翻阅那卷卷诗章

指尖有诗香泉泉

有书真好
宋词的春秋里
一个个词牌
如此美妙如此妖娆
阙阙精词,水茫茫云渺渺
款款佳句,蝶恋花念奴娇
要多婉约就多婉约
要多豪放就多豪放
唱念那灼灼其华
我也有了些许精妙

有书真好
忽而上天入地西天取经
忽而啸聚山林劫富济贫
忽而金戈铁马三分天下
忽而是吟诗葬花的林妹妹
忽而是痴恋书生的一小妖

有书真好
可以知晓世界上最远的距离
不是康桥上空的流云和桥下的水草
不是荷西和流浪的三毛
不是《战争与和平》
不是《红与黑》
也不是一个星球到另一个星球的距离
而是我爱你而你不知道

有书真好
从《三字经》《百家姓》开始
王羲之、颜真卿的行楷,张旭的狂草

写下多少书中乾坤
淋漓了多少瀚海墨潮
有书真好
从《天工开物》解读
古人的智慧火花、生存技巧
从《九章算术》推演
数字与生活之间的奥妙
从《本草纲目》知道李时珍
从《千金方》知道孙思邈
有书真好
让我知道世界很大我很渺小

有书真好
可展卷与智者交谈
与先哲讨教
可明辨是非曲直
可信守礼义仁孝
人生孤旅
有书相伴也不寂寥
得意之时
书中禅语可安内心的浮躁
有书真好
居家的日子也变得如此美好

有书，真好！
人生，自书中珠玉
开始丰饶！

与 书

——观《典籍里的中国》之《尚书》有感

穿过两千多年的云烟
你以另一种方式对话古今
一直因你的佶屈聱牙敬而远之
一直因你的枯燥政史避而不谈
今天在《典籍里的中国》
你这上古史书鲜活地呈现
一气看完泪流满面
内心第一次有了对你真正的尊崇
沐浴、更衣、洁手、净心
再一次打开这部穿越时空的书籍
在心灵深处致敬先贤，膜拜经典

你从上古穿尘而来
历经二十余个朝代的更迭，帝王的变换
历经几千年的物换星移，日月流转
从笨重的竹简到网络的云端
从供奉在案几上的国之珍宝
到今天学前稚子都在吟诵的典范

我想孔夫子如果可以亲见
他一定觉得此生无憾
他殚精竭虑数年
遴选编纂《书》百篇
被两千多年后的今人传承
融会贯通于齐家治国平天下
你看华夏这盛世繁华

正如先贤圣人所祈所愿

如果真的有时光隧道
一定要请伏生穿越到此刻的中国
从青州到西安
从漠北到江南
从北平到边疆
从一个图书馆
到另一个图书馆
让他看看
他的妻、他的子舍命护下的《书》
他的沾着战火硝烟的《书》
他的染着亲人血泪的《书》
两千多年后依然如星河般璀璨
照耀着华夏的万里河山
他九十余载读《书》、传《书》的精神
自有一代代后人薪火相传
让他听听
"民惟邦本，本固邦宁"
此刻读来更加让人心灵震撼
那琅琅蛮音
那"以民为本"的初衷
流传千年始终未变
无数的伏生啊
让华夏的文明弦歌不辍
让先贤的风骨神韵万古长存
让尚书精神的血脉源远流长

你这政书之祖，史书之源啊
捧读你，让我知道我缘起何方
跪拜你，让我感念典籍的力量
"读书而知先贤治政之本

读书而知朝代兴废之由

读书而知个人修身之要"

你在我面前娓娓细述

细述先贤荜路蓝缕开创河山

细述前人栉风沐雨砥砺前行

细述大禹治水十三载

"芒芒禹迹，画为九州"

我何其有幸

能生在九州神土之上

可以展开这记载千年跌宕历史的画卷

同姒禹一同唱诵：

"禹敷土，随山刊木，奠高山大川……"

同周武王一同牧野宣誓：

"称尔戈，比尔干，立而矛，予其誓！"

替天行道、为民请命

我何其有幸

我立志成为读书人

翻开书卷的那一刻

你就告诉我：

"谦受益，满招损"

在我梦想拿起笔的瞬间

你就告诉我：

"诗言志，歌咏言"

直到今天

我已年过半百

我已华发参半

才心生对你的崇敬

才知我实在愧对祖先

你这政书之祖，史书之源啊

捧读你，让我知道我缘起何方

跪拜你，让我感念典籍的力量
从今天起
让我重新做一个真正的读《书》人

我也是自古华夏的一员：
列祖先贤请受晚辈一拜！

物　语
——观《典籍里的中国》之《天工开物》有感

如果说《尚书》刻录了上古先贤的哲思冥想
那么《天工开物》记载的，一定是劳动人民智慧的光芒
尽管它的每一章节都有一个诗意芬芳的名字
但它与诗词歌赋毫不相干
尽管它有着一百多幅栩栩如生的插图
但它和山水写意浪漫情怀毫不相干
尽管它的内容涉及了工农商学兵
甚至更加广泛
但它和功名进取官海沉浮毫不相干
恰恰是这些毫不相干
带给我内心深深的震撼

三百多年前
当所有读书人一心苦读圣贤书
只为一朝高中功名加身
从此位列朝堂仕途平坦
从此锦衣玉食人生圆满
只有他——宋应星
这个年少就中举的读书人
做了田间的圣贤

做了坊间的圣贤
做了百姓的圣贤

他也曾做过数载的状元梦
也想成为国之肱骨为民请命
然而，一个更大的梦想
让他热血沸腾
让他食不知味，寝食难安
让他耗尽一生的精力
让他付出所有的时间
那就是他的禾下乘凉梦
那就是他的天下富足梦

为此他深入田间地头
造访能工巧匠
遍寻百姓生活中的技巧
搜罗生产制造业的改革良方
历经坎坷饱受磨难
终得好友涂绍煃慷慨解囊
《天工开物》得以刊刻印刷
得以面见青天
得以在民间流传
得以漂洋过海令异邦惊叹
这17世纪最先进的工艺百科全书
让世人感知科学技术产生的力量
让百姓都能把书中的知识用于生产实践
早日实现天下富足万民饱暖

三百多年前呢
就有这样一个与土地为伴的科学家
就有这样一个真正以民为本的圣贤
深刻地领会齐家治国平天下的宗旨和内涵

并把它付诸行动

绘制成淋漓着实用之美、劳动之乐的科学巨典

翻开《天工开物》的首篇

《乃粒》告诉我们：

"生人不能久生而五谷生之，

五谷不能自生而生人生之"

告诉我们民以食为天

告诉我们人与自然相辅相成彼此成全

我想上古的神农

明末清初的宋应星

今天的杂交水稻之父袁隆平

他们都懂得人类与自然的抗争与和谐

懂得利用自然，改造自然，保护自然

懂得小小的种子是改变农作物产值的芯片

懂得农业是国民经济的压舱石

是泱泱人口大国各方稳定的杠杆

所以

那句常常被人们挂在嘴边的珠玉在前

在宋先生的《天工开物》里有了反转

贵五谷而贱金玉

乃粒在前，五谷灿灿

珠玉在后，作为结篇

如今

我们捧着中国饭碗

我们吃着中国食粮

人人富足，国泰民安

我们可以告慰宋先生了

禾下乘凉不再是梦想

其实不仅仅是禾下乘凉梦得以实现

诗歌卷

假如生命就此止步

宋先生穷尽一生写下的旷世经典
在如今的盛世乾坤
所有的篇章都得到完美地呈现
所有的技艺都得到极致地完善
所有的智慧都得到传承和延展

《乃服》有了更华美的诗篇
棉服麻衣不仅仅为了蔽体御寒
丝绸锦缎不再是寻常人家的奢念
各种面料各种设计各种裁剪
凸显个性的追求、时尚的素简
《彰施》给予生活更缤纷的点染
处处都是色彩的盛宴
《粹精》的工艺日臻完善
谷物的芳香在唇齿间流连
《做咸》的盐场更加辽阔
银粟般的结晶洋洋洒洒何止千石万石
《甘嗜》的记录让我们认识了蜜糖
认识了草木花朵的甘甜
《膏液》调和了我们寻常的生活
日子便有了润泽的质感
最喜欢《陶埏》
因为它让世界认识了中国
无论精美绝伦还是古拙自然
它都在为中国代言

翻开典籍，一路读来
这天工开物的每一节章
真的与功名进取毫不相干
却真的和每一个人的生活息息相关

字里行间尘世烟火

满纸满篇劳动再现

衣食住行、柴米油盐

清茶醴酒、笔墨纸砚

金银铜铁、斧钺刀枪

每一粒谷子都有培育的良方

每一件器皿都有最精当的处理

每一栋房屋的建筑都有最坚实的脊梁

每一辆舟车的打造都有最安全的保障

每一柄利刃的淬炼都有最炽热的火焰

在那个万般皆下品的时代

能心甘情愿俯下身子在农田里做学问的人

能心甘情愿把前人的智慧传予普通劳动者的人

能心甘情愿抛却锦绣前程为科学技术著书立传的人

才称得上真正的圣贤

后世子孙在《天工开物》中得到启迪

科学技术得以继承、延续和发展

如今的华夏大地九州方圆

万物盛、仓廪满

国力强盛、河清海晏

一切都如先生所愿

骊 殇

剪鬃

束尾

备鞍

出发

揽弓射下满天星

夜色如曜如墨

我如黑色的箭矢

扬蹄射入黑夜
我，要奔赴战场

没有告别
也无须告别
我的父王已战死沙场
我的夫君已马革裹尸
我的驹儿已血洒河山
我的部族已四分五裂
我的草原已百孔千疮
我的眼里弥漫着血色悲怆
我的心中燃烧着复仇的火焰
我，要奔赴战场

穿过供养我的草原
嗒嗒的蹄声没有染上花香
只有硝烟弥漫、飞沙弥漫
死亡的气息弥漫
哀伤充斥在鼻腔
传遍五脏百骸
我没有嘶鸣
因为没有回响
我没有停留
因为没有花香
我，要奔赴战场

涉过哺育我的河流
粼粼的河水逆流着悲伤
呜咽着、流淌着
就像失去家园的母亲眼中的泪光
就像失去倚仗的我血管里的桀骜不屈
奔涌着、澎湃着

我俯身最后一次亲吻母亲河
冰冷的河水裏挟着血腥的味道
让我战栗也让我坚定
我，要奔赴战场
我，要用入侵者的头颅
祭奠我的父王
我的夫君
我的儿郎

我如黑色的精灵
穿过黑夜
穿过长风
穿过草原山岗
我的衣衫被汗水浸透
在晨光里黑缎般闪亮
我优雅的躯体绷成一张黑色的弓
我的弓箭在黑檀木的箭筒里鸣响

炮火声越来越近
狼烟阵阵越来越浓
旌旗猎猎战鼓铮铮
我心神激荡血脉偾张
我，终于来到战场

十里草场
百里河川
千军万马拼死鏖战
透过枪林弹雨
透过飞溅的血雾
我锁定目标
——敌阵中那匹战马
高大健硕，势不可挡

白色的鬃毛淋漓着鲜血
强劲的铁蹄践踏着我的草原
这来自地狱的魔鬼
肆意收割着一条又一条生命

没有犹豫
没有停滞
我把自己弹射出去
任利箭在耳边呼啸而过
任炮弹在身畔频频炸响
搭弓射箭迅如闪电
当淬着仇恨的箭羽没入敌人的胸膛
我已旋风般骤然而至
我悲鸣着嘶喊着
扬起玉蹄，用生命
做最后的决战

凌空踢踏
纠缠撕咬
黑色的骊影
白色的鬼魅
搅动黄沙
搅动风云
搅动天幡
搅动生死角斗场

当庞大的战马轰然倒地
我仰天长啸
任遍布全身的伤口撕开进裂
任鲜血汩汩而出染红足下的土壤
任深深刺入身体的箭羽
随着我的长啸蜂鸣震颤

假如生命就此止步

我黑宝石般的秀目

渐渐漫上草原上空的湛蓝

我看见我的父王带着马群

在辽阔的草原上

疾风一样驰骋，骤雨一般狂放

我看见我的夫君为我涉水而来

我看见我的儿郎和他美丽的姑娘

我看见草原上遍地花香

长调绵长缠绕洁白的毡房

我屈膝最后一次跪拜

跪拜我的母亲我的草原

注：

1. 骊：纯黑的马

2. 战马剪鬃束尾避免鬃毛、尾毛与绳索、鞍具、武器等纠缠

3. 马受伤或生病后眼睛会变成蓝色

长风千里

你从何处来

唐朝吗

还是西汉

或者更加久远

像长风千里

像雨落万年

那如晦风雨中的等

从两千多年前的鸡鸣喈喈里

沐风而至

那云胡不喜的爱恋

穿越千年

重章叠句的美

长风千里吹不散

你扶摇直上九天

吟"东风飘兮神灵雨"的祈

唱"溘埃风余上征"的愿

开爱国情怀的文宗

启浪漫主义的诗源

秋兰为佩的高洁

上下求索的执念

后皇嘉树的忠贞

长风千里历久弥坚

长风千里

起青冥、起百围、起秋色、起云端

在高天写满唐诗的蓝

长风千里

落霄极、落万仞、落春妍、落眉间

在凡尘书尽宋词的婉

长风千里

诉一段古道西风瘦马的愁

平一场六月飞雪的冤

这长风千里

可送月来，卷云去

可破巨浪，动风帆

可扫重阴，舞寒霰

可吹画角，擂战鼓

可化龙鳞，降甘霖

可摇一树花开的艳

可开一池娉婷的莲

这长风千里
可鼓荡春潮
绿满九州方圆
可饱蘸秋色
焯染万亩良田
可吹落一地琼瑶
慢酌光阴细听雪禅

这长风千里呀
可把世间万物纳入臂弯
可把星河皓月收进纸笺
可把一段段爱情描进尺素
交给鸿雁
交给一生只爱一个人的慢
交给锦鲤
交给一世只守一段情的缘

这长风千里呀
你从何处来
怎就入了我的怀
让我爱上这墨染的三千年
这漫漫长风
我只撷取一瞬间
点亮我的平凡

端午，我想去看你

端午
我想去看山、看水、看你
把心里的秘密

说与一棵树、一碣石、一蓬艾草
说与一泓水、一粒沙、一尾鱼
它们会为我守口如瓶
会天荒地老始终如一

端午
我想去看两千多年前的你
看你的香草美人
行走在《楚辞》的精致里
看你的明政法度
流浪于沅江岸边的足迹
那么美好那么孤寂
看汨罗江畔月光如水照缁衣
看你的长袍阔袖兜转
几多家国情仇忧思戚戚
几度残阳如血江山半壁
看那个叫屈子的你
有怎样一颗不屈的魂灵
把血肉沉于江底
把倔强写满天际

我想我若是你
我必不会怀沙而去
既是伟丈夫真男儿
我必高擎剑戟
奋起抗敌直到生命最后一息
就算没有战死沙场的契机
我还有手中的笔
还可以再续文史的瑰丽

唉，多么可惜
那样风华绝代的你

那样才情并茂的你
最终把自己吟成千古绝唱
令后人深深地敬仰也深深地叹息

此刻
端午的夜里
我在看庭前落雨
执一片油绿的竹叶
裹一捧莹白的粽米
五彩的丝线缠绕一屋的香气
心中默念你的
"朝饮木兰之坠露兮，
夕餐秋菊之落英"
努力做一个如你一般
灵魂有香气的女子
端午天空飘着雨
我为你做的就这点事儿
仅此而已……

没有星月的晚上

没有星星也没有月光
即使有
也无法洗去夜的凄凉
江水汩汩流淌
吞没了所有的光亮
只有涛声撕扯着悲伤
只有你独自在江边彷徨

生命
不能用来开花

不能用来迎接曙光
不能用来拥抱爱情
不能用来奔赴战场
不能用来修补破碎河山
那么用来做一次飞翔
——又何妨？

如果
你黄色的躯体
能舒展成大鹏鸟的翅膀
我想，你定会在天际写下
万千子民共同的向往：
一方不曾染血的土壤
生长着祥和安康

如果
你喑哑的喉咙还能歌唱
还能唤醒酒盏里浸泡的殿堂
我想，你所有的美好愿望
怎会借助众神的力量
无论是东皇太一
还是东君的光芒
都不能把夜色照亮
也不能涤荡湘夫人箫声里的离殇

没有星星也没有月光
暗夜里生命的飞翔
没有唤醒沉睡的庙宇高堂
没有守住郢都岌岌可危的城墙
没有让你的《天问》得到回响
却在汨罗江的上空
点亮满天星汉

假如生命就此止步

一直璀璨了两千多年

这用生命托举的思想
远远超越《离骚》的辉煌
让你的辞章有了灵魂的依傍
让你的后人们
懂得生命的另一种永恒和悲壮

祭拜诗魂

这一天
应是你在汨罗江边设坛
祭祀你的祖先颛顼
祭祀火神祝融
祭祀水神河伯
祭祀你已锈蚀的长锋
用你做祭司的神通
用你骨子里慈悲的爱情
用你红色和黑色浇筑的图腾
用你血脉里的骄傲
和祭文里那些华美的咏叹

你一定觉得这些分量还太轻
远远不能诠释你的虔诚
远远不能感召上苍神明
远远不能唤醒混沌凡尘
远远不能熄灭诸国纷争
所以你在祭文里
加持你的热血你的傲骨
你悲悯的灵魂
用生命的悲壮

祭祀祖先
叩拜众神
祈求上苍在太阳最旺盛的日子
降下福祉
给楚地、给天下一个永久的太平

这一天
那些从《楚辞》里醒来的谪仙
那些从巫祭中醒来的鬼神
那些从九河中醒来的渔夫
那些从暗夜中醒来的百姓
在大风吹动的河面
在江水扬起的波痕
看到碧荷覆盖的车马嶙嶙
看到有龙从水中腾空
江水点点飞溅
白昼洗濯云壤天庭
夜晚化作满天繁星
守望你的楚汉晴川
守望你的香草美人
守望你生生不息的文思血脉
守望九州你用生命热爱的子民

不要说你的《天问》没有答案
你的《九歌》没有回响
不要说你的《离骚》无人能懂
你的"美政"无人问津

此刻
你的《天问》已飞跃橘林
翱翔在华夏的万里苍穹
祝融栖落荧惑

回传亿万光年之外的光影

此刻
你用生命献祭的山河
生机勃勃阳光繁盛
你用《离骚》吟诵的美政
今人得以借鉴完善和推行
如今的盛世中华
远远超越你的想象
远远超越你辞章的辉煌
你不用再"长太息以掩涕兮，哀民生之多艰"

此刻
你的后世子孙
在沅江岸边
在汨罗江畔
在九州华夏的
每一条水泽
每一片橘林
每一方热土
祭拜你的诗魂
就像当初你祭拜你的祖先
一样虔诚

生命的盛宴

生命，是一场盛宴
起始地，是母亲舟船的宫殿
精彩于壮行的那一瞬间
——世界就在眼前
别管世路有多艰难

我们一生为荣耀而战

随手把童真的笑脸
装满透明的琉璃碗
阳光下折射着七彩的梦幻
任性的少年青涩如芒
点缀在不锈钢的托盘
偏执和梦想，懵懂和烦恼，邻班的初恋
还有一摞摞永远做不完的试卷

青春的颜色最为抢眼
激情注满高脚杯、大海碗
冰镇啤酒也燃烧着青春的沸点
青春是速度与力量的体现
是诱惑与爱恋的熏染
青春更把责任和历练码在秤盘
把奋斗和进取淬在火焰
烹制出生命最美的春天

而我
更爱此刻的中年
沉静内敛
清清地斟在青花瓷的茶盏
淡淡地搁浅着平实和温暖
浅浅地品尝属于中年的闲时安然

清晨用阳光唤醒睡眠
再加一碗清粥的微甜
夜晚用书香催眠
还有一杯白开水的寡淡
可是我就没来由地喜欢
生命的盛宴里这才是最无华的经典

为荣耀而战已成过眼云烟

孩子们回来了
我要煲一锅靓汤
蒸一锅白米饭

我不是诗人

我不是诗人
不会看到流水就神伤
看到落叶蜷起就悲秋凉
风花雪月在我这里美得纯粹而清爽
明媚阳光下我也心情舒畅
只是不懂怎样把阳光嵌进诗行

我不是诗人
不会因古人的愁肠费尽思量
不懂凄凄惨惨戚戚怎么可以美成忧伤
罗曼蒂克在我这是一朵月季的鲜亮
朦胧月色里我也柔软了思想
只是夜色如墨我缺了纸张

我不是诗人
却有做诗人的梦想
想为一切向上的生命歌唱
一棵小草的倔强
一朵花儿的怒放
一只鸟儿飞翔的翅膀
一棵大树的脊梁
还有你我的善良
都写进我的诗行

诗歌卷

却常常被平仄与韵脚弄乱了阵仗

我不是诗人
却有着诗人的梦想：
有一天躲开都市的喧嚣
躲开钢筋混凝土构筑的王朝
卸下前生的宿命今世的荣光
走进青山脚下碧水之旁
搭建一个青青的小房
散发着泥土与青草的芬芳
摆一桌一椅一张木床
四周摆上落地的书柜
还有一个大大的玻璃窗

我每天养鸡养鸭
养一群小蜜蜂酿造蜜糖
栽一畦畦菜蔬烹绿夕阳
种一林牵牛喊亮晨光

闲暇时
铺一张薰衣草味道的素笺
蘸着泥土的朴拙
开始写我一生美好的过往
平凡日子里生命的坚强
和此刻最美的模样
银色的发丝跳跃着阳光
菊花开满青春的面庞

别管那些美丽的辞藻在哪里乘凉
别管平平仄仄仄仄平平
还有韵脚跌落在哪个节章
我就要做这样的诗人

假如生命就此止步

住在诗意阑珊的田园
看远山黛色的苍茫
听溪水清清地流淌
过生机盎然的每一天
告诉赶路的行人
苦涩和酸楚就是这样濡染
勾兑、酝酿成甘美的琼浆

诗行里的五月

诗行里的五月
从不缺少色泽
桃红柳绿自不用说
春雨淅沥是天地的唱和

诗行里的五月
从不缺少韵仄
唐诗的磅礴
宋词的婉约
在黑色的土地嫩绿地排列

诗行里的五月
从不缺少鲜活
泣血的杜鹃
追爱的蝴蝶
还有诗人们
对着清风、明月、春朵
饮下冰冷的火焰
蘸着阑珊的春色
书一行行微醺的辞章
在宣纸的缝隙趔趔趄趄

诗行里的五月
也从不缺我一个
可我，却总是忍不住
在五月的诗海
落一滴浅浅的墨
也算与春天的唱和

五月
我，来过

诗的作用

太阳里的金乌
月亮里的白兔
星宿里的谪仙
汤里的那点儿盐
生活里的那点儿烦
白天和黑夜里的那点儿闲

不解渴
不饱腹
不当钱
却总是莫名地喜欢

做一个温暖如春的女子

做一个温暖如春的女子
行走在时光清浅的路上
因为有这样的女子相伴

同行的知己爱人
心中时时温暖明亮
因为这样的女子擦肩
生命中的过客
心中也常驻一缕阳光

做一个温暖如春的女子
行走在光阴荏苒的长廊
专注于素朴的日子
因为温暖
晨起的一碗白粥也爱意芬芳
因为温暖
夜晚的一盏清茶也情深意长
因为温暖
烟火的生活也令人神往

做一个温暖如春的女子
行走在四季交错的垄上
即使在凛冽的冬炎热的夏
也有春风拂面春水流淌
因为温暖
枯萎的生命有了重生的力量
因为温暖
冰封的河川一泻千里浩浩荡荡
因为温暖
内心的浮躁幻化成春和景明
一派和祥

做一个温暖如春的女子
内心美好而善良
即使温暖不了别人
也把自己前行的路途照亮

在薄情的世界

活成一束光

一束温暖明艳的光

假如生命就此止步

第三章

青色印记

人生若只如初见

人生若只如初见
爱，怎会空负了年华
岁月渡白了青丝
却不曾把爱度化

想起你离开那天
三月的天空飘着雪花
车，转过初遇你的街角
泪才倏然落下
一念之差
只为成全另一段佳话
时隔多年都不敢问
你过得好吗？

人生若只如初见
爱怎会不再发芽
春风绿了几番枝丫
秋雨落了几许残花
离别时的泪雨被岁月
摩挲成一朵静静的莲花
不再问询你的讯息
停在海角还是天涯

人生若只如初见
爱怎会成了童话
一句句对白，一幅幅场景
一段段故事，一季季冬夏
还有你的绝代风华

氤氲成一盏清茶
淡淡焉把时间打发

只愿岁月的袈裟
渡我成禅意的花
不再问，你过得好吗？

如果有那么一个黄昏（二首）

如果有那么一个黄昏（一）

如果有那么一个黄昏
如果那青青小屋还在
你倚在门畔的剪影还在
定会被夕阳拉得长长的
拉得长长的还有你的等待

如果有那么一个黄昏
如果那小城的荷池还在
我定会撑一把紫色花伞
和你一起听雨打荷花的韵致
静待那一池嫣红在余晖里盛开
酽盛开的还有我的情怀

如果有那么一个黄昏
如果那小城恰好有一场落雪
黄昏的天光里
一朵一朵闪着银色的欢爱
如果这个黄昏你还在
等待还在
我必翻过千山的背脊

涉过万水的湍急
穿过秋风习习
只为在黄昏谢幕前
捡起你等待的步履
把银色的欢爱
渲染成大红的灯笼
高高地挂在院墙之外

如果
有那么一个黄昏……

如果有那么一个黄昏（二）
——给明桦

如果有那么一个黄昏
我从你的门前路过
你的厨房飘着烟火的气息

我猜你一定扎着碎花的围裙
白皙的手指择红摘绿
炉上煨着浓浓的排骨汤
夕阳里咕嘟咕嘟冒着欢喜
笼屉上的珍珠丸子顶着红红的枸杞
湿湿暖暖氤氲着香腻的蒸汽

平底锅里嫩嫩的火腿
把鸡蛋圈在粉色的心里
吃掉这样的心意是不是太可惜？
碧翠的生菜衬托着焦黄的牛肉
圣女果雕出一对小兔子的淘气
油焖大虾艳红了白色瓷盘
我意志薄弱的味蕾馋涎欲滴

如果有那么一个黄昏
我要毫不犹豫拍开你的门
吸着鼻子问你：二丫，要不要试吃？
然后捏起一个最大的珍珠丸拐进嘴里

夜色浓重时
你的餐桌杯盘狼藉
我微醺着脚步扬长而去
留下你独自收拾残局

如果有那么一个黄昏
我从你的门前路过
哪怕你只做了一份蛋炒饭
清清淡淡的一碟青绿小菜
我也会拍开你的门
让你添一双筷子、一把座椅
让我尝尝你细细碎碎的欢喜

今夜我从你的城市路过（二首）

一

今夜
我从你的城市路过
我的脚步，不停歇
月的清辉洒满列车
你城市的灯火依然闪烁
熟悉的站台陌生的感觉
不变的是心跳乱了节拍

今夜

我从你的城市路过

我的脚步，不停歇

有渺茫的歌声轻轻飘落

你的笑颜在熟悉的旋律里明朗如月

那小屋的灯盏是否熄灭

墙壁上是否还有青藤随风摇曳

你是否还在等我随手翻开书页

为你读情的箴言爱的章节

是否还在等我的单车从你的门口滑过

还是细密的鼾声已缀满秋夜

今夜，

我从你的城市路过

我的脚步，不停歇

就像你从我的青春路过

不停歇……

二

今夜

我从你的城市路过

我的脚步，不停歇

在哈北我独自等候午夜的列车

漫天的星子明朗了江北的秋夜

我知道此刻我和你近得触手可摸

你熟悉的号码在心里一遍遍重播

今夜

我从你的城市路过

我的脚步，不停歇

虽然很想和你一起逛逛街

诗歌卷

去秋林买一身旗袍

松雷买一双高跟鞋

手拉手融入中央大街的夜色

看人流如织霓虹闪烁

一起品尝马迭尔雪糕的清冽

一边听你嗔怪我的下巴又添了一叠

我们恣意的欢笑惊飞了索菲亚夜栖的白鸽

…………

今夜

我从你的城市路过

我的脚步，不停歇

此刻

你一定在留意隔壁母亲是否夜咳

轻手蹑脚收拾好孩子的作业

回头看看丈夫的被子是否滑落

然后坐在灯下备明天的早课

想想你班上的孩子一抹微笑亮了长夜

…………

今夜

我从你的城市路过

我的脚步，不停歇

一个人在哈北等候午夜的列车

坐在离你最近的世界

想着你我一起住过的宿舍

一起用过的不锈钢饭盒

还有我静静做你的模特

你画板上绽放着我青春的羞涩

心里的温暖开出怡人的花朵

这个城市有你

我一个人悄悄路过

也不寂寞

有那么多青春的记忆

永不停歇……

半　夏

半夏

生命璨若夏花

屈指，已过半世芳华

半夏

生命的花蕾

鲜艳地坐在枝丫

回眸故乡的山脚下

青涩的梦想在蒙蒙夏雨里拔节

湿漉漉地微醺了盛夏

无关岁月

无关风雅

无关那段情天恨海无涯

生命在半夏

独自芳华

清明，自华

时间嫣然

你说你有的是时间

让我感慨万千

是怎样的流年

让你这般清静恬淡

市井纷乱喧嚣间

守自己一方随性安然

时间如流水般舒缓
是曾经历过飞流直下水花飞溅
抑或冲击过急流险滩
或许你一直就是这般

一手握繁华锦瑟悠然
一手握风花雪月尘烟
白昼一截粉笔一根教鞭
夜晚一个青花茶盏
一室暗香流转

轻轻谈笑间
我有的是时间
试问尘世间
还有谁敢说
我有的是时间
唯有明桦笑语嫣然

好春又忆君　却是少年时

愿一世平安，那些曾经出现在生命中的少年；
愿一生感念，那些曾经有你们的春天。

——题记

早春时节，触摸到一则命题：少年
夜凉如水，独坐一室恬淡
轻捻这朗润的两个字：少年

一如那个在画板上涂抹春天

也在课桌上涂抹"三八线"的少年

不知还会不会

整个课间堵住同桌的女孩儿

不让她去卫生间

至今也不知他是有意还是无意

只记得他画板上的凤舞九天

一如那个从小失去母亲

初中都没有读完的少年

不知还会不会

在监考老师背过身的一瞬间

抽走女孩儿的试卷

还会不会

因为女孩儿送的一瓶咸菜而湿了眼帘

至今也不知小小的他

离开时对课堂是否留恋

只记得他时常说

书由不得他说念与不念

一如那个明知不讨喜

却天天写信问安

见不到一字回音

却仍然执着的少年

不知还会不会在信笺上

留下泪迹斑斑

还会不会有一腔愁怨

至今也不知那信笺上的话

是否出自心田

只记得当时拿在手里沉甸甸

一如那个舞台上白衣飘飘琴声悠扬

球场上大汗淋漓身姿矫健的少年

不知还会不会拨动琴弦
还会不会大力扣篮
至今也不知那琴声
为何时而激昂时而幽咽
只记得冬夜的琴声
听痴了雪花漫天

一如晚自习后陪我回家
一路嬉闹狂歌的两个少年
不知还会不会唱那首
"路灯下的小姑娘"
还会不会在毕业季
交换彼此的照片
至今也不知那一高一矮的少年
算不算蓝颜
只记得那个春天
沙子山的映山红开得很艳

一如那个数学很棒有一双笑眼
却非要学着写诗的少年
不知还会不会笑容灿然
还会不会续写传遍校园的
那首 " 朦胧的快感 "
至今也不知为啥
他的笑容能融化整个冬天
只记得那个毕业季他写的诗篇

一如此刻坐在春天
想起这两个干净透明的字：少年
想起那些有他们陪伴的春天
无关风月
无关爱恋

只和青春有关

五月致青春

谁在五月的风里
放飞了不羁的长发
谁在五月的雨里
和月季一同芬芳了枝丫

五月的夜晚
有风有月有京胡咿呀
于花下沏一壶清茶
一小口一小口
把半世的烟雨慢慢喝下
把前尘的爱恨轻轻放下

岁月里那些遇见如花儿一般
开了又谢，谢了又开
零落了清秋，喧闹了春夏
只余下我在独自喝茶

我从不怨你
错过了我的青春年华
只要你记得我的爱恋
缀满那些年月季花的枝丫
你记得最好，不记得也罢
我从不怨你
错过我的明眸皓齿、青丝缕缕
只要你记得我的执着
如我的诗行铺满天涯
你记得最好，不记得也罢

而我已把那些日子轻轻放下
那些与青春有关的日子
只刻在我心里
陪着我慢慢长大
渐渐地那痕迹也被时间风化
岁月敲打着背脊
青春一点点淡出挺拔
坚韧一点点注入脊柱、筋骨、血脉
和生命的枝丫

五月，我又留起长发
月季又生机勃发

爱的神话
——为沙画《爱的神话》配诗

时间是流沙
握不住盈盈一把
却把思念画成一幅幅画
把等待写满一季季芳华
把爱恋演绎成不老的神话

思念是霜花
化不开夜的漫长
夜夜秋雨孤灯下
把你的眉眼一遍遍在心底描画
把你的承诺一点点拆散在暗夜无涯

等待是虔化

参不透誓言的真假
独自守候你的风华
把你的歌声缥缈成午夜的风
把你的温暖慢慢淡成浅浅的茶

芊芊的素手
抛一捧岁月如沙
解开思念扼住呼吸的痴傻
在心里悄悄说一句爱你的情话
等你的白马穿过千年的等候
卷着半世的烟雨红尘
从我的门前翩然而过
落一地飞花倾一池繁华

我的心瞬间蝶化
只有我在独守你我千年的承诺
苦苦痛痛只白了我的发
十指相扣的手
只有我不愿轻易地撒
爱爱恋恋只由我独自应答

你若爱我
漫天的星子都是童话
你若爱我
芳汀也会染绿万顷黄沙
你若爱我
三千情敌都是虚假
你若爱我
千山万水也不在话下
你若爱我
定抛下锦瑟与我共赴天涯

让思念在你怀里发芽
让等待在你梦里开花
让爱恋在深深的缱绻里慢慢催发
那历久不变的情缘
是生生世世的守候
是两颗心在凡尘里共舞烟霞

你一定知道我始终在等待
千年前你许下的诺言
万年后我依然默默地守候
只等你在人群中回眸
我就在你的面前灿若夏花

爱，是你我永远不变的神话
只要你许下
我定会生生世世守着她

远离一切的你

等我做完所有的事
我就去找你
无论你见与不见
我都会去找你

和你在一座城里
你住城东
我便住城西
和你在一片山里
你在树林
我便在小溪
和你在一个小村落

你种一方方稻谷

我便栽一畦畦月季

即便不再相依

即便相见无语

我只要每日看见你

只要风里有你长发的不羁

只要雪里有你如魅的红衣

只要空气里有你如兰的气息

而我此刻要做的

就是

靠近远离一切的你

如果我是你

如果我是你

定会在霜丝渐稠的时节

打马而来

我定为你添一袭锦裳

而我

只收下你马蹄上的葡花香

如果我是你

定会在暮色暖暖的小屋

等我归来

我定为你净手煲汤

而我

只留下你指间温暖的诗行

如果我是你

诗歌卷

定会翻越荆棘花开放的篱墙
我定为你打开那扇窗
而我，只要你
只要你眼中的点点星光

如果我是你
岁月一定不是此刻的模样

如果，我是你

如果还能遇见你

其实
从那一次别离
我们有过无数次的交集

曾刻意绕过你经常走过的路
就像刻意绕过你的目光和呼吸
曾悄悄站在漫天大雪里
听你的琴声如雪蝴蝶
落在我的肩上
在我的心里堆积
那时候如果我们不期而遇
我想我会惶恐，我会心悸
我会乱了步履

此刻
当我写下这几个字
"如果还能遇见你"
我知道一切都已成为过去
路过你窗台那盆粉紫的月季

坦然地拈起一缕香气
路过你苍凉婉转的琴声
心里的涟漪却不再是因为你

如果还能遇见你
无须绕过
无须逃避
无须停下步履

回看来时的路
我内心满含感激
你的青春曾点燃我的花季
足矣

人世间

人世间有太多的悲欢
要记住那些不多的清欢
才有勇气执着地向前
人世间有太多的波澜
经历过才知道珍惜平淡
才懂得把平凡的日子过成诗意花田

人世间有太多的云烟
年轻的时候总觉得我们有的是时间
事实上来日并不方长
长大就在瞬间
时光如流水潺潺
指缝再瘦也搁不住星光点点
只有那些美好如星河璀璨
让我们日臻纯善

人世间有太多的羁绊

让我们不舍让我们牵念

父母的芳华被岁月的流云漂染

手足的情深被生命的坎坷提纯

朋友的情谊被世俗的重压锤炼

你我的诗和远方被放逐在红尘恋恋

经历世事的磨难

时间的摧残

容颜不再明艳

身体不再如前

我依然执着地爱着

烟火的人世间

雨　天

你问我

凡尘的每一场雨落

是否都会被写进诗歌

那些来自天河的花朵

是否都汇成诗意的湖泊

是否如奔向大海的江河

滔滔不绝

你问我

可否在雨天也写一首诗歌

不为前尘过往

只为雨落那一刻

你我简单的快乐

我不知雨滴是否皆为诗歌而落

不知雨水滋润了土地的干涸
是否还会留下诗意的轮廓
还有没有力量奔向江河

雨天
霢霂细洒天街
昌黎先生悠然着墨
寥寥几笔竟无人超越
窄巷跳珠轻叩石阶
结着愁怨的姑娘轻轻飘过
没有谁
再能解开这雨巷丁香色的情结

这样的雨天
只想倚窗而坐
听缠绵的雨丝跌入心湖
随风摇曳一池碧荷
看落花在流水里执着
缱绻心事渡过浅泽
迂回婉转成旋涡

一夕滂霈洗乾坤
万千溪流入长河
春夜暴雨梨花落
醒来不觉夏已过
秋池涨肥溢宽街
满纸墨色渐渐薄

这样的雨天
只想凭栏而立
聆雨声织就的天籁
洗涤前尘的污浊

观沧海横流
念你独自在雨中漂泊
是否有一车、一舟、一伞、一蓑衣
这样的雨天
不知你是否也在想我

你问我
可否在雨天也写一首诗歌
那雨中的莲朵被心事染色
潋滟成一湖诗意婆娑
那就是我为你唱的歌

记忆中的那场雨

记忆中的那场雨
缠绵了整个夏季
已记不清那场雨
从哪一天开始下起
只记得闪电穿透了屋脊
雷声震乱了刚码的字迹
你伸出修长的手指
蘸着氤氲的水汽
在玻璃窗上
画一朵透明的月季

已记不清那场雨
从何时悄悄停止
只记得那把紫色的花伞
飞溅出
整个小城
整个夏季

整个青春
斑斓的诗意
在半亩荷池的清波里
游来游去

记忆中的那场雨
一定是从你出现那天
开始下起
在你离开那天
戛然而止

刺　青

爱
是细水长流的时间星河里那支荷
出于泥淖，长于清波
经风雨，忍寂寞
静静盛开，默默陨落
盛时慈悲，落时动魄
思之，心神摇曳
念之，愀然泪落

爱
是逆流而上的蹉跎岁月里那朵莲
无论贫瘠，无论沃田
永远向阳而生
永远与光同颜
永远在黑夜独享孤单
当秋风带走黄色的花瓣
对阳光的不舍与痴恋
密密布满花盘

丰硕，无言

爱
是纹在心脉上的那缕香
着墨时痛，结痂时痒
初时
如一匹小兽独自角落里舔伤
时日久了
那刺青生出荷颐莲芳
在渐行渐缓的岁月长河里
散发出暖暖的光
如雨中碧荷轻染池塘
如望日莲花向阳开放

忍　着

我忍着不去想念
却一遍遍打开有你的诗篇
我忍着不去相见
却一次次在心里规划着路线
我忍着不去问安
却忍不住为你慌乱

我忍着不去想念
却忍不住模糊了视线
就像雨水忍不住
跌落云端

我忍着不去相见
却忍不住描画你的河山
就像村舍忍不住

升起炊烟

我忍着不去问安
却忍不住慌乱
就像浮萍忍不住
在水中渐行渐远
就像孤鸿忍不住
在天际回望草原

我忍着
不去想念
却忍不住在心底唱
故乡的云
一遍又一遍

如果最后是你，晚一点儿也没关系

寻寻觅觅一生
只为遇见你
飘飘零零一世
只为有所依

你是那个千里之外
也不疏离的你
你是那个近在咫尺
也会时时念着你

依是那个只管四海闯荡
身后有所依仗的依
依是空荡荡的灵魂
忽然有了满满依托的依托

诗歌卷

如果最后是你
晚一点儿也没关系
不一定非要少年时
不一定非要花开季
不一定非要初相识
不一定非要繁华里

只要是你
再远的地方
我也会启程去寻你
晚一点儿，真的没有关系

一樽红酒

用一璃红酒的绝色
在仲春的夜
勾勒相思的轮廓

那一璃用六千年时光
酿成的葡萄美酒
从丝绸之路摇铃而来
曼陀罗一般诱人的驼铃声
惊起万年堆积的黄沙和岁月
乱了大漠孤烟的笔直与寥落
博望侯出使西域的时候
一定也被这酒所魅惑
怀揣着琥珀色的乡愁
微醺了步履
一路向东，归矣

于是

就有了"葡萄美酒夜光杯"

吟唱出的热血男儿出征壮歌

有了"葡萄酒，金叵罗"

计量出的一杯琼浆千金难买

一斛葡萄酒，换凉州刺史

确实有过的

也有了七宝杯、鸬鹚勺、鹦鹉杯

这样诗意而精巧的杯酌

然后就有了张裕

竟和出使西域的侯爷一个姓氏

也算得上一个醉美的巧合

不枉他两度出使的艰难跋涉

就有了长城、王朝、莫高

还有威龙、贺兰山……

即便不懂酒的我

也爱煞了这一个个古意芬芳的名字

那么润泽

那么中国

这些在诗词里酿造的韵律

在星河里窖藏的醇和

一直向东蜿蜒曲折

在喜她的手中摇曳

在爱她的唇齿慢啜

我对她也是偏爱的呀

偏爱她清冷的艳绝

在长颈的琉璃瓶中醒来的那一刻

妖冶如火

偏爱你握着高脚杯

如竹的指节

这璃红酒
喝，或者不喝
都会醉入夜色

想　你

风
一片一片数着叶子
我
一天一天数着日子

风烦了
会把叶子撒落一地
我倦了
会在风中想你……

想你时

欢喜时，点一寸木牍
闲烹一盏人间烟火

寥落时，燃一段残墨
慢熬风花，细炖雪月
春深时，听晚风把海棠压成碎末

想你时，来一份麻辣香锅
不要麻，不要辣，只要一勺寂寞

两个灵魂相遇

两个灵魂相遇
是江汉一朝春风起
是冰霜一夜尽褪去
是白居易的诗
写进元稹的梦里
是遥远的距离
却彼此默契

都说
两个灵魂不会偶然相遇
一定是在无数次轮回中
埋下了伏笔
不要算相遇的概率
不是二分之一
不是十四亿分之一
而是八十亿分之一……

本　想（二首）

一

本想
打开包裹让你看我的收藏
谁知，露出的是一段段殇

本想
扎紧包裹捂住那些殇

谁知，痛了你的目光

本想有了你
就可以像打开包裹一样
打开自己
谁知，从此把自己裹成一枚茧

二

本想
是怎样一个命题？
可咸可甜
可悲可欢喜

本想阳光
不承想遇见风雨
本想风雨来袭
不承想有伞擎起

生活
在无数本想中设计
又在无数不承想中
收获失意
也收获奇迹

本想，我是我
你是你
不承想就成了
——我们

一起写诗
也是一种欢喜

洗　尘

悬挂了三季的夏装
肩上挤满灰白的絮
一半来自时间
一半来自猫咪

一件件取下
交给清水
洗去灰尘
也洗去覆着的故事

心想
是不是需要添一件新衣

想和你一起吹吹风
——写给春柳

想和你一起吹吹风
只是吹吹风
不带走你枝上鹅黄的蓬松
不带你绿雾氤氲的梦

想和你一起吹吹风
任你穿过四季的缝
柔柔地在春天娉婷
任你在水边入镜
在村落朦胧

诗歌卷

只想和你吹吹风
只想听那柳笛
吹出绿绿的风
只想在这样的风里
一醉不醒

如果你来

如果你来
画面是我梦的主题
有成百上千的假设
在等你

如果你来
我要把青花瓷换成琉璃盏
缓缓举起
就像举起那束玫瑰
摇曳你酒红的诗意
一口饮下
敬，翩然而至的你

如果你来
我要把紫禁城的月光送给你
在红墙外听一段秘密
还有长安街的喧嚣
老胡同的烟火气
也一并送给你

如果你来
我会卸去所有的桎梏

洗去所有的尘泥
把所有的时间都给你
即使哪儿也不去
就窝在家里
听你絮絮而语
也可以

如果你来
只需给我带
北方的清风，一缕
足矣

如果，你来……

一滴水

一滴水的本能
是成为一片海
努力从透明变成蔚蓝

一路奔赴
途经沙漠生出荆棘
一点一点，一片一片的新绿
途经黑土长成稻禾
一垄一垄，一方一方的金黄

一滴水
不一定会变蓝
但一定会成为白云
抬头，才能仰望

听说你来过

听说
昨夜你来过
没有吵醒我

玻璃窗上的问候
湿漉漉蜿蜒而过
檐流一滴一滴
慢慢砸进阶前的石窝
一只麻雀在里面轻啄
告诉我
你，来过

门廊外的那盆荷
油绿油绿地开着
俏对一地梨落
我知道
你真的来过

就像一场情事
在记忆里婆娑
只是
被我错过

以爱的名义

我，以爱的名义走近你
在这幸福之花盛开的日子

在这心手相牵的甜蜜时刻

今天，我以爱的名义
为你、为我、为所有爱着的人们
准备一个盈满情义的眼神
只一回眸就明媚了天地

我以爱的名义
为天、为地、为即将开启的新生活
准备一泓潋滟的微笑
只一展颜就惊艳了岁月

我以爱的名义
在春天花雨婆娑的田畴
在初夏月润清幽的城阙
在深秋层林尽染的山峦
在冬天白雪飘飘的王国
为你许下相守一生的承诺

今天，我以爱的名义
用每一朵白云的羞涩
在每一个向阳的山坡
为你绽放一路同行的欢歌

都说最美人间四月天
我想，有你陪伴的每一天
都是人间最迷人的时节
有最浪漫的清风晓月
最唯美的羽化蝴蝶
浓墨重彩爱的神话
浅吟低唱情的缱绻

假如生命就此止步

今天，我以爱的名义
从岁月的深处采撷最深的温柔
守护红尘中最美的你
从时光的尽头汲取最痴的情义
温暖生命里最真的你

今天，以爱的名义
我们相聚
无论亲情友情爱情
一旦牵手就不会放弃

今天，以爱的名义
我们相守
无论世事变迁时间更迭
一旦拥有就扎根心底

今天，以爱的名义
我们相偕
唯愿我如星辰君如月
夜夜流光相皎洁

今天，以爱的名义
我们相伴
唯愿情似雨余黏地絮
天长地久不分离

今天，以爱的名义告白生活
有情，人快乐
有爱，天地阔
今天以爱的名义告白彼此
有你，点亮我的未来
有我，温暖你的世界

今天，我们以爱的名义
大声说出：我爱你！

致绿色

绿是喧响
绿是日焰
绿是狂想
绿是辽旷
绿是光芒

绿在盛冬雪藏
绿在初春鹅黄
绿在仲夏鸣唱
绿在深秋徜徉

绿是芳草连天碧
绿是光照万物生
绿是屋檐下的雨丝
绿是华盖中的光阴
绿是禾苗疯疯长
绿是枝叶渐渐浓
绿是麦穗满满浆

绿是生命之树长青！
绿是风过有痕
绿是无上清凉
绿是花开融没的海洋

绿是春来江水
绿是秋池涨肥

绿是莲叶何田田
绿是明镜亦非台

有绿的地方让人清明
有绿的地方河清海晏
有绿的地方生命永世荣昌

绿是你眼中的爱恋
绿是我奔赴的念想
有绿的地方会生长爱情
有绿的地方会岁月绵长

风

风，用一生的旅行
踏破红尘
当然，有时也会驻足

它和花儿缠绵
叩响万朵花钟
也摇落芳菲入尘土

它与雨儿缱绻
婆娑千山春树
也摧毁老树遒劲根骨

它与炊烟依依
氤氲烟火故里
也召唤远方的游子

它与旌旗缠绕

唤起英雄的胆色
擂起出征的战鼓
为花香
为春树
为炊烟
为风的归途

第四章

光阴的颜色

春天畅想

当春钟又一次敲响
所有美好的祈愿
汇成一川不息的春江
在白山黑水，在烟雨江南
欢快地流淌
当春钟又一次敲响
所有幸福的畅想
共鸣成一曲春天的乐章
在繁华古都　在塞外边关
激情地燃放

这清越的钟声
穿越千年的时光
和着黄钟大吕的跌宕
伴着坊间小调的吟唱
沿着鸿雁回归的方向
乘着春风一路飞扬
从沿海到内陆
从南方到北方
给每一寸土地换上绿色的春装
给每一方天空写上蓝色的梦想
给每一扇窗牖画上红色的吉祥
给每一颗心灵添上金色的翅膀

当春钟又一次敲响
所有的幸福都在路上
所有的温暖也在路上
浓浓乡思牵引游子的目光

遥遥山水坚定回家的信仰
空空的行囊已被喜悦装满
条条车流涌动成欢乐的海洋
来吧，让我们一起回家过年
一起丰满亲人的笑脸
一起饮下团圆的佳酿

当春钟又一次敲响
所有的美好都已整装
所有的希望都已启航
汤汤春水滋润万顷良田
粒粒春籽萌动生长的力量
春耕的犁铧已经擦亮
播种的热望已在胸膛鼓胀
来吧，让我们一起走进春天
走进四季流转的序曲
走进新岁华彩的篇章
把希望一路播撒到天壤

这祥瑞的钟声
穿越千年的时光
轻轻叩击华夏文明殿堂厚重的砖墙
殷殷唤起炎黄子孙生生不息的渴望
循着历史沧桑的脉络
涤荡岁月积淀的尘烟
迎着红色中国日出东方的光芒
从城市到村庄
从陆地到海洋
给万家灯火一座璀璨的城郭
给千舟竞发一泓返航的港湾
给百花齐放一片温暖的阳光
给十里春风一渡玉门的通畅

假如生命就此止步

给亿万龙的子孙
一个吉祥如意的中国年

当春钟又一次敲响
让我们一起走进春天
一起圆一个多彩的中国梦
一起开创泱泱华夏盛世辉煌

还似旧年

此刻
云与月还如昨天
霜与雪还似旧年
只是转眼
已站在新岁的门槛

时光如箭
拂过眼帘
不知你可否倒流一段
倒流一段
来倾我的城
来媚我的眼
趁着夜色微寒琼瑶初现
那场大雪还未覆盖山川
披一袭锦裳
在月色和雪色之间
飘摇如谪仙

此刻
时光已在新岁的门槛
青丝又有雪染

记忆依旧从前

漫漫星河斗转

一天又一天

潇潇繁华落尽

一年又一年

你是否还是那个少年

万丈红尘深处

是否仍与我并肩

时光从未倒流

岁月的长河不停地向前

纵使今生不复相见

你的名字依旧缠绕指尖

轻轻敲击键盘

温暖还似旧年

为岁月的河，添一笔淡墨

为岁月的河，添一笔淡墨

每到岁末，为自己添一笔淡墨

忆一场相遇，念一夕错过

触摸山河岁月，聆听时光颜色

总有一些人来来往往

总有一些事铭记于心

总有一些色彩温暖你我

总有一条河奔腾不息，不舍昼夜

芸芸众生之中的你我

爱这时光染色的河流

把自己站成岸边的树

活成河中的蒹葭
涅槃成海里的鲸落……
或者，我们就做了这河的岸
我在右，你在左

也许不能相拥，却能相握
通过春天杨柳丝绦染绿的清波
通过夏川里的青荇，雨中的藕荷
通过秋水里的碧天，漫游的云朵
我们相握

即便数九，河流卧冰
水下依然有各色的鱼儿游过
从左到右，从你到我
一直游到地老天荒
一直游到凛冬散尽，春意融融
我们撑起两岸的筋骨
一起听这万年河流泛起千里烟波
一起看这两岸人间烟火……
一同感受岁月有情，人间值得

辞暮尔尔，烟火年年
星河滚烫，时光交错
转眼，岁末
拿起笔把那些悲伤抹去
把那些病痛抹去
把那些苍白抹去
为两岸平凡的你我添一笔淡墨
为这时光的河添一些温暖的颜色
比如阳光
比如花朵
比如诗歌

诗歌卷

比如你我……

醉元夕

我欲轻醉与酒无关

霜华淡染鬓边

手握温茶半盏

遥对星河璀璨

嫩芽汤中舒卷

家兄去岁予我这西湖春天

元夕夜晚

豪饮如浊贤

空添几分愁念

仰望西天

月圆千里婵娟

回眸间我一袂春寒

一袂春寒夜已半

一柄微醺敲更残

惊落满天星汉续茶盏

茶微凉，月轻眠

我心逾关山

白云深处银雪山川

岁月吹散暖暖炊烟

落入我的眼

我欲轻醉与酒无关

一盏乡愁酽酽

轻捻已泪洒衣衫

春的锦裳

春天就要过去了
我还没来得及为春天歌唱
每天早上路过的那片二月兰
已经开到荼蘼
还没来得及采一束装饰我的小窗
金台夕照余晖里的那蓬竹
还没来得及脱下瘦黄

春天就这样过去了
街对面的玉兰落了
樱花落了
梨花落了
我竟然错过了她们的盛放

春天就要过去了吗
我还没来得及
为春天栽一垄诗行
绿色已铺天盖地的喧响
云朵已堆积成雨季的模样
栅栏里的蔷薇悄悄爬进月光

春天就要过去了
我还没来得及从一片雪中汲取营养
还没来得及把春天编织成一袭锦裳
我就这样袒露着对春天的渴望
跌进夏的天堂

其实

也挺棒

四月春深

忽而，就到了四月
绿，浓了
花，艳了
仿佛，一夜好眠
春，就深了

走在都市的晨
街衢两侧花事匆忙而热烈
樱红桃粉梨白
从花下蹑足而过
怕惊了花儿的香梦如蝶

四月，春深了
绿，更任性
花，更摇曳
仿佛，春天是她们的世界

走出东四十条的地铁
一树海棠绽放醉人的笑靥
静美而妖娆
染了一城春色

四月，春深了
那人在海棠下
等
一场花落
两鬓淡雪

三生相携

春天不说话

春天不说话
只静默地生长
任风牵来绿色
雨牵来润泽
生命的芽孢鼓胀
春江呜咽着流淌
春，都不说话

春天不说话
只静默地谛听
樱花染了一城寂寞
玉兰添了两抹羞涩
青草浅了三春时节
阳光开满万里山河
花事从南到北渐次开放
鸿雁的鸣唱穿越层峦叠嶂
执着在归乡的路上
春，都不说话

春天不说话
静静地生长
默默地宣泄
隐忍一冬的泪水逆流成河
这个春天太难得

春天的稻田

春天打坐在半山
握着湿润的风
敲碎半空的云朵
淅沥沥绿了方方稻田
农人便在这田字格里写诗

每一株秧苗
是一个诗意澎湃的字符
密密匝匝铺满春天

每一条田埂
是一行担起希望的断句
颤悠悠沉甸甸

每一次抛起的秧盘
是一个起飞的标点
落在春天和秋天之间

农人脸上的汗水
是滴落的串串省略号
喂饱了一株又一株秧苗
喂熟出一个又一个丰年

春　雨

一场春雨
让希望蔓延得更快

仿佛雨水落下来
春天才真的到来
雨意婆娑
洗去天空的阴霾
洗去大地一色的灰白
唤醒沉睡一冬的色彩
唤醒蛰伏三季的爱
在土里萌动
在心里花开
希望一点点解冻
温暖一点点化开
汇成浩浩汤汤的春潮
奔向大海

春 分

春分的夜里
我再一次回到了故里

用脚抚摸一点点化开的土地
那苏醒过来的黑土
还如少时一般丰腴

用手牵起母亲的手
轻轻覆上我漾着细纹的脸
母亲指腹粗粝的温柔
把我的心磨得生疼
唉!
母亲的手越发清瘦
眨眨眼

把漫上来的泪
逼回心里

春分的夜里
牵着母亲的手
不知不觉沉沉睡去

春的边缘

日历上，春的边缘
翻卷着花瓣

无论开得正酣
还是落入尘烟
就算一朵黄花
结不出秋天
也要开出一场清欢
也要卷在春的边缘

你看
街上姑娘们的裙边
绣满夏天

春天该有的样子

最近忙得兵荒马乱
偶有空闲
忽然很想去看看春天

钢筋水泥浇筑的森林

春天，也不会步履姗姗
只需从琐事里拔出执念
只需让自己散漫一点
只需走到大厦的外边
春天就会劈头盖脸地渲染

春天该有的样子
真的不是桃红柳绿
不是粉嫩莹润的玉兰
也不是水碧天蓝
而是
让这一切都铺排在你的面前

让你觉得春天有点儿忙乱
也有点儿甜……

立　夏

被天气左右的花开
总是努力地开出天气之外
一个节气
会生出许多色彩

只愿
花儿不被框架
树木不被桎梏

只愿
生命鲜活
恣意飞扬

玉 米

夏天的夜晚
我用失眠的耳朵
听屋后的玉米随风招摇
也听她努力生长

一株株青涩的玉米
消磨了我拔节的青春
当玉米的苞叶泛黄
一粒粒金色坚实饱满
而我已华发初生

正午时光

阳光
点燃正午的空气
多吸一口
都怕点燃自己

撑起疲惫的伞
遮住脱骨的岁月
唉!
那一点点阴凉
无法和厄尔尼诺对峙

水稻拔节

季节分蘖出淡绿
中直的骨节
抻得咔吧咔吧响

雨水淅沥把绿变浓
密集的雨珠
像一粒粒透明的茧
义无反顾地坠落
是因为要在泥土中蝶化
让水稻拔节的声音
飞扬成金色的海洋

七 月

七月
阳光蓬勃
雨水茂盛
栀子花如云如絮
之所以会落下花雨
是因为花样年华
在七月懂了别离

谁和谁走出结局
谁和谁又埋下伏笔
那些和青春有关的日子
在七月
泛黄成记忆

拍雨天

拍雨天
不能只拍雨滴
要拍出雨的欢喜
不能只拍竹伞
要拍出伞下的孤独
不能只拍落花
要拍出花的忧伤
不能只拍行旅
要拍出风雨兼程
不能只拍我
要拍出我的想念

想和你度过最热的夏天

——写给明桦

想和你一起
度过最热的夏天
借你的杨柳岸
借你的金沙滩
借你的一片海蓝

想和你一起
度过最热的夏天
虽然古人有诗云
"青山一道同云雨"
但我知道北平的雨

敲不进你的无眠
很想和你一起
一起看风起云涌
一起听雨打睡莲

很想和你一起
度过最热的夏天
借你如水的沉静
擦拭光阴的盏
你猜
会不会生出清凉的诗句
让阳光也变得温婉
没有浮瓜沉李
也可安度暑天
如果你有更好
最好是切得薄薄的瓜片
绿皮红瓤冰冰凉凉
想想就很甜

很想和你一起
度过最热的夏天
借你淡淡的笑颜
抹去俗世的倦
会不会耘出宁心的月白
让星空也变得璀璨
这样的夜晚
可以泡一壶清茶
言语淡淡，茶香浅浅
想想也很心安

很想和你一起
度过最热的夏天

想看你扎着花布围裙
慢炖三餐
早上绿豆汤荷包蛋
中午青菜米饭
晚上简简单单
煮一两花生
就着二两清风
一同把夜色灌醉
也算一种圆满

想和你一起
度过最热的夏天
我把自己打包
快递到有你的海湾

秋

当一线红
从叶脉里晕开
秋，便来了
红是秋叶的色彩
红是秋的衣裳

当一缕白
从滴露里盛开
秋，便来了
白是秋霜的挚爱
白是秋的念想

当一弯黄
从星海里圆满

秋，便来了
黄是秋月的情怀
黄是秋的守望

枫红露白是秋
满月黄山林黛是秋
浅愁如钩钓秋水初凉
浓香似锦染秋田万丈

绵延的色彩呀
漫出秋的画框
跌落在我的轩窗
我也捡一枚秋
夹进日月天光

秋　分

你要写秋分
就不能只写秋分
你要写暑褪秋澄风渐寒
秋色平分夜渐宽
要写天高云淡
望断南飞雁
要写落红艳艳
离恨浅浅
要写菊花微凉
人约黄昏
要写夜晚月半弯
轻钓小词
慢酌霜天
最后

要写枫叶梧桐银杏
写藏在叶子里
那些斑斓的暖
这样写秋分
秋天也会喜欢

白　露

有人说
白露像极了一个女子
素朴婉约中有一丝丝清凉

我却觉得
白露像一位少年郎
手握诗书，浅行慢读斯然而来
出凡尘而无尘
自九夏而不燥
稚补天润微凉清贵

白露至
长天飞玄鸟
蒹葭凝微霜
山河也长出诗意……

寒　露

总觉得银杏才绿
怎么又黄
我们仿佛还是年轻模样
岁月却悄悄增长

那滴秋水亮汪汪

在天上

也在那扇形的叶上

凉凉的

凝起一片寒霜

一缕寒霜

草木脱下衣裳

添在我们身上

你说

日子咋这么紧张

银杏叶子又黄

霜　降

活在城里

尤其活在关内

对季节的感知不是那么敏锐

比如寒露

比如霜降

树叶黄得不是那么明显

甚至草还没有枯萎

路边的国槐

阳光葳蕤

你和我说

秋天要走了

我有点儿慌张

我还没有准备

还没把阳光收集

絮进棉被
还没把鲜花烘焙
撒进鸡零狗碎

霜，在城内
细细微微
落在双肩
似有还未
却染白了年岁

落　叶

木叶滟滟染了秋天
墨色浓重怎唤作翠减
掌心描绘的脉络
一如初恋的故事
深深复浅浅
淡淡木香抖落的心事谁了然
落入红尘
草木的禅意是不是也飘散
可有人捡起这一帧秋笺
摩挲这画满光阴的叶片

木叶滟滟染了秋天
那一声落地的轻叹
惊起薄如蝉翼的寒
黄昏里响起你温暖的声线
多想舒展青葱的掌
轻触你亘古不变的颜
卷曲的叶脉
握不住匆匆而过的时间

只余一张网
在光阴的岸
过滤云烟

秋　恋

不需要铺开一页白纸
真的不需要
那些白纸黑字的誓言
总会随风溜掉

不需要铺开一页白纸
只需把手掌摊开
接满秋叶和光照
那些思念的痛
便有了解药

不需要
用那些华丽的辞藻
装点岁月静好
收紧手指
把秋风握牢
熄灭心中思念的风暴
便是一个人的静好

秋过寒露

秋过寒露
风里有了凉气
雨里有了寒意

夜，有了清丽
一个人，对，就是一个人
煮一盏清茶
晴，可邀清风明月
阴，可邀秋雨疏密
无风无月无雨的夜里
可邀约一本书
轻轻盈盈一握
字无艰涩词无晦暗
斜倚床头，品茗浅读
最好听着老唱片吱吱啦啦
唱出戏曲梅兰与程门
一字一腔摇曳生姿
或一曲箫笛幽咽婉转
却盈满一室秋露的香气

择一秋高气爽之日
进深山古刹
听晨钟暮鼓
静下心思
和寺院门前的石碣说话
慢下步履
同斑斓的秋叶等夕阳西下
下山的路上
记得采一束雏菊花
插在朴拙的陶罐
摆在禅房的书架
那秋菊恰好微凉
一点点随月华流下
露染清秋夜未央
长坐粗布格榻
轻捻岁月的珠串

拂去前世的执念
今生的痴傻
愿来生做一个纯善的女子
透明、无瑕

然而
此刻最想做的
是回到北方的故里
走在晨露打湿的田埂
看金色铺满秋的天地
稻谷的香气
玉米的甜腻
大豆铃声的蜜语
汇成秋的丰盈触手可及
捋一把稻穗放在嘴里
细细地嚼
慢慢地尝
秋的记忆
家的味道
一同流到心里
那高涨的幸福满溢出来
从眼角滑落在故乡的土地
一滴、二滴、三四滴……

待霜满天
我们一起收获黑土地的赠予

秋天最适合思念

秋空很辽远
远到把思念变远

长长地划过天际
落在海岸线
蓝蓝的，汪成一潭

秋峦很善变
苍翠、斑斓、青黛如烟
像你衣上的尘
落在我的眉间
青青的，蹙成两湾

秋天，最适合思念
烈烈的如丹枫
喊出来
烧红整座山
凉凉的如秋月
念起如银盘
画出如钩残

思念如果有声
一定在秋天最缠绵
巴山夜雨涨秋池
浣洗出的情丝
滴滴成念
秋阴不散霜飞晚
凝于残荷留在藕心
点点是禅

秋天最适合想念
秋风叩响门扉
每一声都震落一片花瓣

想有这样一个秋天

想有这样一个秋天
穿着红色的风衣
奔向你
风很甜
把一树树杏叶变黄
把一颗颗柿子变软

想有这样一个秋天
摊开一本薄薄的书
坐在海边
你用长长的竹竿钓海
我在等你收线
阳光很蓝
日子很闲

想有这样一个秋天
小小的庭院
大大的锅灶
柴草噼啪
燃出一片晚霞
抹在天边
也抹上你脸
那么餍足
那么暖

树上新摘的板栗
园中刚收的玉米
地里才挖的红薯

还有你钓上来的鱼
都在锅里慢慢炖烂
我不急
反正我有的是时间
等慢火熬制的晚餐
就像等慢慢成熟的秋天

想有这样一个秋天
很甜，很暖
很慢，很灿烂

秋风赶着去远方

秋深了
秋风赶着去远方
追着温暖的方向
追着雁阵的方向
追着故乡的方向

秋深了
秋风赶着去远方
掠过草木的青黄
掠过蓝天的辽阔
掠过老屋的旧梁

秋深了
秋风赶着去远方
把一路的尘香
抖落在金色的谷场
和谷场边金色的阳光
把一路的匆忙

停泊在银色的炊烟

和炊烟上银色的月亮

银色的月辉

细细碎碎的

跳跃在母亲的发上

绾成一束银色的光焰

在岁月深处闪亮

照耀在我归乡的路上

父亲的烟袅袅的

飘着风的模样

悠长悠长的

一直到远方

秋深了

秋风赶着去远方

和秋风一起上路的

还有我对故土老屋

执着地怀想

在秋天，隐入凡尘

秋天的时候

隐入凡尘

把自己放进斑斓的群山

放进一棵树的年轮

放进一片枫叶的骨骼

就长出一颗草木心

把自己融入山涧溪流

融入一汪泉的岁月

融入一滴水的脉搏

就升出一朵缥缈云

秋天的时候
隐入凡尘
如风拂过稻浪
如雨跌落荷塘
如霜染上橘林
就在秋天
隐入凡尘
活出稻谷的卑微和高贵
活出莲藕的不争和宁静
活出日子的酸楚和甘醇

在秋天
隐入凡尘
做一个寻常人
有一颗平凡心

冬天有多好（三首）

一

转过街角
遇见冬天
铁皮炉子烤红薯
香气弥漫如烟袅袅
冬天真好
尤其远处那"糖葫芦"的叫卖声
勾出多少冬天诱人的味道

冬天真好

秋雨初歇冬雪未到
街边的老酒馆就开始变得热闹
铜火锅涮羊肉咕嘟嘟冒着泡
香了一座城
暖了一个冬
醉了一怀寂寥

冬天，真好
推开家门
厨房里蒸腾着家的味道
母亲总能在最冷的日子
捧出最烫的水饺
父亲恣意地抿一口小烧
说：冬天，真好！
幸福总是被轻易地烹调
温情总是不经意间来到

冬天，真好
冷得有点儿恼人
暖得有点儿烟熏火燎
却总是让人会心一笑
红尘烟火气最拂凡人心
在冬天解读得最为精妙

你说，冬天该有多好

二

在落雪的午后
沏一壶红茶
等你来
你恰好开门

茶恰好出挑
如此，该有多好
呆呆冬日
茶香缭绕
即使不言
气氛也刚刚好

在盛冬的傍晚
煮一壶新醅酒
等你来
你恰好进门
酒恰好香飘
若你不来
薪火不燃
只一烛暖香也很好

你说，冬天该有多好

三

冬天
是一只巨大的飞鸟
驮一身闪亮的星子
穿过北极圈
穿过西伯利亚寒流
穿过阳光堆积的云絮
穿过月亮圆圆缺缺的寥萧
在我的上空飞行、环绕

那闪亮的星子
随着扇动的翅羽
一点点飘落

一点点燃烧

在山峦在河川

在原野在村寨

在楼厦在街道

在你我的怀抱

冬天

是一只巨大的飞鸟

驮一身闪亮的星子

穿过时光的廊桥

穿过季节的曼妙

穿过棉朵盛开的田畴

穿过节气来来往往的相交

在我的心空旋转舞蹈

簌簌而下的星子

漫过冬寒

漫过小雪大雪冬至

漫过故乡的小桥

满上我游子的眉梢

整个冬天

我常把自己想作那只大鸟

或者就是它翅上的一根羽毛

随风飘摇

这样银光闪闪的冬天

该有多好

在最长的夜里想你

喜欢冬至这个词

仿佛
二十四个节气
由这个词，周而复始
阴极之至，阳气始生
在最短的白昼忙碌
在最长的夜里想你
仿佛，也是一种欢喜

喜欢冬至这个词
仿佛
春，由这个词，滋生孕育
雪色润透了乡愁
模糊了视线
却清晰了你
在最短的白昼奔波
在最长的夜里想你
仿佛，也是一种期许

喜欢冬至这个词
仿佛
年的味道由这个词，开启
蘸着蒜香，冒着蒸汽
执着于阴历计时的我
不由得掐起手指
在最短的白昼
也忍不住一遍遍想你
在最长的夜里
悄悄住进你的梦里
仿佛
冬至点燃的是缘的归期

在最长的夜里

想你……

冬

我已忘了
你是在缤纷的叶片消失后登场
还是久居在木牍上的留白
当我念一段炉火的烟
你就在我的掌心苏醒

空空的颜色
染了宫墙琉璃
暖了胡同酒肆
平了素日的不平
当我放出一阵风
你喊了一声
冷……

初 冬

初冬的寒
瘦一弯新月
成钩
钓一杆儿乌苏里江的雪
入梦
融一杯乡思的酒
消愁

初冬的夜
捻两把清霜——成绺

绣两帖儿晶莹的窗花 出尘
唱两句呀呀的戏——解忧

想
是那一江初雪
轻轻地衔那弯新月
你在钓竿的那一头
缓缓地摇长长的线轴

念
是那两窗冰花
凉凉的染那夜清霜
你在岁月的那一头
静静地等候我回眸

初冬
等一场雪意浓稠
等两帖窗花剔透

冬 至

这个冬天格外的冷
其实冷的不仅仅是冬天
还有春天
就连盛夏我也心惊胆战
所以我格外珍惜温暖
尤其冬至这一天
最短的白昼
最长的夜晚

这一天

假如生命就此止步

我打点行囊
给阳光打蜡、上光、拉长
晾在朝南的格子窗
让最短的白昼也能闪闪发光

给那轮下玄月也擦亮
泊在朝北的冬枝上
还有漫上夜晚的星子
也用清风梳理一番
让最长的夜里也有闪耀的光芒

这一天
我打点行囊
给深秋来不及落尽的叶片
一一涂抹绿色的诗行
每一个句点
都萌发着春天的遐想

那些雪花
我舍不得收藏
就让它洋洋洒洒
落在我回家的路上
每一个履痕
都伴着花开的脆响

冬 阳

一缕轻暖
从格子窗
从霜花梦幻的盈透中，一点点醒来
揉着惺忪的睡眼

橙色的朦胧也细细揉进清凉
窗花的羽翼金灿灿地亮

一泓浅淡
从小院的老井
从吱扭扭的辘轳声里，一寸寸爬上来
冒着蒸腾的沤烟
白色的迷离汪着摇碎的光芒
盛满两只铁皮桶
在扁担两头颤悠悠地晃

一线瘦寒
从屋檐下的瓦缝
从长长短短的冰溜间
扑棱棱飞出来
灰色的精灵啁啾着晨光
落在缀雪的枝丫上
冬树瞬间绽放了活泼
叽叽喳喳地唱

一抹晨晖
从袅袅的炊烟
从红红火火的炉膛
噼啪啪升起来
煮着日子的悠闲
金色的米粥咕嘟出馋涎
父亲的谷子喂饱了整个冬天
泊在海碗里那枚荷包蛋
是母亲的爱
像极了此刻天上那
——冬阳

刻骨铭心的，暖

冰 路

开不出琼花
就落一地银珠
给尘世镶一面面亮闪闪的镜子
给阡陌铺一条滑溜溜的冰路
难为一下"两脚兽"
戏弄一下小动物
小心翼翼地抬腿
战战兢兢地迈步
在这镜子前
别说形象
在这冰路上
别提技术
摔倒了一样叽里轱辘
弄不好还会折了骨

今冬有雨

北方的水泽
被地下奔涌的熔岩灼热
被厄尔尼诺一遍遍揉搓
升腾起的云朵
来不及凝成冰魄
就倾盆而下
冬天
有点不知所措

冬天滑过穆棱河

背着手，吹着口哨
把一条弯弯曲曲的河
吹出坚硬的调调

北风把阳光打薄，再打薄
渐渐可以斩下坚硬的一角
剔除秋天的尘渣
种下一林火苗
白天装饰街道
夜晚喊出一条河的歌谣

滑过穆棱河
听一川水立起的味道

冬天来了

冬天来了
想去扫一场大雪
清出一方空地
安放一笼乡愁
支一张网
洒上一点儿寂寞
扣住扑棱棱的童年
那些冬天的诱惑

冬天来了
想去扫一场大雪

吱扭扭的独轮车
装满小院闪亮的晨辉
压出深深浅浅歪歪斜斜的车辙
一直通到田野
空旷的田野
忽然就飞起一串诗歌
那撒了欢儿的脚印
一个压一个
传出冬天咯吱作响的韵仄

冬天来了
想去扫一场大雪
摇落两棵白桦覆盖的琼瑶
露出窈窕的枝杈
左边那棵是你
右边那棵是我
任阳光在身上落下斑驳
任岁月一起唱和
一场又一场
故乡的雪……

这个冬天，我没有诗

这个冬天
我没有诗
来扫一场又一场的雪
我不在北方以北
也不在南方以南
我就在那个叫京城的地方
简单安静的生活

初冬时节

这个城市没有雪
满城的落叶
斑驳的色泽像极了古旧的岁月
踏着岁月细碎的光芒
奔波在俗世
我要养家
养那两只慵懒的猫
或者
可以养养脑子里精瘦的诗歌

这个冬天
我没有诗
来扫一场又一场的雪
我没有北方以北的清冷
也没有南方以南的激情
我就在喧闹的京城
沉静成一片银杏叶
执着地挂在枝上
白天暖成一枚冬阳
夜里冷成一钩新月

初冬时节
这个城市没有雪
满城的落叶
漂泊的轨迹像极了离乡的情节
品着南方以南的千盏光阴
听着北方以北的万丈雪
无自欢喜无自嗟
我一个人淡成夜色

这个冬天
我，没有诗

第五章

花与雪

莲的心事

从不敢写莲
怕读不懂莲语
怕悟不出莲意
怕写不出莲的清骨
怕画不出莲的诗魂
怕亵渎了莲的禅心

可，偏偏有这样一个命题
莲啊，你可知我的心事？
大千世界万种奇葩
我独爱你
爱你悄然盛开的那朵嫣然
淡淡生香
幽幽独立
静静与光阴对话
默默与草木情深
时时与江河相惜

莲啊，你可知我的心事
红尘深处繁华三千
我独爱你
你是离我最近的那一朵
你油绿的裙裾
冉冉地从水中升起
我便可听到你的笑颜
在绿色里婉转明丽

沉静如处子

圣洁如处子

莲，你寂然陨落后的莲蓬里
住着一颗颗洁白的籽粒
莲，你植于泥淖里的藕心
也空无得没有一点尘渣

莲，你冰封山河后的枯茎里
挺立着一根傲风雪的劲骨
莲，你冻结在水泽里的残叶
也凝聚着一缕无争的香魂

莲啊，你可懂我的心事
而我，不知如何说与你

荷

知道你看不见
依然穿起翠衫
只因你说喜欢

知道你不会来见
依然把雨露盛满绿盏
只因你说喜欢

再出一支婷婷
开一朵菡萏
结一池鸟鸣婉转
不管你是否能听见
也要鸣翠夏天

只因你的喜欢

与荷换盏

荷塘
斟满整个夏的盼

当荷叶团团把绿波饱蘸
当菡萏婷婷把红霞淡染
当白头乌把荷叶翻转
在雨中撑起油绿的伞
当赤麻鸭游过一幅远看
身后的波纹一圈圈变浅
池塘微醺
我与夏同酣

那一池酽酽的绿
我能对你说喜欢吗
就像喜欢夏天
那一支支粉嫩的荷
我能对你说喜欢吗
就像喜欢干净的少年

那一叶叶花瓣
落在水间
我也喜欢
像一声声轻叹
装满粉色的酒盏
微卷了流年

我能饮这潺潺荷香的流年吗？

我用心事和你换盏
醉倒一池清涟
一个夏天

为荷而来

碧叶田田，为何而生
清水漾漾，为何而湾
蜻蜓点点，为何而来
煦风澹澹，为何而染

俄而，叶如钱
倾而，成菡萏
转眼河池满
绿叶擎晓露
粉娇覆鸣蝉

夏天为何来
荷花朵朵妍
秋水婉婉然
莲子抱香眠
玄英款款至
残荷卧冰川

你又为何来
沐风栉雨，酷暑严寒
为荷而来
如风
如水
如蜓
如云天

妖冶如火

从未想过
月季，也可以当得起这四个字
妖冶如火
一直以为你清丽如淑女
就端坐在房前屋后
庭院深处
端庄婉约似从唐诗宋词中走出

直到看见你在街衢旁
绽放，红艳如火
一排排一簇簇
跳跃着生命的果敢和淋漓
那么恣意，那么向上
美得让人不忍直视
想来泰戈尔的《生如夏花》
当是为你而倾诉
你这璀璨的花朵凝聚在一起
就像红色的海洋
海妖塞壬也会被你蛊惑
失去声音的妖媚
邪气也灰飞烟灭
只有你当得起这
妖冶如火

梅

如果

要把男子比作花
我想，只能是梅了
不枝不蔓，不繁不冗
不喧不闹，不艳不俗
无论生于沃土
无论长于苍凉
一身傲骨遗世独立
一缕清芳凌寒开放

像极了汨罗江的屈子
像极了梅岭的林殊
清冷而高贵
多情而慈悲
蒙尘而不屈
心系万里河山
胸纳金戈铁马
身处惊涛骇浪
眼底波澜不惊
如梅沐雪
如梅聆风

也像极了寒地黑土
进军荒原的十万貔貅
那些铮铮铁骨的汉子
所过之处
都是春
梅，是男人的魂

冰凌花

你是谁

冰封的山河
怎会有这样倔强的花开
沉寂的岁月
怎会有这样明艳的色彩
你是谁
那个赤足走在冰面的女孩？
温润如玉，赤子之怀
以血为水
融化严寒紫燕归
以爱为籽
播下煦风春天来

你是谁
那个提着金盏的仙子？
温暖如阳，悬壶之爱
以身为药
平复悸动的心脉
以花为芒
刺破冰封的雾霭
你是谁
柔弱的枝丫
怎会穿透坚硬的冰层
娇嫩的花朵
怎能盛放太阳的神采
平凡的生命
怎有心系苍生的胸怀

比梅花更有傲骨
比蒲草更加坚韧
比莲荷更添情怀

天，给你风霜

你回以笑颜
地，许你苍茫
你报以绚烂
冰，给你重压
你回以盛开
雪，许你舞台
你报以华彩
我，给你青睐
你静默无言
笑成一岭一川
金色的海
——温暖的春之海

玉兰怨

迤逦至花间
花已半残
上次遇见
你还枝上含嫣
屈指才逾九天
你已凋散成一阕清词
在春夜缱绻
一地花瓣美得有些怆然

玉兰
你可知我想看你初绽
赤子模样一尘不染
羽衣霓裳素颜浅浅
玉兰
你可知我想看你的玉瓣
清清楚楚如初见

翩翩然然如少年

玉兰

你可知一场微雨薄寒

花间只余一柄竹伞

"树山"空留一枝轻憾

捡一枚残香夹进素笺

也不枉我等你一个春天

四月来故宫看海棠

海棠初破萼

红艳欲无春

四月海棠最美的地方

依然是故宫

就像三月的玉兰

乍开京城春动

最美的那株一定在故宫

就像二月的杏花

从右翼门一开

就敲响了故宫一年的花钟

故宫的春天

在次第花开里

艳了又艳

浓了又浓

红墙碧瓦琉璃脊

白玉栏杆雕花檐

都陷入海棠蓬勃的花丛

古色悠悠春色隽永

御猫行走中
也带起阵阵香风

四月来故宫看海棠吧
沿着一路芳踪
也许会走进一段故事中

家乡的映山红开得正艳

此刻
兴凯大岭的映山红
开得正艳

此刻
我在他乡
忽然很想那一岭的红艳
和那一岭的红艳点燃的思念

在家的那些年
总是行色匆匆
忽略了有映山红的春天

云山——卫星
卫星——兴凯
这个路线
每月都要走上几个往返

迎春花的嫩黄
映山红的娇艳
总是在眼前一闪现
没有过多的流连

离家久了
忽然很想那一岭的红艳
原来
映山红已惊艳了
我生命的春天

那一岭的红艳
毫无防备
盛开在他乡的思念

想家的感觉
原来是那样浓烈
只被那岭上的花儿轻轻一碰
就燃成乡愁一片

多想
徜徉于花海
带一袖的花香酣畅
多想
采撷于花丛
收千娇百媚于行囊
多想
醉卧于花下
从此不问世间繁华、天涯路远

千年雪

千千心念墨香里盛开
千千阕歌诗词里婉约
千千碎玉在岁末的枝上轻舞

假如生命就此止步

千千驹影在红尘的阡陌掠过
千千崔台你我还在执着
——这场千年落雪

独坐千年的午后
听你用时光垂钓千古绝唱
千枝莲的茶盏盛满银雪的热烈
暖了千帆过后寂寥的岁月
千层宣纸浸透淋漓的墨色
埋藏了多少千回百转的情结
——我要如何泼墨这场千年雪

千川醉吟满江红
八千里路云和月
青玉案上千壶光
流转千载阑珊夜
千盅美酒一曲满庭芳
千顷绿茵一阕如梦令
不及眼前千古一绝沁园春雪

独坐千年的岁月
看红砖碧瓦的千年帝都
沉静在千盏华灯初上的雪夜
一夕琼瑶千城过
万千鳞甲洗长街
千里无烟万里无尘

千秋万代的北平
只需一场千年雪
千尘万霾的玉栏金檐
千思万念的紫禁岁月
千喧万哗的胡同烟火

被这千年落雪
染净、镀白

纤纤素手穿过千年的落雪
轻轻翻到你的第一千页

初　雪

你在哈尔滨的天空等候
走出车站的一瞬间
不由分说
洒了我一脸凉意
一腔欢喜

中央大街的夜色里
你如一只只玉色蝴蝶
在晚风中起舞
灯火阑珊处
我们一同收起羽翼
放慢步履

关掉音乐
关掉手机
关掉过往前尘
关掉全世界的嘈杂絮语

只静静地听
索菲亚教堂的钟声
敲落一地洁白的你
只静静地听
你落地后窸窸窣窣地叹息

和霓虹折射出的美丽

只静静地听
自己喃喃地重复
初雪，我是如此喜欢你

春　雪（二首）

一

整个冬季
我一直一直
把你的名字念起
即使到了三月
也不想放弃

于是
我把你在春风里念起
初暖的风
有了丝丝凉意
我把你在春水中念起
初融的水
泛起朵朵涟漪
我把你在春树上念起
惊起一树梨花落
乱了一树李花白
捻成雨余黏地絮

我把你在春天念起
冬，才舍得化成泥
草木年年生绿

稻谷岁岁丰腴

二

雪
下在三月
是冬去了又来
满含不舍与无奈
像渐渐老去的舞者
跳完此生最后一支舞
再一次返场登台
向观众鞠躬谢幕
向尘世做最后的告白
转身，离去
忍不住流下泪来

独自欢喜

想独自听雪
独自欢喜

一如独自在暮春的夜
听一朵月季慢慢地开
独自留香，独自欢喜
一如独自在深秋的夜
听一片叶子慢慢地落
独自叹息
独自欢喜

想独自听雪
无须琴声

无须老茶
只一间陋室
听雪干净地落
独自欢喜

想独自听雪
无须焚香
无须更衣
只一处禅房
听雪简单的白
独自欢喜

想独自听雪
伴着雪的声息
忘羽化的经年
记眼前的河山
听银色的孤艳
独自欢喜

雪花的背面

喜欢雪花的背面
扇动的翅膀
别着一枚枚花苞
落地不是很凉
如果没有风会更好
恰好有你路过
春天，便提前来到

并非不爱冬天

想念一场雪

经历过一场又一场雪
和雪相伴而来的一切
那些风，那些凛冽
那些烟，那些暖和
那些诗，那些情阕
以及染白的岁月

可是依然想念雪
在深冬无雪的季节
山川想来和我一样
没有雪
冬岭无趣
河流无魂
草木枯竭
檐下那两株银杏
也许更想念一场雪
包裹住枯瘦的灵魂

雪的硬度

大夫说，骨头里的钙
会流失
年轻时不信
柔软的腰身
灵活自如
一字马、下腰、蛙跳
都行

诗歌卷

现在，信了
那些钙真的在抽离
不知去了哪里
直到一场大雪纷飞
腰酸腿疼
身体也变得硬气
不愿随意弯腰屈膝
愈加柔软的
是那颗心

一场大雪
从骨头里抽离
纷纷扬扬落了一地

雪的层次

写过太多关于你的诗
竟没有记住一句
想来
没有了解你的深刻
没有剖出你的层次
那些诗句和你一样直白
见光，了无踪迹

他们说
你从高处坠落
在低处生出奇迹
我知道
你本来就属于山川土地
落下算是皈依

你的层次感
由阳光和月光分割
在三季流淌
在冬天叠起
无论怎样
都令人欢喜

下雪了，向冬天认个怂

下雪了
向那铺满雪花的冬
认个怂
那雪美则美矣
却让我的脚步不再匆匆
骨子里的怂
对沟沟坎坎的恐
指挥着腿脚
找一处平

很想在雪地里
撒个欢儿
打个滚
留一串行踪
想想自己的年龄
想想自己的骨质疏松
算了
对着雪地认个怂

绕过一个雪坡
再绕过一块冰

我向生活也认个怂……

晚风把思念吹翻

天色渐暗
晚风把思念吹翻
轻轻坠地
一片片
我不敢捡
怕凉了指尖

晚风把思念吹翻
在黄昏弥漫
我不敢看
怕忍不住凌乱

这悠长悠长的思念
迷离了双眼
带我走进最长的夜晚

第六章

听澜小集

定格时光

一直以为
定格时光的只有胶片
那泛黄的记忆
定格少年的美好
定格青春的璎珞
也定格悲欢离合
如深秋的梧桐叶
一片一片
一帖一帖
从指尖划过
有阳光洒落
有霜花凝结

一直以为
定格时光的除了胶片
还有诗歌
那深情的笔墨恣意地欢脱
定格遇见的所有花开
定格遇见的所有快乐
也定格所有的蹉跎岁月
如暮冬的落雪
一朵一朵
一闪一闪
融化成诗意的长河
有故事开始
有故事终结

很怕那梧桐叶的脉络

被时光碾磨
指尖再也不能被记忆染色
很怕那雪花的冰骨
被庸常淹没
生命渐渐枯萎
诗意渐渐干涸

好在，有你
用大吕之声把时光定格
用顿挫之音把美好定格
生命被唤醒
文字被激活

在寂静的深夜
闭上眼睛
你的声音如汤汤流水
敲击着耳膜
震颤着心脉
鼓荡着四季的罡风
吟唱着八方的韵仄
清晰了时光的脉络
丰润了岁月的长河

闭上眼睛
用心触摸这声音的脉络
梧桐叶悄悄漫上绿色
时光定格在最美的章节

三月，很蓝

追风少年

与青绿有染
醉了春风，醉江山
而我，独爱蓝
独爱，三月蓝

我没有
千嶂小桥平岸，一水柔蓝
我有云海晴天，一湾碧蓝
春风一到
滨海飞沫水接蓝
沙鸥点点逐白帆

三月的风
渐渐柔软
因为有蓝
渡上浅浅的暖
我于三月悄悄靠岸
来赴一场前生今世的缘
驶离母亲圣洁的宫殿
我与阳光一路结伴

走进三月人间
我与草木相恋
我与蔚蓝相许
我与大海同澜
我与岁月缱绻

半生倥偬未改纯正良善
一袭藏蓝紫握真理信念
千帆历尽万里归航
我，依旧是从三月出发的温润少年

三月，很蓝
我，很暖

对　望

人生海海
倏忽百年
你我用百年对望
解读一句诗行
咫尺天涯，莫失莫忘
像夜空中相邻的两颗星
永远无法抵达彼此的身旁
却
彼此相望，彼此照亮

两颗驻守海岸的星
对望百年
举着不灭的星光
共阅沧海桑田
同读惊涛骇浪
把你我对望成我们
把我们对望成风景
把远航对望成归乡
把归乡对望成诗和远方
把亘古荒凉
对望成烟火人间
对望成此刻繁华的模样

你我就这样
隔着浅浅的海湾
深情地对望

你的红色点燃满天霞光
我的莹白闪耀在漆黑的晚上
在无法相拥的时空
彼此照亮

在这蔚蓝的海岸
在这繁华的人世间
我们终将
咫尺天涯
千年对望

点亮灯塔

携一缕尘世的风
去看你
远离城市的喧嚣
远离让我孤独的人群
远离寄宿我躯壳的蜗居
一路踽踽独行
一路默念着你

握着满把寂寞的时间
去见你
这急切的奔赴
也许没有回响
却让我沉迷
渴盼你的光芒
铺满我荒凉的城邑

第一眼看到你
泪水便漫上岸堤

我卸下所有的伪装
释放所有的情绪
悲伤的、孤寂的
还有一丝若有若无的欢喜
我就在你的脚下打坐
与你深情而语

阳光在海面游弋
海鸟在桅杆上嬉戏
飞机掠过云层
千舟驶向天际
视界如海浪般喧嚣
我的眼中却只有你
你和我一般孤独
孤独地在海边站立
却站立出我没有的
沉静气蕴
安详气息

百年沧桑物换星移
光阴的足在你的躯体
落下斑驳的印记
接纳了一个世纪的风霜雪雨
承受了千万次狂涛骇浪的冲击
你依然执着地驻守海岸
依然默默释放着光芒和善意

真想叩开你绯色的外衣
看你每一块砖石
是不是都刻着莲朵
或者拓满菩提
要不你怎会

如此伟岸，如此瑰丽
如此博爱众生
又如此缄默无语

天色向晚
船儿回港
百鸟归巢
阳光折叠羽翼
灯火次第开放
霓虹亮了
街灯亮了
白塔亮了
你的星眸，亮了

触及你悲悯的目光
我忽然明白
我也是需要倾听的
总好过一个人自言自语
我想
你我前世一定是有约的
要不怎会有今生的相遇
又怎会在纷繁的世界
让我情有所至
心有所依

如墨夜色里
你光焰的触手
掬起我咸涩的泪
溶没在浩渺的海水里
淹没在细碎的月光里
你捉住我孤寂的魂灵
放飞在渡口的风里

我看见
无数的船只慕光而来
无数的船只浴光远去
你始终伫立
高擎火炬

我的心
慢慢生出和你一样的气息
宁静、祥和、欢愉

我，总是忍不住来看你
在你的慈悲里
找回自己
在你的光明里
点亮自己

借我一把东风

借我一把东风
把那蓝色吹皱或者抹平

借我一舾阳光
让这水波细细生金
粼粼的碎碎的
如光阴里的欢欣

借我一点儿高度
对，一点儿就好
让这蓝色
有些褶皱
有些落差

有些心动的声音

或者就借我一块石头吧！
把这蓝打破一点点
一点点就好
这蓝色的锦缎
就开出一朵白莲
清唱着东风……

风　影

海湾的风
绕塔而行
翻卷了云絮
模糊了帆影
鸥鸟栖落塔顶
听风点燃心灯
亮了一颗星子
碎了半盏月影
夜残更漏
揣一怀清凉
入梦

我并不渴望远方

"我并不渴望远方，
只想找到一个可爱地方"

穿过城市山岗
穿过繁忙的日常

来到有你的海港
可爱的不止灯塔
还有港湾的月光

浪漫的不必是诗和远方
也许就在身旁
初夏生香的草木
灯火辉煌的广场
手牵手的情侣
父子同游的时光
也许就是在那间小小红房

在触手可及的地方
浪漫可以自由地想象

我想去看海

不想她等得太久
启程去看海
不想她等到哭泣
那不是海应有的声息
更不想她等到狂躁
大笑着毁天灭地

就想要那一方平静的水域
像音符一样荡起微微的涟漪
像诗行一样缓缓流进心底
就想要这样的海
没有大笑也没有哭泣
像我的心境
不悲不喜

借我一双慧眼吧

让我看清这浩渺水泽

深处的秘密

这是孕育水蓝色星球无数生命的摇篮

和我一定有着千丝万缕的联系

总牵引我的脚步

奔向海的岸堤

一亲海的芳泽

生怕浪费了一点点时机

这海呀

这湛蓝碧透微波荡漾的海呀

这鸥鸟翩翩帆影点点的海呀

这鱼群洄游处鲸落万物生的海呀

就在我的眼里

就在我的心里

美若神女

蓝

有人把痛苦写进洋流

也写进书面

因为海水的味道

和泪水一样咸

而你

把忧郁写进蔚蓝

写进双眼

也许你不懂磨难

只是前生住在海边

最好的日子

——读给母亲

二月里的好日子
二月二算一天
过完二月二
年，才算真正过完

二月初六也算一天
这一天
对我而言，不算最重要
至少不能超越刚过完的年
这一天
对于您
——我的白发亲娘
才是最重要的一天

几十年前的这一天
您生下了我
——您的长子
从此
您有了最柔软的牵牵
我有了最温暖的港湾

这一天
埋下了多少血脉相连的伏笔
开启了多少苦辣酸甜的故事
续写了前世今生刻入骨髓的情缘

我是您怀胎十月的盼
每一个年节的想
我是您
一天天挺拔的树
一年年伟岸的山

您是我小时候
推开家门的那声喊
是饿了、累了、委屈了
最想见到的那张脸
是我长大后
返乡归家不灭的信念
您是我在人世间
最质朴最执着的照见

您给了我一个家
在那个叫郭家屯的地方
让我吃饱穿暖、明事晓理
让我懂得惜福、包容、友善
让我长成顶天立地的男子汉

您给了我一张帆
从獾洞河的渡口出发
向辽阔的大海扬帆远航
您给了我一双翅膀
从白山黑水
从您日渐羸弱的臂弯
振翅向蔚蓝

而您
您就留在那个小小的村庄
守着供养我长大的土地

守着那个小院、那间老屋
守着渐渐老去的岁月
一年又一年

耄耋之年的您
时常忘东忘西
却从不会忘记
每一年的二月初六
这一天
无论我在远方
还是在你的身边
您都会为我煮一碗长寿面
您说别无所求
只愿我顺遂平安
往后余生的每一天
都是最好的日子
其实
这也是我对您的期盼

唯愿每一天
都是最好的那一天

遛　弯

太阳落山
和兄弟遛弯
沿着河边
一圈又一圈

晚风
把月亮揉碎在水中

有些碎片落在两岸
也落在兄弟的身前
影子绰约
落在我的脚边

绕过月光
我搂上他的肩
就像多年以前
那时我们不懂分别
也不懂想念

沿着故乡的河
我们打捞月亮
也打捞童年

风的颜色

风
是什么颜色最佳
当然是蓝色
所到之处，尽人皆知
——晴天来了

正如，你读出的每一首诗
都有海的深，天的情
触碰心灵时，我知道
——知音来了

和青春擦肩

就这样缓缓地驶来
如青春从梦里缓缓醒来

就这样绿地招展
如羞涩又蓬勃的少年

就这样，在初夏的风里
白杨树一样的少年
缓缓而来
那载满青春的想念
就缓缓驶进心田

就这样，在乡村的路上
和一辆校车遥望，擦肩
就像和青春擦肩
缓缓地……

恰　好

风，恰好路过
水，恰好成波
鸭，恰好游过
花，恰好开放
你，恰好在场

其实
哪来那么多恰好

都是光阴慢慢揉搓后的惊艳
都是时间慢慢熬过后的闪亮
恰好
定格成一幅幅曲水流觞
氤氲成一缕缕沁沁荷香

第七章

自由系列

我愿自由如鸟

久居钢筋水泥浇筑的城堡
围于世俗凡尘的篱墙
渴望有一方蓝天
放飞我自由的梦想

我愿是搏击长空的鹰隼
在狂风骤雨里翱翔
我愿是南来北往的鸿雁
飞行在他乡和故乡的路上
哪怕是一只精灵般的云雀
也要在云端把春天自由地歌唱

我愿，自由如鸟
薄如月光轻若云絮的万千羽毛
汇聚向上的力量
明如日暮亮若星辰的眼眸
满含冬日困顿的忧伤
也蕴蓄对自由的神往
喑哑的喉咙挣脱阴霾的束缚
呐喊声
穿透长风，穿透云层，穿透万里霞光
我要在时光的缝隙
找回明媚的声响
只为生命自由地歌唱

我愿，自由如鸟
把雀跃啁啾在每一个枝丫
每一朵花苞，每一树晨光

把翅膀舒展在森林、在旷野、在河川
在云海天壤
把身心栖息在露滴、在夜华、在落红
在月亮之上
我要在光阴的深处
吟诵纯粹的诗章
只为灵魂自由地歌唱

我愿，自由如鸟
哪怕被雷电撕裂喉咙
被风雨折断翅膀
依然向往自由地飞翔
自由地歌唱

我愿，自由如鸟……

我愿自由如翼

没有人能约束我
除了我自己的思想
而我的思想
如此不羁，如此激荡
那是长了钢骨
渴望逆风飞行的翅膀

我愿，自由如翼
我向往神鹰重生的力量
我愿是神鹰
自由地翱翔在青藏高原的万里苍茫
骄傲地盘桓在布达拉宫蓝色的天空之上
我扇动着巨大的翅膀

和着经幡飞扬的梵音一起鸣唱：
我，就是雪域上空最自由的
——王

我愿，自由如翼
我倾慕凤凰涅槃的悲壮
我愿是凤，衔起枝枝香木
我愿是凰，点燃熊熊火光
我的肉身和灵魂在火焰里
翩翩起舞尽情地歌唱
我要告别五百年的浮生若梦
告别五百年的低迷彷徨
我要把自己燃烧成灰烬
锻造成精魂
凝结成光芒
飞升成不朽的图腾
我，向天再要五百年！
我，愿是自由穿行在永恒时光里的
——凤凰

我愿，自由如翼
哪怕我只是百灵鸟柔软的翅膀
我也会御风飞行在自由的天空之上
我在春天的小溪
洗濯冬日的羽毛，混沌的目光
把声音播撒在绿色的山岗
随风婉转成一缕缕花香
我在夏天的夜晚和月亮对唱
任柔情铺满银色的轩窗
和清幽的月华一同流泻出片片清凉
我在秋日的枫红里
晾晒金灿灿的阳光

我要在这阳光下自由地飞翔，自由地歌唱
哪怕我的歌声
只能在无垠的冬寒里孤独地流浪
我也绝不收起我对自由的向往

我愿自由如翼
就像我不羁的思想
长出了一双渴望飞翔的翅膀……

我愿自由如星

不能直视太阳
我选择仰望星空
不能白日做梦
我把梦想给了夜晚
给了满天星汉

我愿是一颗星子
沿着自己的轨迹
绕着自己的轴心
在浩瀚的星海自由地旋转

我愿是
天王星、海王星、冥王星
在最坚硬冰冷的岩石冰川之下
埋藏最热烈的火焰
在银河系闪烁着幽蓝美丽的光环

我愿，自由如星
流浪在无限的空间、无限的时间
我愿是北斗七星

执一柄微醺的执念

在墨玉般的天幕

在紫薇垣上

洒下繁星点点

让夜空更加灿烂

让宇宙万物突破黎明前的黑暗

让四季分明、日月流转

我心无恙

我愿，自由如星

飞行在蓝色星球之外

穿越亿万光年

闪耀在你的眼前

我愿是金星

出现在清晨或傍晚

无论做长庚还是启明

还是维纳斯的梳妆镜

我都有一颗向往光明的灵魂

崇尚自由的信念

或者就是火星吧

孕育着无数自由生命的遐想

那个来自星星的你

仿佛就和这红色的星汉有关

我的有着美丽传说的太白金星

也许在某个冬季就成了人类的客栈

我的有着神秘幻想的火焰之星

也许在某一个夏天就成了生命的港湾

这似乎与我无关

我只想自由地飞行

自由地旋转

我愿，自由如星

假如生命就此止步

在浩瀚的宇宙

轮回万载，光耀千年

我更愿是夜晚皎洁的月亮

不要说我是水蓝色地球的卫星

我犹如鲜活自由的生命一般

承载了古今中外、四海八荒

多少谪仙与凡人的美好愿望、离合悲欢

清幽幽月晖

温润了多少文人墨客的酒盏

流淌出多少动人的诗篇

星垂平野阔、月涌大江流

是何等的雄浑扩大，随性自然

明朗朗玉盘

照亮了多少将士南征北战的征程

聆听了多少金戈铁马的悲鸣

夜凉风如泣、剑寒气如霜

"秦时明月汉时关，万里长征人未还"

是怎样的苍凉与悲壮

多少忠魂写就这山河永健

新月如钩

孤灯下的逆旅，研墨展卷

临摹乡愁的月光

描画往事如烟

吟诵"但愿人长久，千里共婵娟"

我愿，温润如玉

性情如兰，自由如星

不能直视太阳

我选择仰望星空

尊崇内心的良善

散发柔暖的光焰

我愿，自由如星

我愿自由如天

天
我竟不知如何和你交谈
你是那么辽阔那么深远
夸父追日在你的天幕上演
嫦娥奔月在你的舞台浅唱

我不知如何与你交谈
我不是雷公电母
我的声音在你的穹宇
留不下一点点回响

我多想是女娲
可以抚摸
你的云朵，你的闪电
你的雨雾，你受伤的脸
用大地之母孕育的彩色魔石
在你的脸颊镶嵌星宿点点

然而
我是如此平凡
只能仰望你的苍穹
你的辽阔
你的深远

天
我竟不知如何与你交谈
你是那么博大那么纯善

你是风放牧云朵的牧场
你是雪沙沙起舞的原乡
你是雨悬挂彩虹的庭院

日月在你的天幕交替
岁月在你的胸怀变迁
哪怕，一次次星与星碰撞的灾难
也被你接纳感召
成一场场流星雨美好的心愿

我不知如何与你交谈
我不是日月星辰
在天空之城闪耀
我不是风霜雪雨
恣意挥霍你的偏袒

我是如此平凡
如一粒微尘
我的生命之于你
是如此的渺小短暂
我只能仰望
你的天空、你的博大、你的纯善

天
我竟不知如何与你交谈
你是那样慈悲，那样包罗万象
漫天的星宿
无论冰冷如月轮
炽热如日炎
无论永恒若银河
倏忽若闪电
你都一一罗列

装饰在你的星盘
给每一颗星宿升起的支点
不辜负每一束明亮和暗淡的光焰

你阔大无穷的华盖之下
崇山峻岭孕育生命的奇迹
江河湖海激荡生命的信念
你悲悯的目光
注视生命的轮回、四季的变幻
哪怕一棵树慢慢叠加的年轮
一林草岁岁年年的枯荣
一朵花怒放的爱恋，飘零的轻叹
一粒沙经历过的沧海桑田

我是多么幸运
在浩瀚的宇宙之中
在无限的星际空间
在蓝色的地球之上
我一抬头
就能仰望你洞察一切的目光
和无边无际的深情
无边无际的蔚蓝

我是如此的平凡
又如此的幸运
在你的庇护之下
自由地呼吸、自由地歌唱
自由地轮回千年万年
哪怕，我是卑微的一粒尘
哪怕，我只是化蝶前的一枚茧

天

你才是真正自由的
不为风动，不畏雨殇
不论白昼，不论夜晚
你，一直在我的上空
辽阔着，深远着
博大着，纯善着
悲悯着

我愿，自由如天
和你比肩而坐
和你促膝长谈
我愿抬头三尺
有你的神殿
我愿俯首四季
有你的馈赠

我愿每一个轮回
你都蔚蓝美好
永如人间四月天

我愿自由如意

我，想要的自由不多
不为仕途所累
不为情事所困
不为人言而活
只念那无多的自由
由衷地快乐

我愿，自由如意
再做回那个华服锦裳的少年郎

风姿绰约，打马过长街
在茫茫人海遇见为我回眸的红颜
解我夜色阑珊时的寂寞
再做一次霁月风光的佳公子
呼朋唤友，击缶高歌
在滚滚红尘找寻和我灵魂相契的知己
懂我歌声里的激昂与萧索
再做一回快意恩仇的独行客
历经风霜，初心不改
在纷纷乱世仗义执剑，为民请命
事了拂衣去，深藏身与名
——那才是真正的我

我愿，自由如意
不再做励精图治高屋建瓴的国之肱骨
不再被粉饰太平的梦寐所惑
赏罢人间的繁华锦瑟
尝过凡尘的爱恨离殇
历经人生的浮浮沉沉、起起落落
一缕风尘，两鬓淡雪
一路逶迤归家
一路阅尽这大好的山河

我，想要的自由不多
一盏清茶，一支瘦笔
一院疏篱，三两知己
坐看云卷云舒
闲听花开花落

我愿，自由如意
在青山脚下碧水之旁
在爬满青藤的小屋

在开满雏菊的篱下
木桌简单竹椅朴拙
铺一张宣纸研一池水墨
画一帖帖工笔花鸟
临一幅幅写意山水
书一行行簪花小楷
任心无旁骛的自由快乐
漫过开满鲜花的季节
漫过我远离喧嚣的小小院落

我愿，自由如意
在落雪的黄昏
燃起红红的炉火
煮一壶梅子酒
几碟拿手小菜
与诗朋画友对酌
笑谈春花秋月
畅饮夏风冬雪
开怀时，对酒当歌
酩酊时，与梦同卧

无人来访
与自己相约
听狸奴在榻上慵懒浅眠
看阿黄在雪地恣意欢脱
在冬日沉静的时光
执一支瘦笔在一页页扇面
随心所欲描摹花红柳绿的季节
盖上古拙的印章
作为春天的拜帖
寄予红尘中的挚友
生命中的过客

告诉他们

我自由如意地活着

只为自己和这简单的世界

我，想要的自由如意

真的不多

仅仅是一掬人间烟火

我愿自由如风

我愿，自由如风

在山高水长与你相逢

煮十里桃花

斟两壶春色

你一盏北江冰凌

我一年南木繁盛

谁还敢说我无味透明

山色青青

水色潋滟

我微醺的面颊染香

我桃红的魅影如风

来来来

一起干了这春风十里柔情

我愿，自由如风

在时光交错里与你擦肩

书千垒辞章

读两眸秋澜

你一页万亩秋黄

我一行鸿雁离殇

谁还敢言我无华虚空

白云悠悠
蓝天高远
我丰腴的诗章充栋
我朗润的妙文绕梁
来来来
一起听秋风诵万卷秋声

我愿，自由如风
自由地把这锦瑟的人间轻拂
任性地把这离乱的红尘吹醒
悄悄地在你心里生根
无色无味
无形无影
如魅如风

第八章

红色图腾

祖国的春天

当春风用深深浅浅的绿色

勾勒出三山五岳葱茏的轮廓

当春雨用淅淅沥沥的韵律

描摹出奔涌的长江、解冻的黄河

当春花用五彩缤纷的笔墨

点染了长城内外无垠的旷野

我看到，我的祖国和春天一起蓬勃

我的祖国和春天一起蓬勃

我是根植于

你的黑色土壤里

你的黄色平原中

你的红色高原上

那枚金色的种子

那林绿色的稻禾

那片希望的田野

我的祖国和春天一起蓬勃

我的春天生长于

你生生不息的星星之火

你百折不挠的红色信仰

你千载血染的丹青史册

你万众一心的青春中国

我是你九百六十多万庭院里

吐芳的春朵

我是你五湖四海春潮里

争流的百舸

我是你复兴路上

砥砺前行的十四亿的总和

我和祖国

一起在春天里蓬勃

一起高唱春天的赞歌

我恋你啊

春天的祖国

祖国的春天

我爱你啊

祖国的春天

春天的祖国

我的青春中国

我翻开五千年时光

撰写的厚重典藏

虔诚地拜谒

我的祖先刻在石器上的图腾

五千年的风沙

无法掩盖她璞玉般闪烁的智慧光芒

历史的天空上

依稀可见她舞动的强劲翅膀

我在坚硬的甲骨

斑驳的竹简上

触摸华夏文明初现时

简单、稚拙、美好的模样

我在青铜斑驳的纹理

丝绸古老的经纬间

感知推动历史车轮一路向前
百折不回的力量

我卷起这五千载
带着血泪、带着奋争甚至张扬的时光
把她一点点揉碎、一点点打磨
成珠成玉，承载磨难，也承载欢乐的力量
深情地播洒在
九百六十多万平方千米的土壤
让她生长出最巍峨的脊梁
最广袤的平原
让她流淌出最沸腾的热血
最辽阔的海疆

我卷起这五千载
带着屈辱、带着荣光甚至悲怆的时光
把她一寸寸折叠，一尺尺延展
成龙成凤，丰满成翱翔九天的信仰
一代代王朝更迭、一朝朝帝王变换
飞天的梦想一直在龙的子孙心中激荡

这，漫长的五千年时光
命运多舛的民族从未停止文明的进程
亿万炎黄子孙从未停止强大的梦想
古老中国
在一次次磨难中成长
在一场场烈火中涅槃

这，漫长的五千年时光
青春中国，只有短暂的七十年
却迸发出耀眼的光亮
给大禹一个承诺

诗歌卷

江河湖海不再泛滥
给屈原一个答案
不用再问天、问地、问一川江水呜咽
给李白一个圆满
不再有"天生我材必有用"的慨叹
这里有诗人挥毫泼墨的纸张
有才俊信马由缰的万里河山

我的青春中国
给成吉思汗一只银色神鹰
给努尔哈赤一架钢铁战车
给北洋水师一艘航空母舰
给百万雄师最精良的武器
最赤胆的忠心、最坚定的信念
给绵长的国境线浇筑铁壁铜墙
让"国破山河在，城春草木深"的景象
在我的土地上永不重演
永不重演！

我的青春中国
用短短的七十年时光
收拾满目疮痍的旧河山
让荒原变成良田
让渔村变成现代化城乡
让南方和北方变成人间的天堂
让"轻舟已过万重山"
不再是诗词里的张狂
高铁、城际列车、国际航班
用科技解读天涯若比邻的内涵
让整个地球成为一个和谐的村庄
那驼铃摇出的丝绸之路
穿过戈壁滩，穿过楼兰遗址

描画出宏伟巨章

我的青春中国
用长长的七十载岁月
站起来、富起来、强大起来
让七十年前天安门城楼上
振聋发聩的呐喊
在今天、在未来
在东方、在西方
在世界的每一个角落高亢地回响
我的青春中国
用中国主张拥抱世界
引领世界经济良性发展的方向
用道路的力量、精神的力量
团结的力量、人民的力量
汇聚成不可战胜的、磅礴的中国力量
创造青春中国美好的明天
我的未来
我的青春中国的未来
将永远年轻
永远灿烂辉煌

秋天里的中国

秋天里的中国
是水墨里的锦瑟
是秋露洗亮的东方既白
秋空排雁阵
秋江载星河
秋天里的中国
是一轮月色的皎洁

是一川秋水的清波
是一黛远山氤氲的乡思朵朵

秋天里的中国
是油彩里的天香国色
是从南到北色彩的总和
橙黄橘绿的硕果
流光溢彩的稻禾
铺满山林、铺满田野
秋天里的中国
是灰墙里一树柿红
是池塘里一段藕荷
是杏黄里一抹霜色
是光速里一列和谐

秋天里的中国
在唐诗里磅礴
在宋词里婉约
是满城尽带黄金甲
是霜叶红于二月花
是秋叶细细梧桐雨
是小桥流水人家

秋天里的中国
是赴一场浪漫之约
一起看钱塘江潮涌动
一起鼓荡亚洲雄风
一同唱我爱你中国

秋天里的中国
是贺一场盛世华诞
每一间村舍、每一座城郭

都染上酽酽的红色
每一片海域、每一条江河
都流淌着欢乐的歌

秋天里的中国
是长安街上大红的中国结
是天安门广场十月一日清晨
五星红旗冉冉升起的那一刻
沸腾的人群
沸腾的广场
沸腾的中国

"七一"随想

这是一个被信念染红的日子
这是一个被敬仰灼热的日子
这是一个被镰刀收割的日子
这是一个被锤头锻造的日子

这日子被嘉兴南湖的波澜
激荡成永恒的记忆
这日子被橘子洲头的豪情
问及大地：谁主沉浮
这日子被雄鸡一唱
就照亮了整个世界
就红了东方的天际
这日子被百多年峥嵘岁月
淘洗得更加鲜艳无比

这日子在七月火红的扉页
突破黎明前的黑暗

诗歌卷

411

和朝霞一同冉冉升起
和镰刀锤头的旗帜
一同飞扬在祖国的万里碧空
一同飞扬在祖国辽阔的海疆
一同飞扬在九百六十多万平方千米的中华大地

和这日子一起飞扬的
是为了新中国捐躯的
共产党员不灭的信念
是几千万仁人志士
以血祭轩辕的无悔壮举
是社会主义建设大军中
无数个叫作共产党员的先锋队、突击手
是天灾人祸、战争危难中
第一个站出来的共产党人
是精准扶贫工作组里
最鞠躬尽瘁的身影

是一百多年后的今天
中国共产党人牢记
为人民服务的初心
高举中国特色社会主义伟大旗帜
引领亿万中华儿女
走在民族复兴的康庄大道上
共创辉煌的明天

我骄傲，我是新时代的工人

我是工人
我是党旗上那把砸碎旧世界的铁锤
我是工人

我是新中国建设大军的排头兵先遣队

我是工人

我是新时代工业革命的弄潮儿

我是工人

我是工匠精神、劳动精神的践行者

我是工人

我是建设中国特色社会主义的生力军

我是工人

我是实现中国梦想最微小也最伟大的一分子

我是工人

我是中国宏伟蓝图上最朴素的底色

我是工人

我是爱岗敬业、无私奉献的劳动者

我是工人

我是机声隆隆的车间里

一台台闪光的车床

我是纺织厂彩色的河流里

一个个金梭和银梭

我是建筑工地支撑起晴空的

一排排坚实的脚手架

我是绵延千万里的铁道线上

一颗颗永不生锈的螺丝钉

我是工人

我是大街小巷默默清扫出

黎明曙色的城市美容师

我是工人

我是夜幕悄悄降临时

点亮万家灯火的光明使者

我是工人

我是漆黑的巷道里
采撷乌金的矿工
我是工人
是炼钢熔炉前挥汗如雨
千锤百炼的冶金工

我是积极进取无怨无悔的工程师
我是辛勤酿造生活蜜糖的小蜜蜂
我是不忘初心立足本职的建设者
我是新时代新观念的能工巧匠

我是工人
我们是工人
我们不仅仅是《创业》里的铁人王进喜
我们不仅仅是《青年鲁班》里的李三辈
我们不仅仅是《火红的年代》里的赵四海
我们不仅仅是《钢铁巨人》里的戴继宏

我骄傲，我们是新时代的工人
我们用高科技武装头脑
我们用团队精神攻克难关
我们把神舟飞船送上太空
我们把航空母舰送入大洋
我们让和谐号连通南北
我们让丝绸之路贯穿东西

我们在长江上建起葛洲坝
我们在渤海湾搭起石油钻井平台
我们在不毛之地修出高速公路
我们在悬崖峭壁连接出玻璃栈道

我们在电脑上描龙绣凤

我们在网络设计怡园美居

我们在学习中进步在工作中成长

我们是新时期有知识有文化的建设大军

我骄傲，我们是新时代的工人

和谐稳定的中国

让我们在各行各业大显身手

飞速发展的中国

让我们尽显大中华的工匠精神

党的路线方针为我们指明了前进的方向

党的惠民政策让我们安居乐业

我们在党的领导下不忘初心

为实现中国目标实现中国梦想

努力工作再创辉煌

我骄傲，我是工人

我骄傲，我是新时代的缔造者

守　望

——写给和土地生死相依的农民

他们

那些从土地里生长出来的男人和女人

匍匐在五月的田野

聆听庄稼拔节的声音

他们用劳动的方式

和土地赤诚相见

褐色的手准确地捏住一枚又一枚稗子的生命

稻子的青葱便漫上一条又一条田埂

他们

那些和土地相依为命的男人和女人
喜欢与山为伴以水为邻
山一样粗粝的性子在小溪里淘洗出水一样的柔情
喜欢在稀疏的篱笆墙里垒一个家
篱下没有朵朵菊黄，密密麻麻开满扁豆的紫英
习惯和牛羊、和鸡鸭、和土地温言软语
也习惯用满含爱恋的目光
守望土地、守望收成

他们
那些用劳动的方式活着的男人
用汗水养肥了土地和土地上的生灵
用心血灌溉着庄稼和庄稼里的年景
在丰腴了粮仓的秋夜
喜欢在炕头驻足地捏起酒盅
恣意地喝到酩酊
那些用劳动的方式活着的女人
喜欢在男人的醉语里沉迷
喜欢在男人震天的鼾声中入梦
喜欢在男人用爱恋的目光打量土地的时候
悄悄打量男人的痴情
纺着线织着爱情的手
一刻也没有停

我的父母
我的父母的父母
他们，就是这样的男人和女人
我，也是
他们是守望土地的劳动者
用双手，用生命
而我，守望他们
用感恩，用赤诚

用我贫瘠的诗行长出的深情

岁月静好
——写给军人

从来就没有什么岁月静好
那是因为有人在默默付出
从来就没有什么山河安好
那是因为有人在流血牺牲
从来就没有什么你我晴好
那是因为有人在负重前行

你看到天安门前迎风招展的红旗
你听到广场上空明丽的鸽哨
你可曾看到烈日下、暴雨中、飞雪里
有人挺立的身影
汗下如流、浑身湿透
静如雪雕、稳如基石
你可看到人民英雄纪念碑上
用鲜血和生命镌刻的沉甸甸的历史

我们眼见的山河永健
我们亲历的岁月安好
我们心中诗意的祖国
我们月光下静美的中国
我们太阳下骄傲的中国
皆是因为我们身后
有这样一群人
有这样一支人民的子弟兵
在默默付出

在尽忠职守
在砥砺前行

红色嘹亮
——献给中国军人

你的底色是深远的
翻开厚重历史典籍的时候
你就在斑驳的竹简泛黄的纸张里
执着地洇出鲜红的色彩
自从有了华夏文明有了九州中国
你这红，就无处不在

你从"称尔戈，比尔干，立尔矛，予其誓"
这铮铮誓言里来
从"三十功名尘与土，八千里路云和月"
的壮怀激烈里来
你从"只解沙场为国死，何须马革裹尸还"
舍生忘死为国征战里来
从"但使龙城飞将在，不教胡马度阴山"
戍守边关与国共存里来

那时候
你是将军帽盔上鲜红的缨穗
如风、如帜、如勇往直前的号令
劈开箭林兵海
是士兵枪矛上血色的红缨
淋漓着出击的快感
传遍胜利者的四肢百骸

那时候
你是将士出征时壮行酒激发的胆色
是旌旗上虎啸龙吟的猎猎神采
是沙场点兵军歌嘹亮，号角声声响彻天外
那时候
你有残阳如血的苍凉
有大漠孤烟的悲怆
有四海未定的忧戚
有壮志未酬的不甘
有班师还朝万民空巷的顶礼膜拜

几千年来
你守候着家国一代又一代
让华夏生生不息，让九州绵绵不衰
读那时的红
总让人觉得少了阳光普照的温暖
少了四海平定万民皆安的期待

直到那一天
在南昌，在暗夜
你被镰刀锤头锻造的信念唤醒
那信念的红濡染了战旗
照亮了暗夜里的中国
凝聚成让人景仰的
最纯正的中国红

那时候
你是"星星之火"燃烧出的红
是"一盏马灯"闪耀出的红
是"枪杆子里面出政权"厮杀出的红
你坚定地飘扬在热血沸腾的胸膛
"三枪为记，河山统一"

南昌这座英雄的城市
从此润透鲜红的色彩
你这鼓舞人心的红啊
一直漫延到湘赣，蔓延到广州
一红就红到了井冈山上

那时候
人民的军队有个红色的名字
军装是天空、海洋、群山、大地的青黛
领章帽徽闪耀着鲜红的色彩
旌旗猎猎，军歌嘹亮
引领红军所向披靡继往开来

那时候
你是长征路上播下的火种
遵义会议放射的光芒
是"红军不怕远征难，万水千山只等闲"的革命浪漫主义情怀
是"六盘山上高峰，红旗漫卷西风"的人生豪迈

那时候
你是延安窑洞里发出的条条指令
是南泥湾大生产中浸满将军汗渍的扁担
是游击战中神枪手瞄准敌人的准星
是打靶归来唱红的漫天晚霞
是张思德普通一兵
身体力行为人民服务的红色初心

那时候
你是艰苦卓绝中磨炼出的百折不挠
是在对敌斗争中锤炼出的钢铁意志
你就是人民军队的军魂
你就是人民的救星

是指向三座大山、指向入侵之敌的
杆杆枪矛、支支红缨
你红色的战旗
率领四万万同胞一起
驱逐鞑虏、收复河山

你被杨靖宇、赵尚志将军
转战白山黑水爬冰卧雪时
揣在怀中暖在胸口
你被八位抗联女战士
用如花的生命融入乌斯浑河水
你被赵一曼烈士
在狱中写进给宁儿的遗书里：
"不要忘记，你的母亲是为国牺牲的"
是的
多少英雄豪杰用生命保家卫国
多少战士用鲜血濡染战旗

那时候
人民军队在抗战中百炼成钢
红色根据地日益扩大
日伪军彻底陷入人民战争的汪洋大海
历经十四年的持久战
人民军队赢了，中国赢了
赢得胜利的人民解放军南征北战
把红旗插遍了大半个中国
辽沈战役，东北红了
淮海战役，江北红了
平津战役，华北红了
百万雄师过大江
红就弥漫了整个南京
这滚滚的红色潮流结束了一个旧时代

这红呀

就随着"中国人民从此站起来了"那高亢的声音

铿锵有力地走过天安门广场

走上了世界的舞台

一直就跨过了鸭绿江

一展中国军人的风采

这红呀

就从上甘岭一条大河的歌声里飘荡来

就从平津湖的冰雕里迸发出来

这红就随着那声高喊：向我开炮！

从眼中簌簌流下来

谁是最可爱的人

就是这些有着红色信仰的中国军人

和平年代

这些最可爱的中国军人

唱着嘹亮的军歌

擎着红色的军旗

驾长鹰飞翔在祖国的领空

驱战舰游弋在辽阔的海疆

握钢枪巡逻在祖国的边防线

时刻守卫着来之不易的胜利果实

守卫着国土的完整、人民的安宁

是的，这红呀

是中国军人对祖国的赤胆忠心

对人民无私的爱

哪里有天灾人祸哪里有危难

哪里就有中国军人

洪水中，他们是最坚实的堤坝

地震时，他们第一个抵达救援现场
火灾时，他们是义无反顾的逆行者
他们的背影是那么坚定、那么可爱
总会让人忍不住流下泪来

这就是人民最坚强的后盾
这是祖国最坚实的钢铁长城
这就是中国军人
以血肉之躯比肩神明
以无畏精神撼动乾坤
以赤胆忠心报效祖国
他们出征时高举的八一军旗
招展成最嘹亮的红！

岁月无悔
——给人民警察

晨光里
每一缕乡村的炊烟
都是你温暖的眷恋
夜幕下
每一盏城市的灯火
都是你执着的守望

川流不息的车河里
你指挥若定的身影
伫立成一道道靓丽的风景线
熙来攘往的人海中
你巡逻的步履
你鹰隼的目光

交织成一个个密集的安全网

哪里有危难
哪里就能看到你
义无反顾的模样
火灾、地震、泥石流
你总是第一个出现
最后一个离场

哪里有犯罪
哪里就能看到你
扫黑除恶的决心与担当
排查、蹲守、抓捕
你总是忘记
忘记自己的安危
和犯罪分子的疯狂
一腔热血保一方平安
一颗赤胆护万家团圆
一身正气惩恶扬善
一生奉献无悔无怨

守着千万个婴孩的睡颜
错过了自己孩子的成长
念着千万个母亲的安暖
忽略了自己母亲的牵肠
你是世上最重情义的儿郎
你是人间最英姿勃发的姑娘
把青春献给金色的信仰
用生命铸就正义的力量
用岁月谱写无上的荣光

医者担当

——献给中国医师节

我喜欢

穿过春秋战国的狼烟

找寻上古神话中扁鹊的身影

和他带给人间的快乐

在一脉手诊间触摸医者的血脉相传

我喜欢

在曼陀罗的花香里

感知东汉华丽的皇宫和血腥的古战场

华佗这位医者的仁心和风骨

在一剂麻沸散的力量中醒来

我，也想成为你的模样

我喜欢黄帝内经里回春的岐黄

喜欢三国董奉的杏林春暖

我喜欢在伤寒杂病论里

膜拜华夏医学体系初始的殿堂

我喜欢在千金方中

致敬祖国临床医学呈现的辉煌

我喜欢本草纲目里

一林林奇花异草

生长出的治病良方

那赤橙黄绿青蓝紫的色彩

伴我度过青葱岁月

伴我度过我悬壶济世的每一寸时光

那些杏林圣手、仁爱卢医的光芒
深深扎根于我的思想
那是救死扶伤、守护健康医者的慈航

我敬仰
穿过抗日烽火解放硝烟的军医们
他们让多少战士重返战场
我敬仰
上甘岭上一路唱着《我的祖国》的
佩戴着红十字袖章的姑娘

我敬仰
七十多年来红色中国
每一位医务工作者的无私奉献
无论是大城市里的名院名医
还是偏远山区的赤脚医生
他们唤醒我
一心为民众健康的责任
一心为家国安宁的担当
尤其天灾降临的时刻
更需要我们凝聚起扛鼎的力量
救民众于水火
救民族于危亡

我喜欢这身白色的医装
我热爱这方白色的战场
让每一个日子都充满七彩阳光
让每一份付出都焕发生命的力量
让每一次出征
都战无不胜
让每一次奉献
都无上荣光

你是如此浪漫

——写给北京冬奥会

你是浪漫的
你以独特的浪漫走了近百年
你的浪漫
来自冰雪来自严寒
你是雪地上的诗行
书写着速度与激情
你是冰面上的芭蕾
旋转着力量与婉约
你是滑道上的高岭之花
和雪花一同绽放
和冽风一起歌唱

你是浪漫的
你的浪漫走进千年古都
你的浪漫走进中国的新年
你唤醒的何止是中国人骨子里的浪漫
更让整个地球村与你共赴浪漫之旅
共享冰雪极限运动的盛宴

开幕式上十秒的倒计时
不，你不要十秒
你要"漫"一点
二十四个节气
春夏秋冬的瞬间
就定格在立春吧
因为这是一场始于春天的盛会

你是如此浪漫
注定要有一个浪漫的开篇
一滴墨融于冰雪
一川水天上人间
一方冰缓缓升起
冰雪五环破冰而出
唯美、震撼、惊艳

你是浪漫的
当你的浪漫遇上中国
便有着极致的呈现
你的火种装在长信宫灯里
——她，来自西汉
火种台是那个青铜尊
——她的出处更为久远
那一枚枚奖牌是古老华夏的同心圆
这"天地和人心同"的内涵
要多智慧有多智慧
要多浪漫有多浪漫

六位火炬手
六个年龄段
那是奥运精神代代相传的浪漫
一朵大雪花九十六朵小雪花
那是西方寓言与东方美学的遇见
演绎全人类"一起向未来"的和谐浪漫
就更不用说冰墩墩雪容融带给人们的童真和笑脸

你是浪漫的
浪漫到高山滑雪被一个"卷"字点燃
浪漫到被中国一个十一个月的宝宝点燃
浪漫到被从未见过雪的热带国家点燃

你是浪漫的
给最年轻的项目一个钢筋铁骨的"雪飞天"
中国姑娘谷爱凌在这里腾空翻转
完成了"会当凌绝顶，一览众山小"的传奇和浪漫
你是浪漫的
给最古老的项目一个崭新的赛场
这是北欧和东亚的一次切磋一次恳谈
用猎人警醒的头脑和鹰隼的视线

你是浪漫的
唐诗中的"一片冰心在玉壶"
被温文尔雅，动静相宜地释意在冰面上
你是浪漫的
用最锋利的冰刃
在赛道写下"与子同袍、八面威风"的温暖守望
也写下"你赢了就是我赢了"的铁血誓言
当五星红旗升起时
那是最极致的浪漫

你是浪漫的
在雪的帷幕闪耀
在冰的舞台炫彩
在长城的背景下美轮美奂

你是如此浪漫
你用最火热的情怀
亲吻最冰冷的冬天
迸发出最激情燃烧的冬奥火焰

美到极致中国色

最爱赤橙黄绿青蓝紫

和那些又妙又雅的名字

那些从《诗经》里漫漫而来的底色

那些从唐诗里灿灿而出的艳色

在宋人的满庭芳里

尔雅到极致

丰满到极致

朗润到极致

美艳到极致

在澹澹墨色描摹的竹音里

桃红灼灼朱柿如意

东方既白如玉凝脂

江南荷塘缃叶柔葇

群青湛湛悠远神秘

剑气沉香开天辟地

五色经纬万千国色

这美到极致的天香国色

在山水草木

在玄黄天地

在燕舞蝶翅

在光风月霁

在膳食药理

在生活点滴

在风物四季

在所有生命的血脉里

在五千年的文化典籍

在生生不息的尘世里
洋溢着最浪漫绮隽的诗意
编织着最绝艳的满庭芳华

我们的

天空是我们的
我们可以在天空自由地放飞
放飞鸽子和云朵
放飞爱情和诗歌
你看
"霞与孤鹜齐飞
秋水共长天一色"
我们还可以放飞银鹰
红星闪闪照山河
这，天空是我们的

海湾是我们的
我们可以在海湾自由地徜徉
撒下渔网就捞出了月亮
于是
就有了"海上生明月"的隽永
我们可以在这海湾升起帆樯
就摇碎了满天星汉
于是
就有了波荡落星湾的浪漫
我们还可以在这海湾
把红旗招展
这，海湾是我们的

山是我们的

诗歌卷

假如生命就此止步

水是我们的
三山五岳是我们的
阿里山也是我们的
长江黄河是我们的
日月潭也是我们的

我们在这华夏山川
与时光手谈
黑白棋子
是一个个流转的夜晚和白天
我们就在这九州方圆
与光阴对酌
可以醉饮五千年的风和雨
可以同唱阿里山的少年壮如山

我们就在这海峡两岸
听画角连天
听渔舟唱晚
我们就在这海峡两岸
看千家灯火璀璨
看神州万山红遍

后 记

年初，整理文集，名字始终确定不下来。北大荒作家协会赵国春主席和辽宁省朗诵协会的丁正理先生同时建议用《假如生命就此止步》作为文集的名字，我也觉得不错，和在场文学主编赵明华女士一商量就用它吧。

因为这个假如，让我懂得这个世界上除了生死都是小事，内心因此变得强大，变得包容，变得平和；因为这个假如，让我毅然决然放下所有顾虑，去看看外面的世界，去感受不同的人生；因为这个假如，让我有勇气独闯京城，继而有了那么多美好的遇见。也让我品尝蚀骨的乡思，感悟亲情的可贵，一颗漂泊的心总要有自己的归宿，一个人总要有停靠的港湾，故乡便是。常常在赚钱之余，把这些年的遇见、感慨、感动、感恩、乡愁凝于笔端，就有了这些朴拙的文字。因为这个假如，便有了这诗歌的光、散文的暖。

其实人生没有假如，只有残酷又美好的现实。我在这些残酷与美好中，选择了用文字作为情绪的载体、倾诉的方式，我为自己的选择点个赞。从来不喜欢把文字当武器，当暗箭，在我的世界里没有那么多的时弊需要针砭，没有那么多的怨念需要宣泄，生于华夏我已觉得自己幸运；在我的世界里没有那么多假想敌，需要我去防范、去明讽暗喻，以待我之心待人，收获的皆是善意。所以我崇尚阳光向上的文字，喜欢善意温暖的诗句。我始终信奉：心中有什么，眼中就有什么，笔下就流淌出什么。有智者说：其身正则言正，人品决定文品，还是很有道理的。

歌德说：一部优秀的作品，无论你怎样去探测它，都是探测不到底的。我想我的作品达不到这样的无法探测，我更喜欢让读者一眼就可以明白我在表达什么，诗歌如此，散文亦是如此。很多时候，尤其关乎亲情、友情的文字，不需要华丽的辞藻去修饰，不需要刻意煽情，更不需要隐晦暗喻的修辞，真实的表达足以动人心弦、催人泪下。翻翻记忆储藏室每个人的成长过程，都有许多动人的故事。我把自己的故事说出来，能够引起读者的共情，就可以了。自己的文字浅白直接，还需向名人大家学习，向生活学习，向自然学习。

在文集的整理过程中，得到了诸多师友的支持帮助。特别感谢北大荒作协赵国春主席亲自和出版社沟通，并为我的作品集作序。感谢在场文学主编赵明华女士、辽宁省朗协理事丁正理先生、家乡的文友吕雪梅女士，为文集的编辑整理提出建设性的意见。在我整理文集的过程中，赵明华主编承担了在场文学大部分的稿件编发工作，保证平台的正常运作的同时帮助我纠正文集中的错字病句；丁正理先生在岁末年初最忙的日子，热心提供写作素材，抽出大把时间不厌其烦一遍又一遍校对文稿，严谨到每一个字词，每一个标点；吕雪梅女士牺牲自己的写作时间把我的诗稿打印出来，反复校对。在此，郑重向四位老师表示感谢。最后要感谢出版社编辑的辛苦付出，专业地运作。《假如生命就此止步》一书顺利出版，从来不是我个人努力得来的，是很多人在身后默默支持的结果，这里一并致谢。

　　《假如生命就此止步》，也许有缺憾，但是我依然欣喜，我把生命活成了一种"传奇"，一种感动自己的"英雄主义"，把日子过成自己想要的样子。翻看自己的文集，我觉得所有的磨砺都值了。

　　由于时间仓促，个人水平局限，书中有舛误之处，敬请读者批评、指正，我将不胜感激。